U0946761

陈盾　策划　刘达临　胡宏霞　著

人这一辈子

探索生命文化密码

人民东方出版传媒
東方出版社

图书在版编目（CIP）数据

人这一辈子：探索生命文化密码 / 刘达临，胡宏霞著.
—北京：东方出版社，2021.4
ISBN 978-7-5207-1753-3

Ⅰ.①人… Ⅱ.①刘… ②胡… Ⅲ.①散文集－中国－当代 Ⅳ.①I267

中国版本图书馆CIP数据核字（2020）第226987号

人这一辈子：探索生命文化密码
（REN ZHE YIBEIZI：TANSUO SHENGMING WENHUA MIMA）
刘达临　胡宏霞　著

策划编辑：鲁艳芳
合作策划：陈　盾
责任编辑：张洪雪
出　　版：東方出版社
发　　行：人民东方出版传媒有限公司
地　　址：北京市西城区北三环中路6号
邮政编码：100028
印　　刷：天津图文方嘉印刷有限公司
版　　次：2021年4月第1版
印　　次：2021年4月北京第1次印刷
开　　本：710毫米×1000毫米　1/16
印　　张：19
字　　数：270千字
书　　号：ISBN 978-7-5207-1753-3
定　　价：88.00元
发行电话：（010）85924663　85924644　85924641

谨将本书献给全国首创的

乐百年人类生命文化博物馆

▲ 本书作者刘达临（右）和胡宏霞（左）夫妇

▲ 刘达临为本书题写诗作

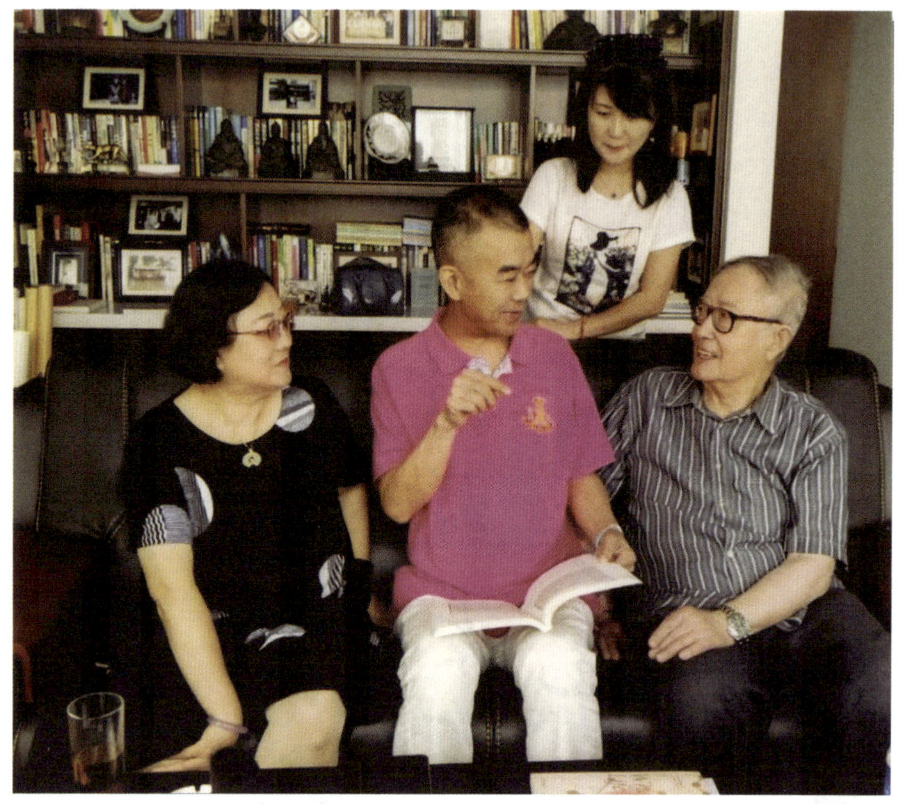

▲ 陈盾（中坐）和刘达临、胡宏霞讨论人类生命文化博物馆建设方案，后立者为乐百年集团高管吴妍（2017 年 9 月，上海）

▲ 刘达临和胡宏霞共受“抢救与发展文化”国际奖（2004 年 3 月，纽约）

LIU DALIN

THE POLLSTER-SAVANT OF SEX

HUANG BING

THE BANKER WHO CAME HOME

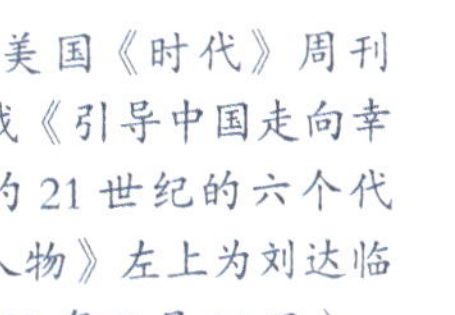

LI QINGYUAN

THE BRAIN BEHIND THE EXCHANGE

▶ 美国《时代》周刊登载《引导中国走向幸福的21世纪的六个代表人物》左上为刘达临（1993年5月14日）

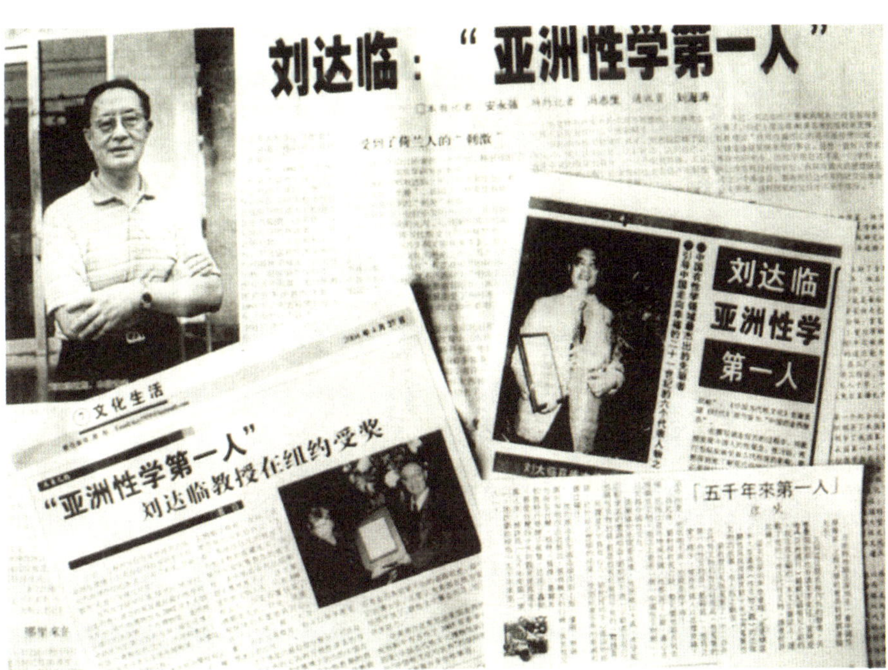

▲ 国内媒体报道

▶ 陶塑：伏羲女娲连体。相传他们诞生了华夏儿女（汉代）

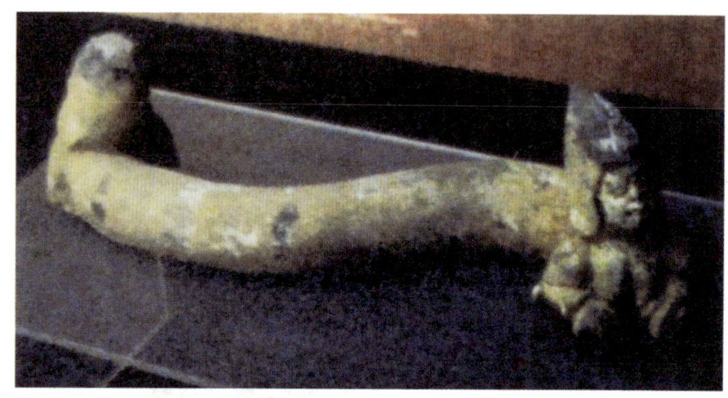

▲ 瓷塑与瓷碗：和合二仙，保佑夫妻恩爱之神（清代）

▲ 玉雕：哺育（清代）

◀ 陶塑：性产生了生命（民国）

以上展品均存于人类生命文化博物馆

目 录

前 言 **用科学来探索生命之路 / 001**

第一部分 **命运和人生**

一 命运的辩证法 // 002
二 勿失时机 // 009
三 寻找世界和人生的总钥匙 // 022
四 “天道”的核心与根本 // 035

第二部分 **科学具有两面性**

一 人生多有未知数 // 044
二 科学和迷信的交叉 // 046
三 非科学与伪科学 // 050
四 科学和人类的未来 // 053

第三部分 人的心灵世界

一 德是心灵的根本 // 066
二 君子之德惠及万物 // 072
三 貌由心造 // 080
四 风水在于有德 // 087

第四部分 透视人生之旅

一 人性和动物性 // 094
二 人的年龄和心态 // 103
三 人的生活层次和需要 // 112
四 祸福相依之悟 // 122

第五部分 人贵教养

一 家风惠人一生 // 138
二 于细微处见精神 // 145
三 人要认识自我 // 158
四 学会说话和沉默 // 174

第六部分　**教育之道**

一　不要做考试分数的奴隶 // 180
二　天赋用于人生 // 190
三　读书有大益 // 199
四　性教育亟待改进 // 211

第七部分　**爱情和婚姻的艺术**

一　走出爱情的迷宫 // 220
二　男女双方“合为一体”// 230
三　大爱无私 // 239
四　思析“恐婚族”// 246

第八部分　**乐老与乐死**

一　老人要留三条路 // 254
二　养生重在精气神 // 259
三　老得淡定，死得从容 // 265
四　震惊世界的“濒死体验”// 276

后　记　**生命总是矛盾求“中”**

前　言

用科学来探索生命之路

“我是谁，我从哪里来，我到哪里去”，这是人生的三大问题。人们回忆一生，为什么成功或是失败；为什么运气好或是倒霉；为什么“有缘千里来相会，无缘对面不相逢”等等，都是对生命的思索，将这些思索与探寻系统化了就是生命文化。从学术上讲，生命文化就是从人类生活实践经验和哲学思考的基础上所探求的人生发展规律和文化密码，用以指导人们更好地实现生命价值，使生活更加美好。

古往今来，人们是十分重视生命文化研究的。释迦牟尼就说：“人生百年，不解生灭法，不如生一日，而得了解之。”古希腊阿波罗神庙中镌刻了一道神谕：“认识你自己。”德国思想家蒙田说：“世界上最重要的事就是认识人生。”《易经》则提倡“身有所正，言有所归，行有所止”的人生之道。

我过去对此研究得不多。我自从进入学术领域以来，先是研究社会学和婚姻家庭，后来又研究性科学和性文化史，至今三十多年，廉颇老矣，可是思维还在深入。我逐渐认识到人的爱情、婚姻与性固然十分重要，但终究只是生活的一个部分，人对爱情、婚姻与性的认识与行为，受世界观、生命观、价值观的影响和支配，它只是生命的一个部分。我过去研究性文化史的动机是如果不研究人类性爱的过去就不能更好地认识它的现在和将来，现在又认识到如果不研究人类的生命文化就不能使性文化的研究进入一个更高更深的层次。

我进入这个研究领域还有一个偶然性。2010 年上海一位大企业家陈盾约我合作开办一个生命文化博物馆，但是后来他的事业碰到了不少问题，此事一时付之东流。七年后，他的事业再兴，约我再赴前约，我感其坚韧之志，欣然从命。为了办这个馆，我开始比较深入地阅读这方面的书籍，搜集这方面的信息，了解这方面的发展，从而有不少新的感受。我把这个体会和我的妻子胡宏霞谈了，她是医学博士，重点研究中西医的结合，西医所重的是人的呈物质状态的躯体全康，而中医则重在改善人的精气神，这些都和生命文化关系十分紧密，因此她对探讨生命文化也很有兴趣。我又和好友马立群谈这件事，他是一位资深学者，对生命文化也很有见解，他向我介绍了当前国内外在这方面的一些发展情况，使我受益匪浅。以后，我又认识了上海大学的一位物理学老教授颜思健，他是一位量子力学专家，和我交谈了许多对生命文化的新认识、新发展，使我思路更开。本书的策划者陈盾，建立与推广了全国“康旅”学科，其养生理念是身、心、灵的全面健康发展。他告诉我们，他的集团“乐百年”，就是要使人们快乐地生活一辈子。在他的办公室内赫然挂着几个大字：“养身不如养心”，这正是本书的主旨之一。我们和他多次交谈，甚有所得。

现在生命文化正在大发展大变化之中，有些变化简直令人瞠目结舌，过去有一些科学研究似成定论，可是还在被后世不断修正。

不过，学术研究总有一个过程，这个过程可能还很漫长，如果等到有了被充分肯定的结论以后再写书，可能太晚了。生命文化中有太多的问题需要探讨，不一定非要有一个唯一的绝对的答案，不写或少写绝对的结论，只是介绍研究过程和发展方向以引导人们开拓思路、进一步地去追求真理是不是可以呢？我想是应该的，可以的。

每个人都有他的一生，这一生该怎么过，实在太重要了。国学大师南怀瑾说过，有不少人是“莫明其妙地出生，无可奈何地活着，不知所以然地死掉”，这样过一辈子真是太遗憾了。我不敢说自己有什么豪情壮志，但是从年轻到年老总有一个想法：“人这一辈子不要白过”，总要留下一些

“雪泥鸿爪”。不白过，何其难，要经历多少坎坎坷坷、坑坑洼洼，我直到50岁才开始走上创业之路。孔子说：“五十而知天命”，我到了如今的88岁，回首前尘，总结往事，才悟出一些“天命”之道，用理论来分析，有许多新的感受，“多年著文章，一世学做人”，做些交流，也有意义。

生命文化的内容太多，我想通过本书说明的观点主要是：

（1）人类对世界、对人生还有许多未知数，甚至永远有一些未知数，要用科学逐步地解决它，既不要用迷信来盲目地、简单地幻想，又不要傲慢地认为自己还认识不到的事情全是“迷信”。

（2）世界和人生都是有序的，“天道”是存在的，世界和人生都有一个总规律，认识它要有一把总钥匙，人要顺天行事，当然也要加上主观的努力。破坏生态、扭曲人生都是违背“天道”的做法，一定会受到“天谴”。

（3）人类的生命既有躯体，也有心灵，人类的心灵世界极为重要，德行是心灵之本，它决定着生命的一切。这不是唯心主义，因为心灵也是一种暗物质，它看不见摸不着，更难研究，也更需要研究。

（4）人生的一切都在变化，《易经》就是研究变易之经，“上下无常，刚柔相易，不可为典要，唯变所适”。人有正能量，也有负能量，它们交互作用，以定吉凶。人的一生幸福就是要不断地用正能量去克服负能量。

（5）人的一生就是从无到生，从幼到老，从生到死的过程，要正确地认识死亡，探索死亡之秘，改善人生观和价值观，更好地面对人生，珍惜现在。

（6）生命文化不仅关系着个人命运，也关系到家运、国运；不仅关系着人类的现在，也关系到人类的未来。人们研究它，要将传统文化和现代科学相结合，哲学和自然科学、人文科学相合，科学与宗教相结合。人们应该摒弃旧思路，迎接翻天覆地的新变化。

本书于2020年1月基本定稿，这时正逢新冠肺炎疫情在全国蔓延，随后又是世界性的暴发，这种百年少有的巨变也使本书受到很大影响：

一则是这场天灾的惨烈，甚至使一些家庭在几天之内就遭“灭门”，不能不使人们对于生命和大自然的关系，对于生和死，有了新的或是更深的认识。二则是这场天灾使人们只能居家隔离，本书的审查与出版工作都不得不推迟，逼得我在家里捧着书稿反复思读，反复雕琢，寻找新的信息资料，反复修改，同时，再次学习研究了《易经》，如今观之，这六个月的学习、加工十分宝贵，十分必要，使本书内容又上了一层楼。历史有惊人的相似之处：1630 年 6 月，罗马黑死病滋生，使伽利略困居在佛罗伦萨，他在困居期间进一步修改了即将出版的《关于托勒密和哥白尼两大世界体系的对话》，同时开始写一本《关于两门新科学的对话》的新书，揭开了物理学的序幕。1665 年至 1666 年英国鼠疫流行，逼得牛顿困居在荷尔泽普的庄园中 18 个月，他开始根据开普勒定律进一步推论，后来提出了他对科学最伟大的贡献——万有引力定律，同时还进行了光学领域的研究。1830 年 8 月，俄国爆发了霍乱，逼得普希金在波尔金诺困居了 3 个月，在这期间他完成了俄国文学史上最重要的作品之一《叶普盖尼·奥涅金》的最后几章——我们当然不能和这些大人物相比，但是事物的发展规律都是一样的，这也就是“天道”的因果关系吧！

我过去写书，往往图快，可是对这本书，大改了七八遍，自认为可以定稿了，疫情又逼得我居家不出，把书稿又“磨”了很久，行也思君，坐也思君，几乎每天有新得，有修改，这六个月真不可缺啊，人总是要被逼，才更会有所进，这也就是“天道”的外因和内因相结合的表现吧！

当然，就学术而言，本书立意即使再提高，至多也只是生命文化研究长河中的一朵小小浪花，这朵浪花究竟能起多大作用，则要请广大读者鉴认了。

刘达临

2020 年 1 月初稿

2020 年 6 月改定

第一部分
CHAPTER ONE

命运和人生

一　命运的辩证法

人的一生，有人是顺风顺水，一马平川，有人却是坎坷连连，风雨不断，有人常有吉星高照，有人却是灾难常临，有人出身于富厚之家，有人却生长于贫困之户——古往今来，许多人把这一切都归于“命好”或“命不好”，那么应该怎么看这个问题？命运究竟存在还是不存在呢？

命的确是人类生命文化中的一个重大问题。什么是命？它是指人对与生俱来的必然性的认定。每个人一生下来就处在自己无可奈何、不可选择、一时又改变不了的状态之中，例如：一是出生在什么家庭，“穷二代”和所谓“富二代”“官二代”是大不一样的，赌徒恶棍的环境和诗礼传家的环境也大不一样。二是出生在什么地区，在偏僻山区生长和在大都市生长是大不一样的。三是出生的时代，“生当其时”还是“生不逢时”，生长在落后保守的岁月，或是生在改革开放的年代大不一样。四是长得美丑是无法选择的，而这也可能影响一生的命运。这就好像是一颗种子，它在什么时候，掉在什么样的土壤里，以后在什么样的气候条件下生长，自身是不可选择的。

以上这些条件在人生的开始有优劣之分，在一定的时间、空间内是不会改变的，因此可以说人和人的命一开始就不平等，人生下来就不在同一条起跑线上，没有人能承诺和保证谁一生下来就有阳光灿烂的平等。

▶ 我从哪里来？我到哪里去？

寒门难出贵子，是古代的一种普遍现象，现代仍有残存。根据一项对全国省级高考状元的调查结果，2007 年至 2016 年全国共有 837 名高考状元，其中有五成的状元出自知识分子或富裕家庭，还有近 2 成的父母是公务员，而且状元们大多出自省会城市。北京大学学生的“出身”也和上述情况互相印证，1978 年至 1998 年，来自农村的北大学生比例约占三成，20 世纪 90 年代中期开始下滑，2000 年至 2005 年，已经萎缩为一成左右。而在 2016 年，全国有 54.6% 的中学生来自农村，但这一年北大新生中只有 16.3% 的农村生源。

在古代，绝大多数人都相信命，认为人生的一切都取决于命，人要顺天应命。这种文化是小农经济条件下的产物，因为那时科学不发达，人们难以认识和掌握自己，于是把一切都归结于命，心甘情愿地俯首于人和人之间命的不平等。同时，古代的统治者也极力地维护这种不平等，宣扬“工之子恒为工，农之子恒为农”，皇帝还叫人编出一套套神话作为“证据”，宣扬自己是“龙种”“天子”，要“替天行道”，至高无上，就是当皇帝的命，从而维护封建统治。“知其不可奈何而安之若命，德之至也”“授之者天也，告之者神也，成之者运也”，形成了维持封建统治秩序的整套伦理，这样，命的不平等也似乎是天经地义的了。

但是，人毕竟不是种子，人有主观能动性，对于命的这种不平等性，人是可以改变它的，人可以使自己的生命之舟向着平等的灯塔航行。

从古到今，也有不少人不信“天命”那一套，反对“听天由命”，于是就产生了对抗“天命”的动机，有了抗命的运动和行为，这样就把天命和人为、客观和主观结合起来了。

在词汇中，人们常把“命”和“运”连在一起，运就是运气，是机会，是运动，是行为。命是先天形成的，是静态的，运是后天的作为，是动态的，人要有抗命之志，也要有抗命的行动。当然，运是阶段性的，人的一生往往都有不少机会，不过能否抓住机会做到底，就要看当事人的能量了。命运的确是可以改变的，例如两千多年前，陈胜、吴广目睹秦始皇出行的威武阵势，就说：“王侯将相宁有种乎？”项羽则说过：“彼可取而代也”“将相本无种，男儿当自强”，这都显示了他们对天命的怀疑，要挑战宿命论，于是就揭竿而起，造反了。刘邦本来是个小小的亭长，相当于现在的居委会主任，朱元璋本来是个小和尚，但他们后来都当了开国皇帝。现代人经常讲革命，说白了，革命就是通过自身的努力来改变命运。刘邦、朱元璋这些人改变了自己的命运，但是其所为不过是改朝换代而已，并没有改变封建王朝的命运，而我们现在的社会主义革命，则是改变了整个工农大众的命运。

▲ 一个人一生能走多远，不在于他出发时的位置，而取决于他选择的方向和努力

还有，所谓“安身立命”中的“立命”也有这个意思，命是要“立”的。古人提倡顺天时，不要逆天命，但是同时，古人也提倡“我命由我不由天”，人可以“提挈天地，把握阴阳，呼吸精气，独立守神，肌肉若一，故能寿敝天地，天有终时，此其道生”，“命由我作，福自己求”，“天行健，君子以自强不息”，这都是很辩证的观点。一个人原先命不好，在人生的起跑线上滞后，如果他不甘于落后，刻苦学习，坚持锻炼，努力奋斗，那么天道酬勤，他也可能跑到前面，甚至夺得冠军。一个人如果没有富贵的出身，还可以从德行、勤奋两个方面来努力。一个人一生能走多远，不在于他出发时的位置，而取决于他选择的方向和努力。实力形成了他的资本，责任指明了他的方向，经验增强了他的醒悟，性格决定了他的命运——总之，还是取决于自己。

古代的一些大思想家也是这么认为的。道家有一副楹联：“事在人为，休言万般都是命；境由心造，退后一步自然宽”，所言非常有道理。道家经典著作《道德经》的第一句话就是“道可道，非常道”，人在生前与死后都活在绝对宇宙之中，是常道，在常道的条件下人的一切都是平等的；人在生后死前的这一段都是活在相对宇宙之中的，是非常道，在非常道的条件下，人是不平等的，因此才要奋斗。佛法也有类似之说，如法鼓山的圣严大师说：“人的福报、业报、寿命都有大致的定数，但是不是绝对的，人如果变了，这些定数都会变。即使这些定数本来很好，人如有歹心歹行，这些定数就会变坏；否则，放下屠刀也会立地成佛。”

在中国的历史文化中，在这方面，理论上十分突出的是王夫之的“造命”之说。王夫之是明朝末年最伟大的思想家，他从哲学上总结和发展了传统文化中的唯物主义思想。他首先强调了天和人的一致性，反对把命僵死与固化。他说：“在天者，命也，在人者，性也。”“命者，命之为性；性者，以所命为性，本一致之词也。”同时，他又认为人可以不受命的支配，而可以修身养性，“与天争权”，“与天争胜”，把决定命运的权利统摄在自己手中，这就是“修身以俟命，慎动以永命，一介之士，莫不有造焉”。他一方面强调“天无为也，无为而缺，则终缺矣……人有为也，有为而求盈，盈而与天争胜”，另一方面又强调人要尊重和敬畏天地自然，不能逆天行事。“造命”并不是以命运之“运”的可变性、偶然性和可把握性以否定命的不可变性、必然性和不可把握性，反过来说也是同样。天有能，天有心，天是通过人的需要、选择和把握以实现其价值的，这种选择和把握也是对“天之能”的完善。王夫之的“造命论”是很有科学道理的。意大利的“人文主义之父”彼特拉克也说“真正的贵族并非天生，而是自为的”，今人对命运的认识和理解可能还超不过他们。

对于命运之说，今人常引用孔子所说的话，“生死有命，富贵在天”，其实人们对此语的理解并不全面。这句话出自《论语·颜渊》，它的原意并不完全就是叫人要听命于天，原文是："商闻之矣，生死有命，富贵在天，军资静而无失，与人恭而有礼，四海之内皆兄弟，君子何患无兄弟也！"现在许多人只用了这段话的上半，而忽略了下半，有些断章取义了。上半段讲天命，下半段是讲人为，它讲虽有天命，但是人可以发挥主观能动性，奋力有为，仁德处世，广结人缘，得到众人的帮助，从而得福。孔子说过"尽人事听天命"，这很对，对大自然和人生的发展规律不能违背，但是要"尽人事"，做人为的最大努力。有人说：昨天，清楚地认识命；今天，努力地创求运；明天，有更好的进；一生，有绚烂的心——这话不假。正如苏格拉底所说："人的无形意识是世间万物的最后尺度，塑造命运的不是上帝，而是我们自己。"

古人在这方面的不少论述也通过现代的科学实验得到了论证。不久以前，中国发展研究基金会做过一个有关人生"起跑线"的社会实验。他们10年来实验了8705个孩子，从"起跑线"来看，出身于贫困农村的孩子条件非常不利，除了物质匮乏之外，54.5%是留守儿童，18.9%来自单亲家庭，比率都超过城市对照组孩子的三倍。他们在智力等各方面都低于城市同龄人，语言认知水平大致相当于后者的60%，记忆水平相当于后者的20%。但是三年后的测试显示，他们通过追赶，能力水平上升到了80%；到2019年，他们在学习能力、认知发展、社会情感等方面，已与城市同龄人相差无几。[①]这充分说明了先天存在的不足是完全可以通过后天的努力来弥补的。

我们在这个问题上也有切身体会。原先，刘家虽是个大家庭，但世代务农，社会地位很低，常受人欺侮。曾祖父辈在世时就在考虑怎样改变命运了，他们弟兄六人一起商议，认为"我们刘家不出个读书人，就永远出不了头"。随后六人集资，推选了小辈中一个看来最聪明的孩子去读书，

① 参见《中国青年报》2019年12月16日报道。

他就是我的祖父。祖父不负众望，先后中了秀才和举人，“戊戌变法”时，光绪帝选派了一批年轻的举人出国留学，祖父被派往日本学法律，由此步入仕途，民国初期他曾先后任江西、湖北、福建三省的高等检察厅厅长。祖父的命运和社会地位大改变后，整个家族的命运也随之大变。祖父十分重视读书，育有二子，长子毕业于美国耶鲁大学，后任上海一个银行的总经理；次子即我的父亲在美国哈佛大学电机系读书，获硕士学位，后任上海市电话局总工程师。他们都是靠了祖父通过奋斗得来的好命、好条件之荫，而这也惠及了孙辈。

▶ 刘达临与祖父、父母在公园（约 1937 年，上海）

古今中外，贫穷卑下的家族及其子弟常通过读书致仕的途径来改变命运的事例很多。如曾国藩祖辈务农，社会地位低下，其祖父曾玉屏决心让小辈读书，曾国藩从八岁起就被父亲曾麟书带在身边读书，以后竟成了治国名臣和修身模范。至于一个贫穷卑下的阶级或阶层要改变命运，则往往是要通过起义或革命了。人们如果混沌度日，无所作为，安之若命，那么一代代人永远只能像上一代人那样落后于人生的起跑线上。

当然，人生的起跑线不同，即使在同一条起跑线上，跑的速度也会受主观和客观条件的影响，从而产生很不一样的结果。但是无论如何，总要尽力，即使在人生的起跑线上落后了，也能腾飞奋进。社会也要为千千万万的凡夫俗子创造腾飞奋进的条件。草根族赶上并能超越权富之子者越多，越是能体现社会的公平、正义、文明与进步。

在人生的起跑线上居前，这总是好命，不过，好命也可能变坏。例如在著名的革命家、艺术家中，有的人溺爱子女，以致子女胡作非为，走上了犯罪道路，好命丢掉了好运，人生也得到了许多教训。从全国反贪反腐中，可以看到贪官中有不少人出身农村，是通过一步步的努力被委以重任的，他们的命运由差变好，但是后来忘乎所以，命运倒转，命好又变成命不好，因为运的方向改变了。

总之，人要认识命，不能认命；人要改命，但要走正道。

二　勿失时机

人们谈命运，看人生，探讨必然性和偶然性的相互关系，其中机会的问题十分重要，有些人甚至认为机会就是命运。

所谓机会，就是在天时、地利或人和发生变化的条件下出现的一种使人有大发展的可能。抓住机会就是当一件有意义、有发展前途的事来临，别人还看不到的时候你看到了，别人还不明白的时候你明白了，别人还在犹豫的时候你已经去做了，别人去做的时候你已经成功了。机会主要是一个时间问题，因此也叫“时机”。“顺时者昌，失时者亡”，如果疾病治晚了，就可能变为不治；战争错过了几分钟，就可能转胜为败。做任何事情都重在及时，而最怕“为时已晚”。所谓“时效”，时间往往也是一种见效的关键。当然，所谓时机也是一种运，时来天地皆同力，运去英雄亦难为，项羽在乌江边上自刎时就哀叹“时不利兮骓不逝”。运有一定的偶然性，但人是可以把握的，不过，最好的运气不是捡到了多少钱或是中了什么大奖，而是有人打破了原有的思维，提高了境界，从而可以走向一个更高的平台。

世间万事的发展的确和时机关系甚大。人和物都是存在于时间与空间里的，如果时间与空间变了，人和物就会改变。有人说，人的小成功靠努力，大成功一定要加上时运。一个成功者，三分靠能耐，一分靠贵人相助，六分靠时机。想想也对，像中国的一些大成功人士，并不一定就是顶级的聪明人，他们的大成功主要因为抓住了时机，“时势造英雄”，能抓住时机也是大本事。

人的一生，总有几朵祥云在身边围绕，总有一个或几个“拐点”，总有几次机会来敲自己的大门，如果有眼光也有能力把大门打开，抓住机会，掌握“拐点”，而且锲而不舍地做下去，就可能时来运转，成就一番事业，如果抓不住机会，机会擦肩而过，那只能徒留遗憾了。机会是自然的、客观的，但能不能抓住机会则往往要看主观条件，主观与客观能否结合，甚至决定一生的命运。古人就很重视对机会的把握，强调“顺时应命”，最有名的则是孔子所说的“时也命也”那句话了。《易经》的精髓是“易”，就是变化，天、地、人的一切都在变化，而变化则绝对取决于时机，“潜龙勿用”就是说时机未到，就不要动得太早，而应“君子藏器于身，待时而动”，“君子见机而作，不俟终日”。韩愈也说过“动皆中于机会，以取胜于当世”，吕蒙正则说“天不得时，日月无光；地不得时，草木不生；水不得时，风浪不平；人不得时，利运不通”。培根也说过：“善于识别与把握时机是极为重要的。在一切大事业上，人在开始做事前要像千眼神那样察视时机，而在进行时要像千手神那样抓住时机。”

刘达临一生做过两件大事，一是组织全国两万例“性文明”调查；二是研究性文化，创办性文化博物馆。这两件事都是史无前例，而且具有世界影响的，这都是当机会表现为“小事”，“偶然”来敲我们的大门时，被他抓住了。

▲ 中国两万例“性文明”调查工作会议的领导成员（1989 年 5 月，上海）

先说那个大调查。1988 年，厦门大学教授张小金写信给刘，说他想组织一个两三千人的性调查，需要申请一些调查资金，请刘写一封推荐信。此事使刘受到启发，他马上感到很应为、很可为，因为数据是许多学科研究的基础，如果缺乏相关数据，就不能建立起真正的学科，而中国目前方兴未艾的性学严重缺乏数据，因此张小金想做的这件事很有必要。当然，调查人们的隐私是十分困难的，同时，中国的人口太多，如果这个调查只有3000个样本可能太少，缺乏代表性，这个调查至少应有1万至2万例，不过，凭自己当时的力量可以做。刘把这个想法告诉了张小金，说自己愿意做一个更大的调查，请他参加，他欣然同意，就这样，这个大调查就干起来了。

▲ 调查女性性犯罪分子（1989年11月，上海提篮桥监狱）

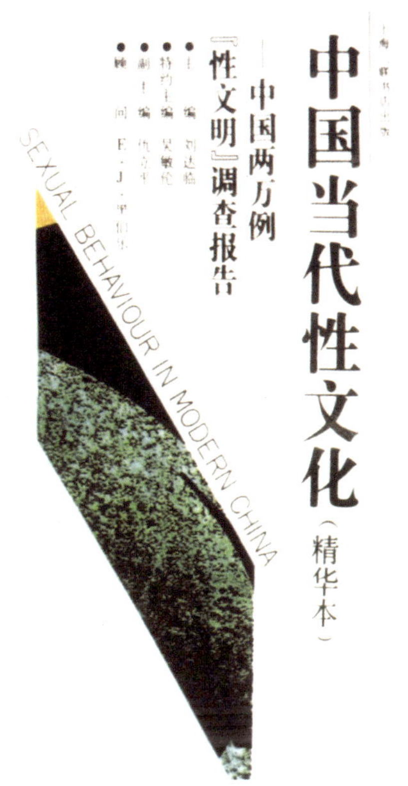

▲ 中国两万例“性文明”调查报告的中文版、英文版、日文版

▲ 首藏的“压箱底”（现存于人类生命文化博物馆）

再说研究性文化和建立性文化博物馆。1991年，全国两万例“性文明”调查已经完成，刘就考虑今后挥戈何方了。他想，这个大调查研究的是中国当代社会，但是中国古代的性文化也很深厚，而且对现代社会很有影响，如果不研究中国的昨天，就不能更好地了解中国的今天和明天。中国古代性文化除了近半个世纪前的荷兰汉学家高罗佩首先研究以外，现代中国还鲜有人深入、系统地研究过，而刘自己本来就对研究历史深感兴趣，对此，他就开始了。

研究历史，研究古代性文化，首先要“啃古书”。刘在开始“啃古书”的时候，还陪了一位美国朋友去苏州参观。一起去了苏州民族博物馆，遇到了这个馆的副馆长蔡利民，他不久以前是参加性调查的成员之一。他对刘说：“近来我们馆正在扩展，收了不少展品，还收到了这个东西，你看。”他拿出一个桃形瓷合，打开盖子里面是一对男女的交合瓷像，刘知道这叫“压箱底”，是中国古代的一种性教育工具，平时置于箱底以辟邪，在女儿出嫁前母亲取之揭盖以示女，晓以夫妻之道。刘很惊奇，怎么现代中国还保存了这个？蔡利民说："这是明代末年的，收到它很不容易。不过领导说这种东西涉黄，不能展出，所以不要了。如果你要，可以原价转让给你。"

刘当然毫不犹豫地把它买了下来。刘本来就对文史、对文物有兴趣，而这一次的经历打开了他大规模地搜集性文物以研究性文化史之路。后来，我们搜集了大量性文物，并合作创办中国古代性文化博物馆，引起了中外学术界的极大注意，在国内外举办过 30 多次展览，盖肇源于此。我们常常想，组织全国两万例"性文明"调查和创办性文化博物馆是我们一生所为的两件大事，但起初只是张小金和蔡利民的两件"小事"启发了我们，而我们也及时地抓住了这些机会。

人的一生所为有偶然也有必然。一个人要想有所作为、有所成就必须具备一定的条件，这就是天时、地利、人和。刘的创业起于改革开放初兴的 20 世纪 80 年代，那时他在上海，在大学工作，有许多人支持他，有平台、人脉和资源，这几个条件缺一不可。尤其是时代条件实在太重要了，我们所干的事都是时代需要，既然是时代需要，即使没有我们，也会有别人去干，这种机会很多人都有，但是谁有眼光，有魄力，又有实力，就能及时地抓住机会，把它干成了。有人说，人过半百，如再创业，勿为别人已占先机之事，勿为利而孜孜以求，我们做到了这两点，实为一生之幸。时代给了一个人某种良好条件，人又及时地抓住了机会，这就是所谓"时机成熟""机不可失，时不再来"。同时，抓住了机会，干起来了，还要做得好，上天可以给人们以机会，但是也不会轻易地把成功送到人们手里。

不过，我们合作创办性文化博物馆，有几次机会错过，实在是太可惜了。2001 年我们在上海静安区武定路办性文化博物馆，是租了一栋大楼的第一、二层共1700平方米，当时月租金52480元，够贵的。房主有意将这两层楼盘卖给我们，开价400万元，不算太贵，可是我们没有那么多钱，首付也远远不够啊！这时，附近的一个银行支行行长来参观这个博物馆，了解到以上情况，主动和我们说："你们这个馆很好，可以把房产买下来，我们可以贷款给你们，你们这些展品、文物就足够抵押了。"他是一番好意，可是最后一句话把我们吓住了，如果背上这笔债，又还不出，我们辛辛苦苦搜集来的这些宝贝就都要被没收了，因此没有采纳他的建议。但是半年后上海的房地产就10倍、20倍地疯涨，10年后这1700平方米的房子涨到了一亿五六千万元，当初的机会是擦肩而过，如果买下来就不用长期为这个事业在经济方面挣扎了，博物馆也能稳定下来而不用颠沛流离了。

▲2001年400万元可买这1700平方米（上海）

2000.2.17　澳洲日報 THE CHINESE HERALD

中華性文化五千年第一展

在上海繁華的南京路上，有一條不起眼的小橫巷——石潭街，在友人的引領下，循著一塊小招牌，在一幢樓房的第八層，總算找到這個聽聞雖久卻一直無緣謀面的「中國古代性文化展覽」。

這個展覽是上海的一位私人性文物收藏家舉辦的，這位收藏家就是上海大學社會學教授劉達臨。著名社會學家費孝通讚譽這個展覽是「五千年來第一展」。

三尊羅漢坐鎮展廳，可見這裡所展示的一切都是見得光的東西——性乃萬物生命之源，光明正大。

石男根、四乳鏡等象徵生殖崇拜的文物在這座性博物館裡自然少不了，這也可算得上是我們祖宗對性器原始研究的成果。各朝代各種不同珍奇性趣文物，如房內秘戲瓷雕等亦令人一開眼界。

整個展廳大約有一千多平方米，按展品分類共分爲十個部分，陳列著九百多件性文物。據介紹，還有四百多件文物已漂洋過海，到台灣、德國、柏林、日本、澳洲等地展出。

所有這些，很難想像是劉達臨先生十年節衣縮食、變賣家產、籌款舉債而四處覓來的寶。

今年六十五歲的劉達臨可謂經歷豐富多采。他出身於書香門弟，原本在燕京大學學過新聞，又從戎當過志願軍，還做過乒乓教頭。八十年代初，他進入上海大學後，開始接觸性研究，並獲社會學教授銜，如今已有著作六十餘部。

他收藏的第一件性文物

清代「壓箱底」，是在九年前去蘇州時偶然覓得的，這是一種古代爲新婚夫婦作性生活教材的玩意，外形有的呈水果狀，有的爲船狀或孩兒狀，可分兩半揭開。內裡有裸體男女交合像，平常置於箱底，故此稱作「壓箱底」。此物只有在女兒出嫁前夕，母親才私下以此示女，曉以夫妻之道。

自此之後，在熱心人的幫助下，不到一年他的收藏品已增加到二百多件。一九九二年他主持了一項有二萬例個案的性調查，被稱爲世界性學史上的一個里程碑。

劉先生的這些藏品在近幾年內，分別在上海、瀋陽、無錫、大連、廣州、合肥、台北等地和法國、日本、澳洲等國家展出，爲觀衆們揭開了人類繁衍過程中鮮爲人知的一頁。他亦因此而獲授予「赫希菲爾德」國際性學大獎。

展出的性文物中，有石男根、陶男根、銅男根，以及鳥、蛙、如意、金剛杵等象徵男根的性文物；有意味生殖崇拜的四乳鏡、八乳鏡；還有姿勢各異的男女房內秘戲瓷雕，以及唐伯虎與仇英的春宮畫等。這些文物顯示，我們老祖宗對性事的研究毫不比現代人遜色。

讓人好奇的是，那些戴在古人屍身上的青銅面具和護陰蓋片。可以看出，老祖宗們把自己的腦袋和生殖器看得一樣重要，即使在仙遊之後也特別注重保護這一上一下。

陳列展出的民間性具代用品，年代遠及幾百年到上千年前的都有，許多與現代性商店裡擺賣的玩意大同小異，可見人的性需求是一種千古不變的本能。

歷史上一直認爲明清是性禁錮最嚴酷的時代。但是從民間收集到的大量性文物中，劉先生發現，春宮畫發展的頂峰正是在明朝，而清朝的言性小說則稱得上是有史以來的鼎盛期。

·馬玲

▲ 2000 年 2 月 17 日，《澳洲日报》报道“中国古代性文化展览”

过了几年，因为上海的房租太贵，我们便把博物馆迁至江苏同里，而在上海租了一套地段绝佳的房子做办公室，80 多平方米。2006 年，房主要将我们整栋大楼出售，租户优先，费用如果一次付清，是 60 万元。那时，我们是有这笔钱的，国外有个基金会刚赞助我们 9 万美元（当时合到70万元人民币）做研究费用，我们大可先把这套房子买下来，以后再逐步支付研究费用，可是，我们没有这样的“生意头脑”，只会老老实实地“专款专用”。后来，这套房子涨到1000万元，我们的一个好机会又飞走了。

我们现在想起这件事，实在感到很遗憾。不过，再转念一想，人生会有许多机会，也不可能全都抓住，对于机会，人总是有失有得的。天道忌满，人生忌全，人总要多往好处想，一生才能充满阳光。不过有时也要想想失，为什么失，从中汲取教训，便于以后更好地得。

抓住机会的问题，在我们多年来收集性文物的问题上表现得更明显、更突出。性文物是很少见的，在古玩市场上见到一件性文物是很不容易的，如果稍一犹豫，就把机会错过了。有一次我们在柏林的一个星期日旧货市场上看到一个塞佳舍尔的国宝“屁股椰子”，它十分少见，当时嫌贵，没有买，后来后悔了20年，竭力寻找，最后才在国外的一个拍卖会上买到了，而且是朋友帮了大忙。我们汲取了这个教训，后来买性文物、性展品就“狠心”了。

◀“海椰子”（“屁股椰子”）：塞舍尔的国宝

德国收藏家谢林夫妻是我们的好友，家住慕尼黑。有一次我们在他们家中发现他藏有不少外国的性爱邮票，十分惊讶，邮票是国家的名片，这些国家的名片上都有性内容，不正说明人们认为性是绝对自然而正常的事情吗？而且，许多性爱邮票的内容都有性文化的典故，做展品实在太好了。谢林看我们对性爱邮票这么感兴趣，就和当地一家很大的集邮公司联系，请他们代为搜集这方面的邮票，这家公司搜集到全球七十几个国家的九百多张性爱邮票，供我们选购。他们没想到我们一股脑儿都买下了，花了一大笔钱。谢林有些惊讶于我们的“大手脚”，殊不知我们想的是“机不可失，时不再来”，以后钱还有得来，而这个机会可能不会再有了，后来，这些性爱邮票成为我们几个性文化博物馆展品的亮点之一。回想起来，这些“宝贝”卒到己手，是时机，也似有缘分。

▲ 胡宏霞（中）拍摄性爱邮票（2004 年 9 月，德国慕尼黑）

以上所述表明，有些机会的错失可以弥补，但是有些错失不可弥补而成为终身之憾。1993 年有个单位约好和刘去探访中国最后一个太监孙耀庭，这位老人住在北京的一个庙里，我因一些小事耽搁了，心想以后可以再去，不料这位老人几个星期后就去世了，这个机会便永远没有了。

▲ 性爱邮票

在个人工作和生活上，机会的得失会有各种不同的表现；但是，对个人来说，对于机会不仅要等，还要创造。因为等机会的人太多，可能上天也照顾不过来，而一个有眼光、有能量的人却能把本来不是什么机会的事变成机会。例如那个著名的“北大毕业生卖猪肉”事件，陆步轩大学毕业后却干上了卖猪肉这个行当，肯定不是什么好机会，可是别人一天只能卖出一两头猪的肉，他却凭自己的努力，一天能卖出12头猪的肉，还凭知识、经验办了个“屠夫学校”，并陆续建立了几家连锁店，后来身家过亿，这就是创造机会的重要性。美国耶鲁大学毕业的秦玥飞回国后当了一个村干部，在当时的中国，拥有中小学的文化水平也能当个村干部了，可是他利用自己在耶鲁的人脉资源启动了“黑土麦田”项目，同时以他在耶鲁大学学到的金融知识，引入资本和营销团队，发展了村里的商务产业，从而使自己成了中国最美的村干部，这也是创造机会的重要性。——这一切都说明了，一个人只要努力，就能创造机会，人生就有无穷的可能。人生在世，机会来临了不要犹豫，但是机会失去了也不必太后悔，吸取教训吧！

掌握时机，创造时机，是全人类都重视的。泰国有一个女子雕像，婀娜多姿，被称为“机会女神”。它没有脸，等到从它身边走过，再回头看看它，会发现它的头上光秃无发。这说明了人们由于它没有脸而不注意它，于是擦肩而过，等到回头望它时，它已经变丑了。世上一切成功者，无不是“善得先机”“随机应变”，十分明白“机不可失，时不再来”的。在美国硅谷，很多成功人士都会说一个词“FOMO”，即害怕错过时机。时机也是“天命”的一种表现，掌握时机也就是顺天行事，当然人在主观方面的眼光、魄力、实力和毅力都十分重要，如果“志大而不见机”，则志向再大、理想再高也没有什么用。不过时机到来了，还要有实力去掌握它。有句谚语说：“风来了，猪也会飞；风过去了，猪就会摔死。”也就是说，猪毕竟是猪，虽然一时跟上了风，最后还是会失败。人却要积累能量，时机未到时需要等待，当机会来临时能及时抓住它，这就是“君子藏器于身，待时而动”。现代社会发展很快，新的领域不断产生，新的变化不断出现，往往有不少新的机会来敲人生的大门，在这方面我们更应该牢牢把握，瞻前顾后、畏首畏尾、犹豫不决不是好性格。智者顺时而谋，愚者逆理而动。人生在世，智者能创造机会，强者能把握机会，常人在等待机会，弱者会失去机会，旨哉。

三　寻找世界和人生的总钥匙

人们研究生命文化，而生命和世界是分不开的，世界万物、人生百态，这些事物和现象是怎么形成的？是不是有一种规律性的东西在安排和支配呢？有一个资料，是关于牛顿和爱因斯坦的，有些人说他们到了晚年都研究神学去了，其实他们是在研究那安排一切、主宰一切的宇宙总规律。有人说他们虚妄和不靠谱，他们曾多次据理驳斥。有一次牛顿向一些人展示他的小星运仪，朋友都赞叹此物的精巧，问他是怎么做出来的，牛顿说这是自发地、随意地做出来的，朋友不相信，说这么精密的仪器怎么可能是自发地、随意地做出来的呢？牛顿说："这只是宇宙中的沧海一粟，如果它都不可能是自发地、随意地做出来，那么为什么人们却认为那无限庞大的宇宙万物是自发地、随机地、偶然地产生的呢？"

爱因斯坦也有类似的表述。有一次他当着许多朋友的面把一个咖啡杯放上桌，然后问大家："这只咖啡杯怎么会在这里？"朋友说："是你摆放的呀！"他说："哦，连一只咖啡杯都需要一种力量来摆放、安排，那么宇宙万物各自运行、互不干扰，是一种什么力量来安排的呢？"爱因斯坦曾回忆，当他五六岁时，父亲给他看了一个罗盘，他发现无论怎样转动罗盘，它总是指向一个方向，这使他惊讶不已。他将高深莫测的罗盘与童年时那些习以为常的现象（如物体自由下落，月亮却挂在天上等）进行了对照和思考："我现在还记得这件事给我一个深刻而持久的印象，一定有某种东西深深地隐藏在事物后面。"他还说过："上帝是不会掷骰子的。"

世上许多第一流的权威科学家都认为，宇宙万物都是井然有序的，在宇宙之间，有包括地球在内的几千亿个行星，它们各有轨道，互不相扰，如果没有一种力量去安排是不可能的。世界与人生的各种现象复杂纷纭，要找到一把总钥匙、总开关，才能把这一扇扇迷宫之门打开。这种序列精密而完整，使人难以想象，例如加利略通过望远镜发现了太阳黑子、木星的卫星和月亮上的山脉之后，欣喜若狂地写下了如下一段话："我惊呆了，我无限感谢上帝，他让我想方设法发现这样伟大的、多少世纪都弄不清楚的事情。"世界发明大王爱迪生一生拥有两千多种发明，但当记者问他最大的发现是什么时，他的回答居然是："我发现耶稣是人类的救主。"他还在自己的实验室里立了一块石碑，其上刻着："我深信有一位全智、全能、充满万有至高至尊的神存在。"

不过，科学家们所相信的神不是一般的教徒所烧香叩头、顶礼膜拜的佛、上帝或真主，他们所信的是对宇宙、世界和人生起着安排与主宰作用的必然规律。科学为什么会不断地取得伟大的进展，就是因为科学家们都相信有一个必然性的规律在决定着万物，这使他们有着无穷的动力去探索它。如果根本不相信有必然性的规律存在，而认为一切都是偶然的，科学研究就没有意义了。科学和神学是两个不同的范畴，科学实实在在，有根有据，而神学则加入了许多人为的假设和幻想，不过两者有一个共同点，那就是它们都相信世界和人生还有许多未知数，都在探索其发展规律，只是途径不同而已。正是由于科学信仰和宗教信仰有共同之处，因此，世界上著名的科学家几乎都信"神"。当然，这个"神"并不是宗教中那个人格化的神，而是一种物质化的力量，或者说是决定万物的必然性规律，这种信仰在哲学中叫泛神论。因此，在这些科学家看来，宗教和科学并非是绝对排斥的关系，宗教理论中有不少古代哲学智慧的内容，而科学则是认识自然更实在、更接近于真实的锐利武器。有许多人认为爱因斯坦是彻底的泛神论者，在他看来，上帝就是自然规律，正因为有这个规律，世界才是有井然有序的，大至于星系、星体，小至于分子、原子、光子、电子、微粒子，中至于生物、人、人类社会，都是呈系统性的存在，虽然形式多种多样，但它们都应该由同一种物质所组成，也由同一个原理所支配。

仔细想想，宇宙万物、人生百态的确就是这样。决定宇宙万物运行的规律绝不是深不可测的玄虚和奥秘，也不仅是抽象的哲学思维，而是体现在人类生活方方面面的现实。世界和人生的各个方面都形成系统，紧密联结，似乎总有一种无形的力量把它们安排得很好，就像一根链条，使每个环节都环环相扣，紧密相连，并按一定的规律发展，天地循环，终而复始。自然环境生态是这样，生物生态是这样，人类生态也是这样，这也正如司汤达所说的“天地之气，不失其序”。

以人类的生态系统来说，人类的生命既有可见的躯体，又有看不见的心灵和气息，三者不可或缺。即以躯体而言，其自成系统，如有消化系统、循环系统、呼吸系统、大脑神经系统、生殖系统、泌尿系统、内分泌系统和运动系统等八个系统，由许多器官组成，这些系统组成了人类躯体生命的大系统，相生相连，因此，有人把人的生态系统称为“小周天”。这些系统是紧密相连的，如果一个系统出了问题，一定会影响到其他系统。组成这些小系统的诸多器官也有相互连接的作用，例如现代医学关于“肠—脑轴”的新发现，使人类方知肠胃对大脑功能也有影响；肌肤对色彩也有感觉；还有，几乎所有被人们称为“味道”的东西其实主要都是通过鼻子感知的。

人类躯体的诸多器官各就其位，各司其职，由血液相通，经络相连，穴位相应，一样不可缺少。过去人们认为阑尾是无用的，而现代的科学研究认为并非如此，阑尾和淋巴组织关系密切，而淋巴组织有支持免疫系统的作用。这些器官安排得这么全面、严整与和谐，它们的运作方式也是严丝合缝、紧密联系、相互作用的。即以生殖系统来说，人类的生育是精子和卵子的结合，亿万颗精子奔向一个卵子，奔得最快的那个精子才能和卵子结合，这就可以最大限度地提高胚胎的质量。精子在男子体内，卵子在女子体内，它们的结合要有输送的方法和渠道，这就是性交。为了便于性交，男子要阴茎勃起，使输送得力，女子要有阴道分泌物，使道路通畅；

为了便于阴茎勃起、阴道分泌，就要激发性兴奋，而男女的躯体中都有不少性感带，由耳、目、手、鼻、舌一起把所感受到的性刺激传往大脑，再由大脑（主要是下丘脑）推动性交。还有，为了便于性交，有阴毛便于摩擦；女子的下耻骨稍有凸出，从而便于阴茎进入；男子的精子畏热，因此才有睾丸将精子储存在体外。至于吃食，人有 28 颗牙齿，大齿 4 颗，能撕咬，用来吃肉；门齿 8 颗，用来切割蔬菜水果；臼齿 16 颗，用来磨五谷杂粮。牙齿把食物磨烂时，首先是唾液帮助消化，然后是胃液帮助消化，将食物分解成有用的营养输向全身，将废物变成屎尿排出体外。——一切都安排得如此细致入微，无懈可击，使人们不得不思考：这些系统是由谁安排，是怎样安排的呢？

世界上的生物系统，包括动物和植物，也是这样。世上一切动物都是相互连接、相互影响、不可或缺的，正所谓“一物降一物”，否则，如果一个环节断了，全链都会受影响。例如老虎可以吃鸡，鸡可以吃虫，虫可以蚀木，木又可以打老虎。又如猫爱吃鱼，可是下不了水，鱼爱吃蚯蚓，可是入不了土，这就是大自然的平衡法则。在我国三年困难时期要“除四害”，由于麻雀会偷吃粮食，因此也要除麻雀，但是后来发现麻雀少了，害虫却多了，因为麻雀也要吃害虫，除灭麻雀的做法破坏了生物平衡，于是除麻雀的号召只能被悄悄收起。还有，动物也都要繁衍后代，因此也要增加“性吸引力”，为此，雄孔雀要用“开屏”来吸引雌孔雀，雄麝要分泌麝香来吸引雌麝，雌猩猩在发情时阴门会发湿发红，这就像是在跟雄猩猩打招呼：“我想交配了，你快来吧！”

动物和植物也有紧密联系。植物的叶和果是动物（包括人类）的食物，动物也会十分自然地帮助植物播种、繁殖。例如，植物开花，用花香来吸引蜂蝶帮助传播花粉，从而结果，结果后又以果实的香甜吸引动物（包括人类）来吃，吃完果肉后弃核而帮它播种——这一切关系又是一种什么力量来安排的呢？

再谈自然环境。地球上的生活环境是丰富多彩的，山川、沙漠、平原、森林、湖泊……它们都在地球这个大的生态系统中发挥着各自的作用。人的任何一个器官生病，身体的整体功能都会被削弱，所以我们也可以把地球比作人的身体，森林和海洋为地球提供大气中的氧气，就好像人的肺；湖泊、泥炭层和沼泽地就像是肾脏，在人体中，肾脏负责过滤血液中的垃圾，排出毒素，湿地则负责过滤地球上的水，以除去其中的有害物质。

至于在宇宙之间，太阳、月亮、地球和其他星球的密切关联就更复杂了。这真是像英国剑桥大学著名的物理学家约翰·波金霍尔所说的："当你认识到自然界的规律都是不可思议地精密地协调在一起，从而制造出我们看到的这个宇宙，你就会产生这种看法：这个宇宙不是碰巧存在的，而是有意创造的。"

在学术上，不能"孤证立论"，而现在却是事事为证了。一切都说明，宇宙世界和人生的一切那么井然有序，各得其所，一定有一种力量在安排，一定有一种规律在运作，一定有一把钥匙来开这个宇宙之锁。至于这种力量和规律究竟是什么，却是人类从古至今在不断探索的千古之谜，也是人类智慧不断发展之见。

人类对这个谜的探索可以追溯到几千年前，而许多近现代世界顶尖级科学的见解把这方面的探索和当代科学进一步地联系起来了。在几千年的传统文化中它早已是一个重要命题，最著名的就是中国的先哲们，他们用连接在空间中的统一物质（气）和有序（阴）、无序（阳）变换的规律解释了自然界的一切。他们把这个宇宙、世界和人生的总规律和总钥匙称之为"道"。老子说："有物混成，先天地生，寂兮寥兮，独立而不改，周行而不殆，可以为天下母，吾不知其名，强字之为道。"《道德经》的第一句就是"道可道，非常道。"《太平经》说："夫道何等也？万物之元首，不可得名者。六极之中，无道不能变化。无气行道，以生万物，天地大小，无不由道而生也。”这就是说，“道”是宇宙的本原与主宰，宇宙生元气，元气演化而构成天地、阴阳、四时、五行，由此而化万物。《易经》也多次强调“天垂象，见吉凶”，这就是说天有自己的规矩，万物有自己的法则，“道”是亘古不变之规，独立而不改，周行而不殆，为天地万物之所宗。

在中国的传统文化中，将“道”称之为“天道”，或天理、天命，这就是天地万物运行变化的总规律，这是对“天道”广义的理解。也有人把“道”具体分为“天道”“地道”和“人道”：天道酬勤，“天行健，君子以自强不息”，这是强调人的主观能动性；地道崇德，“地势坤，君子以厚德载物”，这是强调人和世界万物的关系；人道尚诚，“诚之者，人之道”，这是强调人和自己的内心世界。还有人把“道”字分解为“首”和“辶”的偏旁，“首”指人，加上“辶”就是人走的路。——不过，人们通常以“天道”来概括“道”之一切。

▲ 宇宙生我，我思宇宙

汉代的大学者王充，一生反对迷信，不信鬼神，但他坚持命是客观存在的，命由天道注定，命中有的终须有，命里无时莫强求。

宋代的大儒邵雍（即邵康节）毕生研究天道，坚信有一套客观存在的规律，而宇宙就是靠这套规律推演出来的，一个人要想为圣为王，首先要能理解这套规律，然后遵循这套规律去做。

中国的古人对于“天道”这一大自然发展的总规律、总钥匙的确是极为重视的，他们认为天地有自己的规矩，万物有自己的法则，“天命不可违”，“道法自然”，“获罪于天，天所祷也”，人类只能敬畏天命，依道而行，否则就会受到惩罚，甚至万劫不复。对个人来说，“人在做，天在看”，要“仰不愧于天，俯不怍于人”，“多行不义必自毙”。古人还认为，凡事皆有“定数”，所谓“定数”，并不是说人的命是一定的、不可改变的，而是说“天道”不可变，宇宙、世界和人生的发展规律不会变，有因必有其果，树有根，水有源，积德者昌，失德者亡；善有善报，恶有恶报；人有千算，天则一算；有压迫必有反抗，等等。《易经》说：“上古之人，其知道者，法于阴阳，和于术数，食饮有节，起居有常，不妄劳作，故能形与神俱，而尽终其天年，度百岁乃去。”这就是说，天地万物都是有序的，人必须依其规律而行。又说：“自天佑之，吉无不利”，这就是说，凡事顺乎天道而行，才能成功。孔子说过：“君子有三畏：畏天命，畏大人，畏圣人之言”，第一就是“畏天命”。荀子说：“天行有常，不为尧存，不为桀亡。”即人要有敬畏之心，首先是要敬畏天道。人的生命是由大自然的发展规律所决定的，不可违背，如果违背了“必遭天谴”。人性的缺点，往往是不懂得尊重和容纳外物与世界，不能包容世间万物，而是以自己主观的强硬姿态去对抗外界的存在，妄图左右不该左右的或不能左右的事物，无视天道。

从古到今，汉语中有许多成语典故都和“天”有关，如“天经地义”“天网恢恢”“天理难容”“天意难违”“天理昭昭”“乐天知命”“应天顺人”“天地良心”“天高地厚”“天工开物”“天作之合”“天造地设”“天人感应”“天人合一”“天荒地老”“天祐民安”“天不藏奸”“天有不测风云”“天无绝人之路”，等等，数不胜数。今人用之，多以“天”为虚意，为比方，而不知其中实有“天道”这一宇宙法则的真理在。

“天行健，君子以自强不息”，是《易经》上很有名的一句话，经常被人引用，也是清华大学的校训。可是有些人却十分重视“自强不息”这句话，强调要有志，要奋斗，而对“天行健”则多少有些忽略。强调“自强不息”当然是对的，但是“自强”要在了解“天道”、顺乎“天道”的条件下进行，“天行健”指宇宙是在按一定的规律永不停息地运行，日月星辰、四季交替、万物有序、天人合一、周而复始，为人处世要有条不紊，进退有据，乘势而起，顺势而为，借势而雄，按照天道的象、数、理去“自强不息”，方有所成。把两者连在一起，就是“天人合一”。

当然，天有“定数”绝不是说一切都不能改变了，人还是有主观能动性的。譬如，河水总是西流入海，不可逆转，人永远离不开水，有水域才有文明，这是不可改变的自然规律。可是，河水有时会泛滥，有时会枯干，人们就顺其势在一定范围内加以调整、修正与补充，从大禹治水到李冰父子的都江堰工程，到现代的水利工程，都是如此。不过，如果真以为“人定胜天”，大规模地移山填河，或是破坏生态使水土流失，那就违背了大自然的发展规律，“天谴”就会来临了。

应该看到，现在人类在有些方面已遭天谴了。世界万物都处在一个天平之上，而这个天平是不容破坏的。人类在进入工业社会以后，往往急功近利，破坏生态平衡，违背“天道”。例如环境污染，十分影响人的生命健康；砍伐山林，破坏生态，使有些地方水土流失，甚至出现沙漠化。世界资源研究所曾发布报告称，2000 年至 2017 年人类平均每天损失 200 多平方公里的森林面积，森林缩小的速度比过去 10 年快 20%。

全世界有大量垃圾难以处理，几十年前塑料的发明与使用本来似乎是个进步，而现在塑料垃圾的堆积已成了一个灾难。加拿大维多利亚大学汇总分析了26项已发表研究的数据，这些研究测量了鱼类、贝类、粮、盐、啤酒和水中的塑料微粒数量以及城市空气中的塑料微粒数量，发现成年人每年大约吃掉5万颗塑料微粒，其中瓶装水的塑料微粒含量尤其高，是等量自来水的22倍。2020年世界银行发布报告，推测全球垃圾到2050年将暴增70%。现在，人类每年要将1400亿吨的垃圾倾向大海，而大海对此是绝对消化不了的。海洋学家发现，截至2017年，全球海洋中已出现了五座“垃圾岛”，最大的“垃圾岛”是法国全国面积的三倍，且还在不断地扩大、增加。这些“垃圾岛”都是毒岛，使海洋变质，每年有百万以上的海洋生物因此死亡，而且这种毒岛目前无法消灭。①

人和动物一样，都是从性需求出发，和异性交配，从而产生新的生命，这都是绝对自然的，这是“天道”，如果没有人为的影响，从全世界来看，包括人类在内的各种动物两性的数量基本一致，如果改变了这个“天道”，加入了人为的干预，就会发生许多问题。例如中国三十多年来实行了一胎化的计划生育，将它作为基本国策，从1980年至2016年共生育了1.76亿的独生子女。计划生育是立了大功的，据统计，实施这项政策使中国少生了4亿人口，如果现代中国的人口加上这4亿变成18亿，中国社会就绝不可能像现在这样稳定与繁荣发展了。可是计划生育是人为的政策，它改变了生命产生的自然规律，因此也出现了不少事先难以预见的问题，例如因为只能生一个子女，而许多人重男轻女，人们用各种方法生男弃女，致使中国的人口中男性比女性多出3000多万，以后会有很多男人找不到老婆；独生子女在家中没有伴儿，父母因其为独生而特宠，影响了孩子心理与性格的健康成长；两个独生子女结婚后可能要赡养4个甚至12个老人，实在不堪负担；人口猛增的问题刚解决，又要防止将来的人口减少了；等等。

---

① 参见《文汇报》2020年8月24日报道。

▲ 20 世纪 80 年代街头的计划生育标语：只生一个孩子更好

人类要通过性交来产生新的生命。“天地细缊，万物化醇，男女构精，万物化生”，这是“天道”。可是现在不通过性交也能生出新的生命了，如体外受精、人工怀孕、细胞克隆、基因重组以及创造有思想和感情的机器人等，有的科学家还在从改造细胞、基因来使人长生不死，今后的生命生态不知会变成什么样子。

科学的发展还使人们的生活常规脱离了大自然的正常规律和平衡法则。例如，人的诞生是男是女本来分得很清楚，现在有些人却要易性，使男变成女，使女变成男；泰国的人妖已经是群体性的了，这是十分违反自然的事，而人妖一般都活不过 40 岁。现代社会流行女子大整容、大整形，当然女子化妆、稍作打扮是正常的事，但是大动干戈，硬是大幅改变天然的形体，对健康就有害了。

另外，以人们每天不可或缺的食物来说，现在生活改善了，温饱不成问题了，但是过好日子不知“节”和“止”，现代中国人每年浪费的粮食竟合1000亿斤[①]，这是要遭“天打”的。同时，人类还打破大自然的规律，搞什么转基因食物、反季节食物、用大量农药催生催长的食物，这些被催生催长的动植物大都是含有激素或毒素的。再有，竭泽而渔，竭林而不留根，如此一来，人类就没有“明天”了。

◀ 爱护自然，从自己做起

当代世界发生的许多大的流行疾病，如“非典”、埃博拉，就和人们的乱食有关。科学判明，野生动物体内常有各种病毒，这是它们的一种自我防御体系，病毒以所在的野生动物为“自然宿主”，对“自然宿主”无害，可是对食用者可能有害，这也可算是大自然的生存系统中的一环，可是人类至今对此还知之甚少。据估测，在160万种野外生物所携带的未知病毒中，人类目前只知道了约3000种，这些已知数只占应知数的0.1%。在愚昧无知的情况下，许多人偏偏就是爱吃野生动物，因此，大肆残害野

① 参见《北京日报》2020年8月25日报道。

生动物甚至使之绝种，便违反了大自然的发展规律，破坏了生态平衡，也就是悖逆了“天道”，于是受到“天道”的惩罚。中国有句贬语叫“伤天害理”，“伤天”就是有悖“天道”，“害理”就是违反了做人之理、做人之德。

人类破坏了大自然从而受到大自然的报复，这是全方位的、世界性的。近来除发生了波及世界的新型冠状病毒大流行外，美国还发生了40年来最严重的流感，波及41个州，死亡上万人，后来又因新冠肺炎疫情蔓延死亡人数达到几十万，居世界之首；非洲流行的埃博拉病毒；尼日利亚流行的拉沙热病毒；澳大利亚发生的几个月不灭的特大山火；30万只蝙蝠飞向澳洲；几千亿只蝗虫飞向非洲；日本的核泄漏污染了海洋；地球变暖，冰山融化，导致一些国家洪水成灾，不少海洋生物死亡，不少未知病毒滋生；再加上火山爆发，风暴和地震连连，人类的未来危险、地球危险啊！

大自然对人类的报复是明显、有力和立竿见影的：你们不是乱吃野生动物，破坏大自然的生物链吗？就叫你们吃了以后得病，瘟疫蔓延。你们不是破坏山林、污染环境吗？其结果就是地球变暖，害虫暴增，资源短缺，土地沙漠化，叫你们不得好过。古人说“人弃常则妖兴”，所谓“常”，就是大自然的发展规律，所谓“妖兴”，就是灾祸降临。雨果说过：“大自然是善良的母亲，同时也是冷酷的屠夫。”

中国过去流行一些话，如“人定胜天”“不怕做不到，只怕想不到”“人有多大胆，地有多大产”，这些话作为豪言壮语是可以的，作为科学却是不可以的。人胜不了天，人不能和大自然作对，人只能依“天道”而行，挖掘其潜力，而绝不能违背大自然的发展规律恣意妄为。纪录片《大自然在说话》中说：“我（地球）已经存在了45亿年，是你们人类存在时间的两万两千五百倍，我并不需要人类，人类却离不开我。”著名的历史学家梁从诫说过：“自然界的生态平衡犹如一张大网，每个物种都是网上的一道经纬，任何一个物种的灭绝都会使这个大网上出现孔洞，任何一个孔洞对于人类来说都是绝对危险的。”世界总是以一种独特的方式维持万物的平衡，也包括人类在内，如果人类破坏了这种平衡，世界就只能对人类说一声“对不起”了。对于人类破坏大自然的行为，大自然已经一次次地发出警告，实行净化并做出惩罚，对此，人类一定要有所认识。

可是，目前人们对这方面的认识还是不尽一致的。我们说，宇宙、世界和人类之间存在着一种不可违背的发展规律，谓之“天道”，“天道”是冥冥之中主宰万物的一种力量，但有些人还认为这是迷信。即使在学术界也有不少模糊的观点，不久以前台湾的著名学者李敖在一次报告中也言及于此，他说：“有人问我，你是有神论者还是无神论者，我说，我两者都不是，我认为有神或无神的结论都很武断，都没有什么足够的根据，我只是个不可知论者。”他又说：“我不认为世上存在一种创造万物、主宰万物的力量，如果有这么一种力量，为什么不把世界安排得更完美？为什么世界上还存在那么多苦难和黑暗呢？”

李敖的这些观点有些似是而非。我们应该承认，世界上确实存在一种主宰万物的规律和力量，如果把这种力量人格化为神，确实没有足够的依据，但是这种规律和力量本身，却是可知的和彰显的存在，顺之则昌，逆之则亡，是可以用许多事实说明的。李敖说，如果存在这种主宰力量，那么为什么不把这个世界安排、主宰得更完美呢？其实，这正是这种力量的高明之处，它使世界万物都处于一种矛盾对立统一的状态，有阴必有阳，有生必有死，有成必有败，有恶必有善；因为有苦，才能思甜；因为存在不完美，人们才要奋斗，去追求完美，才能发展进步。这正如《易经·睽卦》中所说：“天地睽而其事同也，男女睽而其志通也，万物睽而其事类也，睽之时用大矣哉！”这里所说的“睽”指不同，指矛盾对立，《易经》认为天地万物都有所不同，都有好和坏、完美和缺陷等两个方面，而它们都是相容和相通的，各有各的归类和作用。

黑格尔说过：“人类唯一能从历史中吸取的教训就是人类从来不会从历史中吸取教训。”“高科技做起恶来，一点不比瘟疫弱。”可悲的是有许多人还不明此理，继续违背“天道”，不断地榨干地球，不断地经受“天谴”，直至一切归于灭亡。

四　“天道”的核心与根本

怎样认识“天道”，并顺此而行呢？

古往今来有许多人在这方面苦苦研究，而世界和人生给了人无数的启发与经验教训，从而形成了一门学问。这门学问，在古代包括玄学、神学、道学，在现代又叫哲学，甚至发展到物理学，即量子科学。其实，不论这门学问名称如何，侧重点何在，都是主要研究“天道”这个总规律和总钥匙的学问。现代人把科学分成哲学、自然科学和社会科学三大类，其中，哲学既不是自然科学，也不是社会科学，它是研究世界与人生发展总规律的学问，它抽象、无形，但是更为本质化、基础化，是研究世界与人生的总体和根本，也可以说，其研究目标是“天道”。

从世界与人生复杂纷纭的诸多现象来看，似可把“天道”归纳为以下几个法则：

第一，平衡的法则。平衡，就是有序。地球的存在已有 46 亿年了，在这 46 亿年间，地球上从无生物发展到有生物，从有生物又发展到出现人类这个万物之灵，世界万物都连结在“万物归宗”“一物降一物”的链条上，各有所需，各得其位，存而有因，乱中有序，适者生存，“天道”使万物自然孕育。

第二，万有引力的法则。万物有序，可它们并不是相互孤立的，万物都有自己的气场，尽管这些气场有强有弱，各有所重，可是都在相互作用，生生不息。其中天地的气场最大，因此古人强调“天人合一”，人要多吸收天地之气以发展自身。山水的气场也大，现代科学已发现山水有不同的磁场。人的气场主要在于心灵，每个人都有强弱不同的气场，德行越高的人其气场的力量越大，越能影响他人，甚至能影响子孙后代。中国的古人很讲究伦理，伦理就是人和人之间、上代和下代之间的序，其气场的相互影响很大。一些动物、植物也各有气场，总的看来，它们的气场弱于人类，可是其气场还有待进一步挖掘。

第三，因果的法则。世界万物的相互影响是有一定规律的，往往形成一种因果关系：种瓜得瓜，种豆得豆；付出越多，收获越大；人品越好，貌相越美；德不配位，必遭祸殃。这种因果关系，不是偶然发生的，而是一种必然，它可能受到时间和空间的影响，有时未能立即显现，但是总会显现，这就是“天网恢恢，疏而不漏”“善有善报，恶有恶报，不是不报，时间未到”。今人不爱护自然环境，其恶果已开始显现。正义是不会缺席的，人们有时觉得“天”似乎并不公平，有些坏人一时看来还风光得很，可是如果把时间拉长一些，就会发现“天”其实还是很公平的。

第四，流变的法则。“天道”是不变的，但是不变中有变，人可以通过自身的努力来改变命运，而不是一切都“听天由命”“引颈就戮”“束手待毙”，这也是“天道”之规。“天道”之规绝不是僵死的，人在规律面前也不是无为的，客观规律也可以在一定范围内通过主观能动性加以调整，这种努力主要是德和勤，“天道酬勤”“善则命转”即是指此。每个人各有气场，气场中都有正能量和负能量，这两种量子的相互纠缠与斗争决定了人类命运的走向与变化。“放下屠刀，立地成佛”是由恶向善之变，恶念渐生、良心渐泯则是由善向恶之变，这种可变性也正是“天道”之不变的规律所在。

第五，“象由心生”的法则。世界是外在的、物质的、客观存在而不以人的意志为转移的，可是人对世界的认识却是主观的，它受到人类眼、耳、鼻、舌、身和大脑的限制。人们只能认识到世界中很小的部分，而且还可能是错误的表面现象，而动物、昆虫对世界的感知可能和人类完全不同。人类对世界的认知永远在发展，其认知永远取决于自己的心智，即人的心智是什么样，对世界的感受就是什么样，人对世界往往是看见才相信，可是实际上我们对许多事是相信才看见，因此，如果要一步步地认识“天道”，依“天道”而行，必须一步步地改造自己，提升自己的心灵世界。人对“天道”的认识是无穷尽的，所能获得的也只能是相对真理，而且可能出现颠覆性的大变化。当今的生命文化正处于某种大变化之中，这种变化往往是循环往返，周而复始，按照“否定之否定”的规律发展的，人们对此应有正确的认识和充分的思想准备。

以上这个影响世界万物的总规律当然也影响到人生，它是生命文化的根本，也是人生应有的根本态度。它可以归纳成一个字，就是“合”，“合”就是“天道”的核心和根本。有人可能认为，这么复杂的规律用这么一个字就能归纳了，是不是太简单了？《道德经》云：“万物之道至简，衍化至繁”，易懂易行，这个总钥匙是放之四海而皆准、传诸百世而不变的，理应平凡、简单、普通，却又内涵深邃、变化万千。达尔文将生命文化奠定在现代科学的基础上，他的理论可用四个字来表述，就是“自然选择”。南怀瑾说过：“究大一理，能察万端。”这是“思维简易原则”。“合”的问题，看似简单，其实十分复杂。仔细想想，人生的发展规律，其成其败，其荣其枯，真在于能不能“合”。人和大自然要“合”，人和世界万物要“合”，人和人要“合”，民族和国家发展的规律，也在于能不能“合”，世上一切生态的发展规律，也是在于能不能“合”。人生的一切，都是“合则皆利，离则俱伤”。

过去，在哲学领域之后又扩展到政治领域，有过一个“一分为二”和“合二而一”的斗争，其实，二者是并存的。“一分为二”是个前提，是个过程，“合二而一”则是结果，由于分才有斗，而斗的目的则是求合。“天下大势，合久必分，分久必合”，如此循环往复，从一个层次到达另一个新的层次，以至无穷。“合”总是一个阶段性的目的，是一个必然的发展趋势，是一个理想的状态、普遍的追求。世间万物各异，这是分；有序地生存，和谐地相处，这就是合。

这个道理可以从人类的诞生、文明的发展说起。

首先，人是怎样从动物进化而成为“万物之灵”的呢？关键就在于合，就在于人的社会化，100 个人的群体力量不知要比 100 个无组织的孤立个体大多少倍。原始人的合是以氏族、部落的低级形态出现的，后来组织形式不断扩大，现在已扩大到民族、国家，甚至还提出了“人类命运共同体”的概念，将来还要发展到“地球村”“世界大同”的程度。人和人的合还不仅是数量上的问题，还在于内容和质量，这就是道德与文明，“人人为我，我为人人”是最大的合。人性，就是自然性（动物性）与社会性之合，而文明也就是人生之合的发展与升华。

从人类的文明发展来看，世界上几个古代文化都曾经中断，只有中华文化延续至今，从未断绝过，这是“合”的不断发展，多样性不断统一的结果。中华民族本身就是汉族和五十多个少数民族之“合”。“炎黄子孙”就是炎帝与黄帝从对立到交融之合而产生的，当然这只是传说。史载，世上几个古代文明都发源于2500年前，有人称那时是个“轴心时代”。那时全世界几乎同时出现了几个“大智慧的人”，他们都是人类伟大的精神导师——古希腊有苏格拉底、柏拉图、亚里士多德，以色列有犹太教的先知们，古印度有释迦牟尼，中国有孔子、老子等等，他们提出的思想原则塑造了不同的文化传统，也一直影响着人类的生活，影响着世界。接着，在中国出现了春秋、战国时期的诸子百家，“百花齐放，百家争鸣”，无论是儒家、法家还是道家、墨家，它们相互补充，成为人们应对万事万物不同的价值取向和“并行而不相悖”的良性生态，这才形成以“多元通和”文化模式为特征的中华第一个文明。

这个“合”后来被应用起来，成就了大业。“秦王扫六合，虎视何雄哉”，战国末期，秦国之所以能够战胜六国，统一天下，一个极为重要的原因就是能够海纳百川，广集英才，从而合成一股十分巨大的力量，即所谓“七代明君，代代重才”，也就是李斯在《谏逐客书》中所说的“夫物不产于秦，可宝者多；士不产于秦，而愿忠者众”。这种“合”的力量使秦国这个蛮荒小国将六国统合了起来。

世界上有几个影响后世的古代文明，它们各有特色，各有重点。希腊文化主要是探索人和物的关系，印度文化主要是探索人和神的关系，中国文化主要是探索人和人的关系。

不过那时的中华文明太“斯文”了，儒家文化内敛、蕴藉，很讲究礼仪和仁义道德，佛家文化讲究来世，道家文化则讲究自然。“斯文”会被野蛮欺负，那时一些游牧民族经常进犯中原，于是从秦始皇时代开始修长城，汉武帝和匈奴打了四十多年的仗，把匈奴打跑了，可是汉人也打得疲惫不堪。

后来，鲜卑人占领了汉人大片土地，在如今的华北和西北地区建立了政权，似乎“游牧文明”要战胜“农耕文明”了。庆幸的是上天在鲜卑族里安排了两个极其优秀的人物，一个是冯太后，另一个是她的孙子拓跋宏，即北魏王朝的孝文帝，他们十分重视汉文化，学习、发展汉文化，以其“天苍苍，野茫茫”的气概和马背上的彪悍雄风补充了原有汉文化的不足，这个文化之“合”终于创建了一个伟大的朝代，这就是大唐。一个了不起的时代开始了，“九天阊阖开宫殿，万国衣冠拜冕旒”，大唐之前的隋炀帝和大唐的唐太宗，他们血缘中二分之一是鲜卑族。到了武则天时的唐高宗，他血缘中四分之三是鲜卑族。唐代是中国历史上最骄傲的朝代，那时的中国可以毫无疑义地被认为是世界第一强国，是世界文化的中心。

而其后的宋元两代也不差，宋朝重文轻武，军力不算强，但是文化、经济都很好；在历史上只存在了 97 年的元代其实也很优秀，首先是蒙古军队的强大，耶律楚材也协助成吉思汗、窝阔台制定了多种效仿汉制的政策和典章，又促进了游牧文化和农耕文化的深度融合，再一次以勇猛剽悍的阳刚之气补充了中华民族固有的文质彬彬。

再往后，中国到了明、清，确实弱下去了，其弱之因主要在于“不合”。一是由于千年以来中华民族过于辉煌，因此统治者妄自尊大，以“天朝上国”自居，不把世界看在眼里，封闭保守，对外“不合”。二是实行文化专制主义，明太祖朱元璋和清初的几个王朝都大兴文字狱，康熙时代兴起十一起，雍正时代兴起二十多起，乾隆时代兴起一百三十多起，同时重农轻商，这种文化专制的暴政对内“不合”。三是忽视了“海岸文明”，实行海禁，沿海30—400里处禁止民众居住，这和发展了的时代“不合”。那时的政府对国家的防御是只见长城而不见海洋，可是从倭寇到鸦片战争、八国联军、甲午海战，敌对势力都是从海上来的。总而言之，当时造成这些历史灾难的原因很多，其中一个最重要的原因是当时中华文明的滞后性和时代的发展潮流不合。中国人要合，要赶上，于是不断地探索、奋斗、流血。可庆的是到了20世纪前期，又一个外部的文化力量向中华民族传来，这就是“十月革命一声炮响，给中国送来了马克思主义”，中国人接受了它，而且把它和中国的国情紧密结合，以至发展成为世界上最成功的社会主义国家——这又是一个最新的伟大的“合”。中华文化也正像黄河、长江，许多涓涓支水汇合成了滔滔洪流，穿山越野，奔腾入海。

许多事情说明，对于“合”的规律，中国的古人早就认识到了。古人认为世界万物都是由阴阳两个因素组成的，“一阴一阳谓之道”，阴和阳要

▲ 雌雄剑（战国，剑柄一面是阴，一面是阳，象征阴阳合一，现存于人类生命文化博物馆）

交合，天和地要交合，乾和坤要交合，因为“孤阴不生，孤阳不长”。庄子说过：“天地一指也，万物一马也”，就是说世界万物像马那样，是由马头、马身、马蹄以及一切器官建构的一个有机组合。地球的生命、人的生命，都是一年四季的组合，春、夏、秋、冬就是起、承、转、合，形成了完整的时间轮，循环往复。古人还认为，人的生命主要在于精、气、神，神是五脏六腑和心灵一起工作时所产生的和谐共振，即合力。神是“超乎于物质之上，超乎形之上”的最根本的推动力，是“引申万物者”，推动“万物之合”。还有所谓“礼之用，和为贵”，“和”也就是“合”。《易经》提出：“天地不交，否，天地交而万物通。”“交”也是合。合实在是万物存在与发展的根本规律，是人生发展的最大动力。

现代，中国的儒家文化日益为世界所推崇，1988 年 1 月，世界历届几十位诺贝尔奖获得者在巴黎集会，在谈到 21 世纪人类需要什么思想才能维持和平共存时，最后得出的共识是：“人类要生存下去，就必须回到 25 个世纪以前，去汲取孔子的智慧。”世界把孔孟之道推崇到这种高度，而孔孟之道的精髓就是中庸之道。简言之，中庸之道就是“执中”，就是和合，即在相互对立、相互矛盾的两个极端之间找一个平衡点，从而把事物的两个极端调和、融合起来。人生于天地之间，要做到不激不随，既要效法天之刚健，又要积累地之宽厚，二者不可偏废，这就是做人的尺度、行事的规律。《中庸》指出：“喜怒哀乐……发而皆中节谓之和。”西方文化倾向于“二元对立”、非此即彼，例如不是天堂就是地狱，不是天使就是魔鬼，中国文化则认为万物皆有所异，也有所同，要求同存异，促进其同。哲学的内容就是三个字：“正、反、合”，或是“正、反、中”。事物不仅有正和反、是和非等两个方面，还有“和”或“合”这第三方面，即所谓“一生二，二生三，三生万物”，这就是“中庸”，就是和西方文化的二元论大不相同的地方。孔子说“君子和而不同”，有所不同并不要紧，但以同为大，万物并育，殊途同归。对于不同的个人，不同的国家、民族，不同的政治制度，都是如此，其各有所长，各有所短，应该重各自所长，共同发展，要“合”，而决不能盲目排外，以邻为壑，独家专横，追求霸权。可以说，中国传统文化所提倡的“合”的思想可以推动世界和平和世界大同，因为这是“天道”，“天道”主宰世界，主宰古今，主宰万物。

人们重视自己的命运，命运也是要“合”。命是“天命”“天道”，天命不可违，人必须与天相合。运系人为，是天时、地利、人和之合，其中，天时是时机，是时代条件；地利是风水；人和则为“势”，是人的主观能量，势差越大，则能量越大，犹如瀑布，银河一落三千丈，一泻千里。如果三者未合，运则不动，人也受困。

我们对于人的命运要“合”的认识有个过程。1996 年 7 月，刘达临在台湾见了郭振祥，和他彻夜长谈。刘问他：“算命都很讲究生辰八字，说生辰八字好就是命好，人如果‘命好’，那么啥也不干，成天睡觉，也能升大官，发大财啦？”郭说：“不是的，人的一生取决于许多因素，就是一命二运三风水四积德五读书，这五者相合，命只是先天条件，还要和其他因素结合起来，才能决定一生。”刘听了，感觉到这五个方面既有客观条件，也有主观努力，倒很辩证。后来又知道，这个说法是《易经》中最重要的箴言。我们由此细读了《易经》，明白了不少道理。所谓“一命二运三风水四积德五读书”，“命”就是天道，是不可改变的自然规律，有其必然性；“运”则是时机、变化，带有偶然性，需要人去捕捉、掌握；“风水”是自然环境对人的影响；“积德”则是自然规律对人的最大要求，“德能福人”，这也是具有因果规律的天道；“读书”则完全归于个人努力了，读书才能明理，积聚能量，以成一生之事。社会是由不同的人组成的，天道仅一，但人各有命，人一生之命决定于这五个方面怎样组合，就是人和天道之合，和环境之合，和他人之合，也是和自己之合，人的一生就是客观条件和主观努力之合。总之，世界和平，人生幸福，皆系于“合”，实当奉之永恒。

第二部分

CHAPTER TWO

科学具有两面性

一　人生多有未知数

研究生命文化时，深感其中的未知数或者说是谜，实在太多了。过去，科学对人在生理方面的研究是不少的，当然它还在发展，至于人的生命和心灵之间的相互关系，人的生死祸福，世上还有许多无法解释的神秘现象，未解之谜就太多了。人类的文化发展至今还不足万年，文化是人类对周围事物的认识和改造，这“周围事物”广至天体，深及灵魂，实在是太复杂了，人类对其认识还远远不足。

正如美国 20 世纪诺贝尔文学奖获得者之一的索尔·贝娄所说：“我们所追求的世界永远不是我们所看到的世界，我们所期望的世界永远不是我们所得到的世界。”

还有一种说法，说人是有第六感觉的，而它也叫直觉，这种感觉并没有多少科学根据，也不一定都正确。一般人的第六感觉或直觉只是偶尔发生、碎片式发生，可是有人在这方面的功能特强，有系统性，而且准确率也高，甚至有穿越现象。为什么会这样？世界上不少心理学家正在研究这些现象，弗洛伊德称之为“特殊心理学”。有些学者认为，准确的直觉仍是来自经验、来自实践：世界象棋大师 =5 万张棋盘；五星级大厨 =2 万道菜品的烹调；顶级驾驶员 =3000 种路况；特级侦察员 =2000 个案例；企业发展灵感 =1 万件经营物料——它们都来自这些庞大的数字组成的经验库，这就是直觉的基因。人们如果专注一个领域，积累到量的临界点，自然会发生质变。[1] 不过，以上情况只是一般规律，也有例外。

应该认为，人对事物的认识绝不能光凭感觉。如果仅从感觉器官的直接功能来看，人在许多方面甚至还不及某些动物。例如狗的嗅觉比人类强5万倍，蜜蜂能见紫外线，金鱼能见远红外线，蝙蝠的夜间视力比人类强几万倍，它还有一种类似雷达的感受力；当地震或其他巨大的自然灾难即将来临时，不少飞禽走兽都会有所感知而产生躁动现象，可谓比地震专家还灵。不过人之最优越于一切动物的地方就是大脑发达，有文化，有思想而且有更多的潜力可以开发。人有好奇心，这是文化和科学发展的一个原始动力，对于“为什么”问得越多，谜也越多，如果不问为什么，也就没有谜了，科学发展也就没有必要了。人类对于世界和人生，往往知之越多则谜越多，就像原始人只知道天上有太阳、月亮和星星，哪知宇宙之间还有这么多复杂现象、这么多谜呢？

还有这么一个说法：人类的知识就像一个圆圈，圈内的是已知，圆圈的对外接触面是未知，这个圆圈越大，圆圈的接触面就越大。也就是说，已知的越多，未知的谜也越多。这正是“学然后知不足”，“吾生也有涯，而知也无涯”。国学大师曾仕强说过，人有优点、缺点，更有盲点。他说得有道理，人的优点、缺点是相对的，是在不断转化之中的；而盲点的存在则是绝对的，人类越是进步，对盲点的发现就会越多，但对盲点的解决也会越多。

不过，这并不是说人类就永远陷于盲点之中了，人能认识到自身认知之弱而要去加强它，这是一种文化发展；人不断地发现未知之谜是一种文化进步；人类运用科学一步步地去破解这些未知数，更是文化结出的丰硕成果。

现代科学以亘古未有的速度在飞跃发展，不断冲击着人们对世界和人

① 参见《创业思维》，《大众文摘》2020年第369期。

生的已有认知，这一切都说明了人类的文明始终是在已知和未知、偶然和必然、主观和客观、科学和迷信之间徘徊和发展，过去所认为是真理、常识的事情后来却发现是谬误，过去所认为是不可想象、匪夷所思的事情后来却发现是不可动摇的现实，现代人所感到的神秘之处也必然会被科学发展所破解，虽然这种破解将逐步进行，逐步明确，逐步被人们所接受。

不过，宇宙是无穷尽的，宇宙、世界和人生之谜也是无穷尽的，因此科学是没有终点的。人的认识不可能对世界和人生有最终、最彻底的结论，科学研究也永远不会停顿。因此，中国古人提倡“学起于思，思起于疑”。法国的哲学家笛卡儿提出一切都可怀疑，但有一点是不可怀疑的，这就是“你在怀疑”。《易经》最后一卦是“未济”，就是“尚未完成”，这是真理。

二　科学和迷信的交叉

在生命文化中存在许多未知数，当人们研究这些未知数时，往往会有不少怀疑、迷茫和徘徊。例如对于命运、宗教、风水、时辰等等，其存在是真的还是假的，是对的还是错的，是科学还是迷信，有时真分不清楚，而盲目地相信是不对的，抱了“左”的态度一概否定也不对。

科学和迷信是水火不容的死对头，科学越是昌明，迷信的市场就越小，可是现代科学那么发达，人们的科学素养比过去提高了很多，却还有不少人的迷信思想驱而不散，这个原因需要研究思考。

对此，我们可以从人类文化的几个发展时期来探索。在学术界，有人把人类的文化发展划分成神学时代、哲学时代和科学时代。世界文明的发展都是从神话开始的，在漫长的原始社会，人们的知识水平很低，想对许多事尤其是对生命的原理一探究竟，却又得不出正确的解释，于是把一切都归于神灵。例如为什么旭日高照，因为太阳是神；为什么海水奔腾，因为有神；性交为什么会有欲仙欲死的快感，为什么从女子腹中会钻出一个新的生命来，也因为有神，由此，就产生了许多图腾崇拜。

人类的精英们开始从神话中提炼出自然和人生的具体发展规律，从而产生了哲学。哲学很抽象，甚至很玄妙，十分深奥，有大智慧，但是多为推算、预测和设想，缺乏实证。它和神学并存，许多人相信它，但是一时不容易深刻理解它，而有些人还把它和迷信混淆起来。

中国古人的哲学思想十分丰富、十分深奥，它教人们用系统的方法认识生命，认识世界。它在人类历史上最早研究宇宙、世界和生命的发展规律，奠定了中华民族重要的价值取向，开创了东方文化的特色，对世界文化发展产生了不可替代的影响。

现在是人类文化发展的第三个时代，即科学时代，这一时代大致从人类的工业社会开始的。科学的发展当然是人类文明史上一个极其巨大的进步，人类直到今天还在不断地享受着科学的成果，可是科学也有很大的局限性，这种局限性还是给迷信留下了余地。

科学的局限性主要表现在这几个方面：首先，科学总是在不断地发展变化之中，它只能使人认识相对真理而不可能认识绝对真理，一时的科学权威结论往往被后世所修正。例如当年哥白尼的日心说取代托勒密的地心说，爱因斯坦的相对论修正牛顿的经典物理学，它们都有一个从相对错误到相对正确的发展过程，现在和未来永远是这样，科学的权威结论永远在被不断地补充、修正以至被推翻。

在历史上，伽利略认为，只要有足够的时间和足够精确的实验仪器，就可以测量与了解自然界的一切。可是后世的许多科学家却提出了一个“测不准原理”，认为位置和速度是物质的两个基本因素，测量一定有误差，无法足够准确地了解物质的位置和速度。科学具有永恒的局限性，这种局限只能用人的主观信仰来补充，而今日的信仰也可能变成明日的迷信。

其次，现代科学都讲究实证，即所谓“实证科学”，没有实证的理论就不能称之为科学，或只是假说而已。但是，现代不少科学家发现，宇宙、世界和人的生命中有许多东西是看不见、摸不着、目前无法证实的，宇宙、世界、人生都有一个支配一切的总规律，人除了呈物质形态的身体以外还有心灵世界，世界上还有诸多暗物质，于是有些科学家就开始进入这个领域了。例如史载大科学家牛顿和爱因斯坦去研究“神学”，实际上就是在研究这个难以实证的未知领域。现在，量子力学、死亡科学兴起了，但还是一时难以实证，尽管它以大量事实为基础开始对人们所未知的事情做了一些科学的、合理的说明，信之者日众，但还是有些人对其抱以怀疑与否定，跳不出“实证”的制约。不少人总抱着一种习惯思维，对知识抱着一种傲慢的态度，把人类的已知方面视为真理，而把对未知的科学道理的探索斥为“迷信”。

▲ 17 世纪伽利略向教会展示天文望远镜，这是“实证科学”

由此可以认识到人对知识的态度往往体现了他的成熟度，越是幼稚、浅薄的人越是把自己看得很高，认为真理是很容易获得的，甚至认为自己就是真理。大音乐家威尔第曾说："20 岁时，我只说我自己；30 岁时，我改说我和莫扎特；40 岁时，我说莫扎特和我；自从过了 50 岁，我就只说莫扎特了。"林语堂曾感慨道："小时候感觉自己什么都不懂，总是喜欢提各式各样的问题；上了大学，有了一些知识，就觉得什么都懂；毕业走向社会，发现自己其实什么都不懂；人到中年，有了一些经验，又觉得什么都懂；直到晚年方才有些觉悟，原来很多事还是搞不懂。"这也正如卢梭所说："一个人真正的无知，不在于你还不知道什么，而是你自以为你知道了什么。"

由此可见，迷信绝不限于对鬼神和大自然的崇拜，迷信是对人对事的一种盲目的、过度的崇拜与信仰。人总有信仰，总有所崇拜的人和事，这并没有什么不好，但是如果过度了也会变成谬误，任何好事如果过了头就会变成毒药。

总之，现代社会越来越复杂，变化越来越大，未知数也越来越多，可是，人们的知识水平、思考方式还是跟不上，这就使迷信有了藏身之地，而且有时还和科学混在一起。人类文化发展的三个时代都表现出人类文化的不断进步，其都有长处，也都有不足，东西方在这方面也各有特点，因此将来也有可能出现第四时代，即"融合时代"。这个时代将把前几个时代的优势和精华综合起来发展，使有形物与无形物相交融，实证与信仰相结合，科学和宗教一同升华，使人类的知识水平、思想方法、务实态度、发展方向达到一个更高的水平，从而把迷信更多地驱逐出人类的文化领域。

三　非科学与伪科学

人类的发展总是弃旧图新的，可是创新的从来都是少数人，“先知”也总是少数人，而发现、完善和普及新观念总有个过程。同时，许多人的思想认识也有滞后性，往往停留于封闭的惯性思维中，不仅一般民众如此，统治者更是如此。科学的发展也往往受到政治的影响，所以它也涉及统治者的利益，用新思想来改变旧思想往往会引起统治地位的大变化，所以往往会受到统治者的阻挠和反对。比如，五六百年前有些西方学者以“日心说”取代“地心说”，从而受到反动教会的严惩，甚至把坚持“日心说”的学者布鲁诺烧死在罗马的鲜花广场上，因为如果“地心说”被否定则不利于教会的统治。笛卡儿提出科学就是“怀疑一切”的理论，统治者也认为这是“邪端异说”：“怎么，连我们的统治也要怀疑吗？”由于统治阶级掌握了宣传机器和惩罚权力，他们阻碍新思想的传播，也使科学的发展遇到很大的困难。

此外，新兴理论、新兴科学自身也面临成熟度的问题，很多理论还难以被证实。

其实在科学和迷信之间还有两个层次，叫作“非科学”与“伪科学”。对于科学，有许多不同的定义，一般说来，科学是关于自然、社会和思维的知识体系，是实践经验的总结，它不仅是对人类自身和外部世界的认识和描述，更是适应和改造人类自身和外部世界相互关系的工具。科学具有理论和应用两个方面，有系统性和实证性两个特点。至于“非科学”和“伪科学”，这两者是有根本区别的，“非科学”是指人们从实践中认识到的系统性的理论或方法，它可能有道理，但是还一时未能由实验证明，所以还不能认定它就是科学，但是也不能因此就对其加以否定，而只能一步步研究，例如研究世界和人生发展的总规律，研究人心灵世界的学问就是这样。

所谓“伪科学”，是把一些谎言和谬误套上“科学”的帽子来骗人。关于迷信，它只是一种盲目的、被夸大了的、被扭曲了的信仰，人们并不想用它来骗人，也没有其他什么特殊目的，它没有伪装，所以也说不上什么“伪”不“伪”的。这正如不能把文物的复制品随便扣上个“赝品”的帽子，“赝品”就是假货，只有当人企图以假乱真时，才能把复制品称为“赝品”。

的确，认识一门学问是很复杂的，人们都在探索真理，可是人所认识到的真理总是相对的，一切都处在不断的变化之中。《易经》之所以称为“易”，就是变易、变化，“穷则变，变则通，通则久”，“一切事物都在变化之中”是绝对的。举例来说，牛顿的经典物理学，如果说它是科学，它却被几百年后爱因斯坦的广义相对论修正了，但如果因此就说牛顿的那一套不是科学，也不合适，只能说那是人类科学发展过程中的一级阶梯。“非科学”领域可能处于分化状态，通过科学水平的提高，能把一些“非科学”领域的认识确证为科学，同时也能确证一些认知离科学太远。对于“伪科学”，既已知其“伪”则要坚决反对，不要让一些“伪科学”骗名骗利，甚至实现一些其他不可告人的目的。至于过去认为是迷信的事情则要具体分析了，现代科学在不断证明，有些“迷信”是有道理的，但是还不系统，还不一定能成为科学，同时也混杂了一些谬误，要加以引导和修正。

在这方面，爱因斯坦的一生所为引人深思。爱因斯坦是人类历史上继伽利略以后最权威的物理学家之一，也是20世纪最伟大的科学家之一。杨振宁曾说，20世纪有三个最伟大的物理学和哲学的成果，即狭义相对论、广义相对论和量子力学，其中两个半都来自爱因斯坦。他年轻时并不得志，大学毕业后还找不到工作，只能做家教以糊口，但是他刻苦地学习研究，提出了光子假设，并用量子理论解释了光电效应、辐射过程和固体的比热，在阐明布朗运动、发展量子统计法方面都有很大成就，在揭示时间与空间的辩证关系、加深人们对物质和运动的认识等方面都极大地推动了物理学和哲学的发展，这些成就都具有划时代的意义。他的理论于1905年公之于世，在世界学术领域造成极大的轰动，有人还把这一年称为“奇迹年”。他于1921年被授予诺贝尔物理奖。他在生命的最后30年（1925—

1955）又进入一个新的研究领域，致力于相对论“统一场论”的研究，企图把电磁场和引力场结合起来，探索宇宙、世界和人生的发展规律，但是这项研究极大地超出了当时科学界的接受程度，他脱离了当时物理学的主流，曲高和寡、孤立无援地奋斗，他痛感有许多道理明明是对的，但却因无法证明而不被人理解。于是他又研究神学，但这不是陷入迷信，而是将科学与神学进行对比，相互检验与印证。他在去世前一天还在病床上演算，并嘱咐家人在他死后尽焚其资料与手稿，以免引起学术界的思想混乱。他的有关引力波的学说在发表100年后才得到了科学的证明，其他许多前瞻性的认识还处于被研究、求证、怀疑与肯定之中。

从这位旷世奇才一生的经历可见科学发展的阻力，人类认识的滞后，科学、非科学和迷信的混淆，真理起初总是只被少数人掌握，以及“革命尚未成功，同志仍需努力”等道理。

科学和非科学的并存是必然的，而“伪科学”是很恶劣的，它和迷信有区别，“傻子”可怜，而“骗子”则可恨。但是，非科学和迷信、伪科学往往混淆在一起，有时难以区分。这里一个敏感而尖锐的问题是：人究竟有没有预测能力，算命（占卜）究竟是科学、非科学、伪科学还是迷信，这个问题不可回避。应该承认，人是有预测能力的，因为世界万物的运行都有规律，既然有规律，就应能预测。马克思主义认为人类会走向共产主义，这是预测；《论持久战》认为在长期斗争以后日本必败，这也是预测；科学家也有预测，如他们能预言彗星可能再次出现的年份，爱因斯坦也预言了引力波的存在。

在现代社会，人们对某种认识是否科学的判定，一般通过三个条件：一是有许多事实表现，二是合乎逻辑，三是有科学实证。至于预测，一是古代历史、现代报道中常有具备这种特异功能的奇人奇事，中央电视台还多次播放过所谓“挑战不可能”节目，请国际侦察大师李昌钰博士鉴评，可见这绝不是胡编乱造、无中生有。二是合乎逻辑推理，古今中外都有一些人体异常或人体功能异常的事，如果人体在其他方面可以有特异功能，那么大脑异常、认知功能异常为什么就不可能呢？三是需要实证，这就难了，现代科学还远不足以对此得出实证，有些科学家曾对天才人物、杰出人物以至同性恋者的大脑进行解剖以分析其异常，但是都没有得出什么令人信服的结论，毕竟用研究物质的手段是很难研究心灵的。

有个民间传说，鬼谷子是中国历史上的第一神算，算无不验，其妻怀一子，鬼谷子算出这孩子长不大，会溺水而死，会被虎食，会被乱棒打死，然后鬼谷子就去云游了。16 年后，鬼谷子返乡，发现这孩子已经 16 岁了，活得好好的，原来他生性仁厚，广行善事，这三劫先后均至，但是都被他躲过了。——这个传说伪真，但是有一定的道理，那就是命是会改变的，不能将其绝对化。鬼谷子算儿子的命都算不准，何况一般的术士呢！算命还常常使人囿于成见，引发思想混乱，受骗上当就更不好了。因此，孔子说："不占而已矣！"

对于现代科学一时还不能实证的非科学，不要轻率地迷信它，当然也不要轻率地斥之为"迷信"，可以留待时间的自然验证，或是让相关科学的发展以严密的逻辑推理证明它是存在还是不存在。

总之，人们应知"天道"，但不能乱编、乱信。同时，思想不能僵化，不能太自以为是，要重视新生事物和科学发展。人生在世，只要好好做人，好好做事，不要过于计较吉凶，否则反而不吉。人要求诸已，不论客观情况如何，自己的命要自己掌握，一要有人品，二要有眼光，三要有实力，四要去奋斗，这才是命运之本，"上上大吉"。

四　科学和人类的未来

研究生命文化，不能不涉及人类未来的命运。人类的诞生已经有四五百万年了，将来的人又会怎么样呢？在这方面主要有三个问题：一是人类的生活，二是人类的寿命，三是科技的发展，这三个问题是相互关联，相互影响的。

从这三个方面来看，人类的未来似乎将越来越美好，历史发展似乎就是如此，野蛮人无法和文明人相比，古人无法和今人相比。最不可思议的是，人类的生活越来越自动化了，汽车可以无人驾驶，飞机也可以无人驾驶甚至能够隐形；机器人大量出现，一个机器人的工作能抵上百人的工作；人类已经登上了月球，还要征服火星；人工智能、人造基因也出现了，而且人类还可能实现永生——许多情况是我们的父辈、祖辈做梦也想不到的，人类科技的发展不是“一天等于二十年”，而是一天等于二百年也不止。

可是，科学技术这么发展下去，人类的生存空间和承载力，如自然资源、城市环境以及随之而来的粮食问题、土地问题、气候问题、资源问题、社会问题又将如何变化呢?

不少学者和科学家对这些变化并不看好，例如不久以前，美国华盛顿新兴技术政策中心主席奈杰尔·卡梅伦新作《机器会夺走你的工作吗》中所指出的，科学技术的发展，会使社会结构、人类伦理、人际关系以至未来的命运产生极大的变化。他说，在20世纪初，面对经济大萧条，凯恩斯发表了著名的《我们后代在经济上的可能前景》，此书在分析革命性技术变革的影响时提到，“我们正遭受一种新疾病的折磨……即技术性失业，意味着失业是由于我们发现节约劳动力方法的速度超过了我们发现劳动力新用途的速度”。近百年后，凯恩斯关于技术革命与社会关系的分析仍然令人警醒。而且，这一百年来，科技的发展以及它对人类未来的各种影响几乎是过去任何人都想象不到的。

从古到今，除了苦行僧以外，一般人都向往能够尽情享受、闲逸舒服的生活状态，发展科学的一个重要目的也是使人更加安逸舒服。可是不久前美国一位名叫约翰·卡尔宏的生态学家和动物学家做过一个名叫“老鼠的乌托邦”的实验，试图研究如果让一群老鼠处于食物充裕、安全舒适的环境中，鼠群会怎样发展。他做了一个大笼子，放了四对公母鼠进去，提供给它们一个无需劳动、无需逃命、饮食无忧、没有天敌、没有自然灾害的舒适环境。老鼠有超强的繁殖能力，在这个乐园里，它们果然繁殖壮大了，在两个月内数量就翻了一倍多，到第 315 天时，原先的 8 只老鼠竟变成了 620 只，这是整个实验的最高增速。

不过，315 天之后，老鼠数量的增长显著下降了，变成了每 145 天增加一倍，接着，鼠群的生活秩序开始发生异样的变化，到了 600 天的时候完全失序：公鼠对与异性繁殖交配的本能兴趣逐渐消失，而将兴趣转移到了互相厮杀争斗中，且公鼠与公鼠开始互相交配了。母鼠也逐渐暴力化，其保护幼鼠的天性也逐渐淡化、消失，幼鼠由于缺乏照顾，死亡率高达 95%。在不缺食物的情况下，老鼠竟同类相吃，失去天性的母鼠竟开始吃幼鼠了。而新生代的老鼠不交配、不繁殖，它们所有的时间就是吃睡和梳理毛发（打扮），到最后，母鼠完全停止了生育，鼠群的数量不断下降，直至灭绝。

在卡尔宏教授的实验里，鼠群的命运似乎隐喻了人类的最终命运，即在科学催化下物质条件的高度发展也可能导致人类的灭亡。据分析，现在人类总体的物质生活条件比旧时代好得多，可是许多新的社会问题却出现了。例如许多国家不患于人口膨胀，反而担心人口出生率不断下降。目前一些发达国家的人口增长率不超过 0.5%，2019 年中国的人口增长率只有 3.34%。90 后比 80 后减少了 5400 万，00 后又比 90 后少了 2800 万。更奇怪的是，作为人的本性的性兴趣、性需求也在明显下降，据美国疾病防控中心对青年风险行为的一个调查，从 1991 年到 2017 年高中学生的性交比例从 50% 降到 40%，现在 20 岁左右的年轻人和 20 年前相比，无性经历者增加了 1.5 倍。日本社会是比较崇尚性开放的，但是据日本政府 2017 年 9 月公布的数据，在 18 岁至 34 岁的未婚男女中有超过 40% 的人没有过性经历，有 45% 的女子和超过 25% 的男子对性没有兴趣甚至采取了鄙视的态度。近三四十年来，男子的精子质量下降了 50%，这甚至成为一个世界性的问题。同时，同性恋者在不断增加，男女的“性度”也在变化，男子的阳刚之气已经越来越不吃香了，逐渐吃香的是“娘化”“小鲜肉”，男人越来越重视打扮了，韩国的男青年中有化妆习惯的已占到10%。现在年轻人的习惯和作风的发展趋势是沉湎于自我，漠视外部世界，不关心周边及他人，而只是沉湎于电脑和手机，除了玩手机就是睡觉。再者，现在的社会暴力现象越来越严重，尤其是在发达国家，更可怕的是许多暴力行为并不是为了满足畸形的物质和性的需要，而只是为了“消遣”“发泄”和“享受”。从以上种种迹象来看，有些人就认为当人类达到极端富足以后，会和“老鼠的乌托邦”所呈现的状况差不多。

当然，人类和老鼠还是不能完全相类比的，人是有智慧、有文明的群体，老鼠则不可能有。按理说，人类的物质文明越是提高，精神文明也会跟上去，在提高物质文明的过程中，固然可能出现这样那样的问题，而人类用智慧总是可以把这些问题改进和解决的。——这是一般的逻辑推理，但是有时也往往会出现一些意想不到的情况，很多事明明是好事，却随之产生了许多负面的后果。例如古人说过“衣食足而后知荣辱”，可是又说“饱暖思淫欲”，那么饱暖究竟好不好，哪个说法才对呢？可能都对，因为事情都有正负两个方面，就看在不同的条件下怎么表现了。鲁迅在给友人的信中说道：似乎物质满足越多的时候，人的存在感与意义感越在缩退。

如果抛开精神文明只看物质文明，经济发展的规律也不容乐观。1968年，由意大利实业家和经济学家奥雷利奥·佩西召集，来自西方10个国家的科学家、教育家、经济学家、人类学家和实业家30多人聚集在罗马研讨人类未来，其后成立了一个专门研究世界未来学的学术机构，人们称之为“罗马俱乐部”。罗马俱乐部利用计算机软件模型在1972年发表了震撼世界的研究报告——《增长的极限》。结论认为，如果人类什么都不做，而保持1970年左右的增长趋势，到2027年人类整体将迎来极限，从而导致“人口和工业能力突然无法控制地下降”。报告还预测：全球人均工业产值在2008年左右达到顶峰，随后迅速下降；全球人均粮食消费在2020年左右达到顶峰，随后迅速下降；全球人口在2030年达到顶峰，随后迅速下降。“迅速下降”是因为环境恶化、资源耗竭而直接“团灭”的灾难式崩溃。想想目前世界范围内每天上升的新冠肺炎确诊人数：从 0 到 10 万，大致用了两个月；从 10 万到 20 万，12 天；从 20 万到 40 万，6 天；后来又发展到每天几乎都要增加 10 万以上……所有大城市的医疗系统，从绰绰有余到完全挤爆，只需一周。这就是指数增长的杀伤力。

《增长的极限》的结论是，为了避免整个人类文明的崩溃，就需要停止经济增长。不过在当时，报告一出就收到很多反对意见，可是近来有些学者对该书重新进行评估，认为现实和当年的预言曲线十分吻合。

目前地球温度持续上升，冰山融化，海面升高，生态变化，地震频发，山火易燃，病毒流行。专家分析，地球温度升高的主要原因在于工业的无限发展，这样下去，到 2050 年地球的平均温度还会增加 2 摄氏度，这就会造成地球生态的畸形大变和人类的空前大灾难，专家预测，如果全球冰山融化，海平面会上升 66 米，全球将被淹没。如要防止这种灾变，工业不但要停止发展，而且要在现有的基础上减少 70%[①]，这显然是不可能的。

▲ 对于地球变暖的警告

① 参见《财新周刊》2020 年第 12 期。

至于人类的寿命问题，过去，人们都希望长寿甚至长生不老，秦始皇派徐福率3000童男童女渡海去求长生不老药，也只能是一场梦。可是现在人类的寿命越来越长，而且科学也可能使人长生不老，甚至实现“逆生长”，这实在是令人匪夷所思。美国谷歌首席工程师库兹韦尔说过：“到2029年左右，人类会来到一个临界点，每过一年，人类的寿命会延长一年。”“人类的寿命将不再是通过出生的日期到活着的时间来计算，那时，人类每年所延长的寿命会比已走完的时间还要长。”他预言到2045年人类将正式实现永生。另外，我们从网上看到，在乌克兰首都基辅的郊区有一家神奇的诊所，它号称是全球唯一可以通过注射胚胎干细胞进行治疗的诊所，它的外观平常无奇，但诊疗金却要近60万人民币。这个神奇的诊所的卖点是注射胚胎干细胞治疗，从而让人“续命”。前来打针的病人是来自全球各地的富豪，其中也不乏中国的富人。

由此可见，人类未来的寿命、未来的一切都和科技的发展有着密切关系。“让一部分人先长寿”会造成什么社会后果呢？少数人能活一百多岁，和多数人在年龄上拉开这么大的距离，贫富不均就不仅是物质财富的问题了，社会矛盾就会空前加剧。霍金就有这样的担心，一旦出现由基因改造而成的“超人”，“没得到改造的人类”可能无法竞争，因此逐渐绝迹，或者变得“不重要”，人类便会展开“自我设计”的竞争。以后，即使多数人都活到一百岁以上，对这个“老龄化社会”我们又该怎么办呢？这些一百多岁的人又能干什么呢？谁来养活他们呢？

同时，如果人都无限长寿，地球上则会人满为患，众人争夺有限的资源，世上将永无宁日。霍金认为，随着地球人口的增长，能源消耗将会增加，地球将变成一个“熊熊燃烧的火球”。但是他也预言人们可以避免这样的世界末日，方法就是移民到太空，在其他星球上生活，不过他又担心在这种情况下，地球人就可能和外星人相遇而发生争夺地盘的冲突。有的专家认为外星人科学文化的发展可能比地球人高出万年，冲突的结果也可能是全人类都被消灭。

科学的发展还使人类对未来的战争有许多担忧。最明显的就是现在国际之间正在不断发生的研发核武器的斗争。核能的发现与使用当然是一个伟大的事情，但目前世界上有一些国家拥有核武器，只是暂时还没有哪个国家敢率先使用，如果哪一天某个疯子率先使用，势必引发世界性的核大战，全人类也就可能灭亡于此了。

再看手机的问题，这个问题最日常、最实际、最普遍。在现代社会中，手机已大为普及，全社会几乎到处都可以看到手机：开会时不少人在看手机；地铁上几乎人人在看手机；在饭店里有人一边看手机一边吃饭；在马路上有些人一边打手机一边咯咯地傻笑，以至交通规则中一再提醒交通安全问题。截至 2020 年 6 月，中国已有 9.32 亿手机网民，有超过一半的人会在早晨起床的 5 分钟之内拿起手机；2016 年德勤调查显示，起床后 30 分钟内一定要看手机的人数已超过了手机用户的九成；中国有 46% 的人被判定为“手机癌”的重度患者——这意味着他们一天至少要查看手机超过 50 次，至少每 28 分钟看一次手机。有人说“如果没有手机，我真不知道该怎么活了”，“手机是生活的 99%，还有 1% 也是留给支付宝的”，现在可真是个手机的世界。

可以说，手机改变了人类生活，改变了世界，可是，手机也有很大的负作用。现代人如果离开了手机和电脑，就会变成“聋子”和“瞎子”，就会活不下去。而不少年轻人沉湎于手机，易受其中不良信息的影响，同时也会严重地妨碍学习。美国 2008 年曾做过一个调查，50 个沉迷手机的中学生中只有 2 人考上了大学，另外 50 个很少玩手机的中学生中有 47 人考上了大学，另外 3 人未参加考试。因此，有的国家规定 13 岁以下的孩子不准用手机，如法国 2018 年 9 月起就规定了幼儿园、小学、初中学生在校内禁止使用智能手机、平板电脑、智能手表等具有联网功能的通信设备；西班牙则明确规定中小学生不准带手机入学。有人说：想要毁掉一个孩子，给他一部手机就够了。还有学者预测，将有 70% 的夫妻因一方沉迷于手机而影响婚姻关系，夫妻一方沉迷于玩手机游戏，一回家就沉湎于此而忽视了另一方的存在，于是造成感情破裂，这种事并非个例。此外，手机和电脑一样，由于其匿名性和隐蔽性，社会上出现了很多新的诈骗方式，也增加了许多诈骗行为。2019 年我国共发生电信网络犯罪案 20 万起，相关犯罪嫌疑人超过 16.3 万。

手机的过度使用，还会影响身体健康。截至 2019 年 12 月，全世界已有 4.32 亿成人和 3400 万儿童的听力受损。世界卫生组织公布：12—35 的岁人群中有一半，即 11 亿年轻人正面临听力损失的风险，使用手机是主要原因之一。科学家们发现，手机还在改变人们的颈椎，人们平时抬头挺胸，脖颈只需要承受大约 5 公斤的重量，但是在看手机或其他电子设备时，人的头部前倾常低于 60 度，此时颈部要承受 25—30 公斤的重量。刊登在国际权威期刊《科学报告》上的一项研究称，澳大利亚学者对 1200 张成年人的 X 光片进行分析后，发现有 41% 的人后脑勺上额外长出一根刺；还有一项研究整理了医科门诊 200 多例青少年颈椎 X 光片后发现，超半数孩子的颈椎生理曲度存在不同程度的变直甚至反弓现象。儿童多玩手机还易于致癌，儿童的大脑对辐射量的吸收比成年人要多 60%。

因此有人说，在日常生活中对人威胁最大的是手机，“过去，人们不离不弃的是夫妻，现在，人们离不开的是手机。一机在手，天长地久；机不在手，魂都没有”。“手机能干掉电视机、收音机、录音机、录像机、照相机、游戏机、手电筒、邮寄、电讯、手表、日历、闹钟、杂志、钱包，还能干掉人的眼力、听力、颈椎和腰椎，能干掉人对意外事故的警惕，能干掉人的一切闲暇、一切兴趣、婚姻关系甚至整个生命。”这是多么可怕的现象啊！

科技的发展极大地影响着人类的未来，我们还可以举机器人的例子。现在，一般民众对机器人已经越来越熟悉了，这方面的科学发展已经使机器人具有超过人类的人工智能，世界上顶尖级的围棋选手竟败于机器人的新闻已广为人知，现在中国已出现了只要一个机器人管理的大酒店。据专家预测，到 2025 年，机器人就可以进入大部分的人类家庭。但是，如果以后一百个人干的事一个机器人就可以干完，剩下的那么多人不是都失业了吗？对人来说，什么事都可以让机器人去干完，人类会不会逐渐退化呢？机器人可以不病、不老、不吃、不喝，一天 24 小时不休息，人工智能还使它们有思想、有感情，其智力发展的速度可能远超于人类的生理进化，那么有朝一日它们会不会反过来主宰人类呢？

现代科学还制造出一种异性的仿真人，其形象、躯体、器官、功能都和真人一样，甚至还有思想感情，人们可以和它任意性交，现代中国已出现了不少“硅胶娃娃体验馆”。如果这种仿真人进一步普及，人类的婚姻关系、两性关系和生殖繁衍的变化真是难以想象了。

手机和机器人的使用都是科学发展的结果，人们不满足于大自然的赠予，所以才要用科学来提高和改进。科学当然好，人靠科学发展进步，可是有不少科学的发展确实在使人的自然本性不断退化。在这方面我们还可以举出日常生活中的许多例子，例如，出门就开小轿车，人的腿力就会弱化，甚至导致走不动路。有了计算机，人的心算能力就大大弱化，甚至连 3 加 5 等于几都要看计算机了。网络出现了，极其繁多、正负两面都有的碎片化信息使有些人失去自主思考能力，思想混乱，变成了傻瓜。目前全世界性工具不断创新，让正常的阴茎阴道性交都相形见绌。空调能使人夏不受热、冬不受冷，但却降低了人类对寒暑变化的适应力和抵抗力。大量“三班倒”的工作严重影响了人的生物钟。阴阳颠倒、季节颠倒、昼夜颠倒、物力对人类自然本性的危害都与“天道”不合，人类在受科学之益的同时也在受违反“天道”之害，人似乎被科学主宰和奴役了。因此有人说，人类的科学发展史就是一部人类退化史。科学发展本来是好事，可是人的自然本能却在不断退化，人类的生存与发展反而走向了反面。因此，西方有些城市居民要摒弃科学，“走向大自然”，去过野人的生活，当然这种回归茹毛饮血、穴居野外的做法是不可行的。

目前世界上有许多智者都有这方面的担忧，例如霍金就说过，“彻底开发人工智能可能导致人类灭亡”。按照霍金的说法，人工智能科技在初级发展阶段的确能为人类生活带来便利，但是，机器可能将以不断加快的速度重新设计自己，而人类则受制于生物进化的速度，无法与其竞争，终将被超越。科学界把这种人工智能超越人类智慧的转折点命名为“奇点”，“奇点”的出现的确很危险。对此，不少科学家都说过：“人类面临的最大危险，就是日益先进的科技与日益膨胀的人类贪欲的结合。”人类需要研究科学的发展、进步，可是科学总是人为的，人为的事情如果“偏道”，就会使人类遭受灭顶之灾。霍金去世后，他的太太公布了他的遗嘱，他对人类提出四点警告：一是不要和外星人接触；二是不要搞人造基因；三是不要搞人工智能；四是谨防核武器的危险。他说，这四个方面如果出了问题，人类将会毁灭。他还预言，2032 年地球会因气候变暖而进入冰河时代，目前这种现象正在发生，人类不得不提高警惕。他说到 2100 年人类将进入太空，并出现新人种，现在人类的太空科学正屡获成就。他还说到 2215 年即 200 年后，地球将会毁灭，这就太可怕了。范曾曾问杨振宁科学对人类有什么影响，杨振宁说：“科学是一把双刃剑，对人类有利有弊，我看这 30 年内是利大于弊，30 年后就难说了。”

有人认为，人类将面临六大灾难：自然灾害、生态大破坏、战争、疾病、人工智能操纵人类、行星撞击地球，其中许多因素都和科学的发展纠缠在一起。当然，这不能全怪科学，科学是无罪的，至于说科学会给人造成灾难，这却是人为的。人类需要科学以发展进步，这是天道；把科学运用坏了从而受到惩罚，这也是天道。可以打一个最浅显的比方，人需要吃饭，但如果摄入过度而得了病，则不能怪食物，而只能怪自己。

至于说科学的过度发展违背了天道，这绝不是危言耸听，如前所述，大自然是有序的，它有一条生物链，环环相连，保持着一种平衡；如果有哪一种生物的发展变化打破了这种平衡，它就自然会消灭，这就叫“适者生存”，例如近千万年前的恐龙，就是因为不适应这种平衡而归于绝种。人类也是不能逃脱这种“天道”影响的，工业规模无限扩大，科学过度发展，破坏了大自然的平衡，大自然就会以温度升高、环境恶化等许多方式来惩罚人类，人类不会像有些动物那样“集体自杀”，可是大自然可以“自然杀人”，通过地球生态变化等方式消灭全人类。

世界万物之所以能繁衍不绝，正是因为宇宙给了它们一种自我修复能力和自我保护能力，例如草被牛羊吃光了还会再长，一些弱小的动物往往天生跑得很快。动物也会得病，它们当然不可能求治，可是在一般情况下它们会自我康复。人类的自我康复和自我保护能力当然更强了，可是科学发展所产生的负作用正在破坏人的自我修复与自我保护能力，例如发明了塑料，却难以处理大量的塑料垃圾；发明了人工智能，却难以不受人工智能的主宰；若发明了永生，却不能解决人满为患的问题，其后果又将是什么呢？

有些现代学者认为，现代人类的文明并不是地球人类的唯一文明，在这以前还有包括玛雅文化[①]在内的四代文明，每一种文明都不知原因地连人带物一起消失了，只留下了一些谜，至今无法破解。

如果人类有几代文明这个假说为真，我们现代这个“第五代文明”会不会也有消失的一天呢？在这一代人类的历史上，第一个预见到人类文明可能灭绝的是2600多年前的老子，他提出“弱者道之用”，又主张“无为”，这绝不是教人无所作为、成天睡觉，而是教人所为之事不要超过限度，一切发展不要过头，这才是“道之用”，否则，“天无以清，将恐裂；地无以宁，将恐绝；万物无以生，将恐灭”。

现代科学中有一种“大过滤器”的理论，认为人类的一代文明会被大自然“过滤”掉，还有科学家指明时日地预测再过几十年地球会有大灾难，再过几百年人类就会灭绝。这些难道都是胡说八道吗？

不久前，国际上兴起了一个“费米悖论”：著名物理学家恩利克·费米认为，既然宇宙中存在数不清的星系，每个星系中有着数不清的恒星，那么应该有许多外星生命存在。宇宙已有近2000亿年的寿命了，在这么长的时期内，肯定有些外星文明已发展到能进行星际航行的程度，但是为什么我们地球人从来没有接触过外星人呢？很可能每种文明都在发展到可能进行星际航行前就把自己的整个文明都玩得灭绝了——这可能也是“天道”，即保持宇宙的稳定与平衡，不致发生星际冲突的一个规律。如果地球人有五代文明之说确能成立，那么现代文明（第五代文明）已发展到能

---

① 玛雅文化于公元前2600年建立，一千多年前不知原因地消失。

接触外星的程度，从而也接近“自我毁灭”，不也很有可能吗？

但是，科学家们对人类的未来也并不都是这么担心的。以色列著名未来学家罗伊·泽扎纳在他的《未来生活简史》中预测，人类世界在未来可能发生三场重大的科技革命，即个性化制造革命、智能革命和生物革命：3D打印技术能极大地提升人类的生产力和创造力，同时进一步提升材料的利用率；在智能革命中，人类和电脑的界限将逐渐模糊，人工智能将极大地提升人类社会的整体水平；生物革命将使人类拥有强大的基因改写技术，赢得对其他物种及自身的生物控制力，使世界更加美好。——这三场革命将使人类超越自我，在外太空实现聚合，把人类的精神、文化和思想带到其他星球，给宇宙注入生命。

不过，他也说科学是一把双刃剑，科技不仅是工具，也是武器，能助人，也能杀人。他也讲到人类再这么发展下去，也可能失去工作岗位，会被人工智能所主宰，会和外星人发生冲突，富人和穷人会演化成两种不同的物种，战争将摧毁一切等等，所以人们应该居安思危，防患于未然。我们认为，他的看法是相对全面的，人类的确应该看到科学发展的正负两个后果，但是他的理论中乐观的成分似乎多了一些，对科学发展的危险该怎样防范则预测不足。

当然，万物总是有生有灭的，这是“天道”。人类也不必自己吓唬自己，任何恐惧都是没有用的，过去盛传2012年是人类的大灾年，事实已证明这是虚言，技术悲观主义和技术救世主义都不可取，人类也绝不能不再发展科学了。对于科学的副作用，对于未来，人们也许不必那么悲观，因为事在人为，人类也会掌控科学的发展，届时科学发展的问题也许还有对策。霍金在临终前也表示：“人类灭绝是可能发生的，但却不是不可避免的，我是个乐观主义者，我相信科学技术的发展和进步最终可以带人类冲出太阳系，到达宇宙中更遥远的地方。”他又说：“我非常看好我们人类，但这需要所有的精英都汲取教训，而且首先要学会保持一定程度的谦逊态度。”但愿人类都能按照霍金所言而行，洞察未来，保持警惕，正确发展。

第三部分
CHAPTER THREE

人的心灵世界

一　德是心灵的根本

从古到今，人们研究生命，最重视对心的研究，这里的“心”不是指呈物质状态的心脏，而是指通过意识、精神表现出来的心灵。古人是十分讲究如何对待自己的心灵世界的，认为“心”能决定吉凶，决定生命的一切。例如陆九渊说“宇宙便是吾心，吾心便是宇宙”，王守仁说“天下无心外之物”，都把人的心灵提到一个至高无上的程度。传统文化提倡“仁、义、礼、智、信”，这都是对心灵世界的要求。古人认为，人要“正心、诚意”，才能“修身、齐家、治国、平天下”，凡事心内求，端正心灵世界是事业之本。古人讲究养生，所谓静心、安神、定气、和志，所谓“持戒为本，净土为归，观心为要，善友为依”，都是对心灵的调节。

心灵是人类生命的核心和关键。动物和人一样，都有心脏，物质的躯体和人差别不大，例如类人猿的 DNA 和人类的相似度为 98%，但是动物基本上没有完整的心灵。好人和坏人、大思想家和凡夫俗子的心脏与大脑基本上没有什么不同，但是心灵的境界不同。世上一切大人物在心灵的作用下，其大智大勇、气节德行都异于常人，明事理者知万物，得人心者得天下。从古到今许多人都讲信仰，信仰就是人类心灵的升华、精神的洗礼，它使人心澄澈坚定，百折不回，创造文明，引领生命。人们追求真善美，主要都在于心灵。

佛教的修炼关键就在于修心，即所谓“佛向心中作，莫向身外求”。他们既要学习经典教义，更要通过静坐而“渐修”或“顿悟”，据传达摩大师就是面壁静坐九年方始得道。禅宗则提倡“迷人念佛生彼，悟者自净其心”“心无不净，西方离此不远；起不净之心，念佛往生难到”“是非憎爱世偏多，仔细思量奈我何”。

人在生活中所产生的一切现象都离不开心灵。人每天离不开思想，工作离不开用心；开心、烦心、好心、坏心、良心、亏心；对亲人关心，对异性倾心，和朋友齐心；干事业不忘初心，成功时力戒骄心，在困难面前不失信心；有些人忠肝义胆，有些人狼心狗肺，有时为他人着想，有时又为自己打算——人的心灵世界实在太复杂了，以致“人心难测”“知人知面不知心”成为普世之叹。当前社会在人际关系上十分强调沟通，所谓沟通，最主要的是心灵沟通，是使人振动着的生命粒子的频率合拍，从而跳进一个槽里。在实际生活中，有些人一沟就通，有些人不沟即通，有些人却是沟而不通，这都要看不同的量子纠缠情况。

性是人生的一大自然本性，性不仅是为了释放能量，满足性欲，更是要以爱为基础，爱不是物质，它是人类心灵的一个重要表现方面。古今中外，男女之爱是最激动人心的，在这方面有着千千万万个可歌可泣的故事。一对男女，条件相差甚远，社会阻力很大，却爱得刻骨铭心，至死不渝，如梁山伯和祝英台、罗密欧和朱丽叶，有人认为他们之间是存在“爱情密码”的。大千世界里总有一只蝴蝶和另一只蝴蝶特别匹配，所谓天生一对，如胶似漆。他们之间如果确实存在“爱情密码”，那么这个“密码”就是心灵。

人类的心灵世界，大致可以分为智慧和人品两个方面，前者关系到人一生的发展，后者关系到这辈子怎么为人。二者都很重要，而后者尤为重要，“德者才之王，才者德之奴”，贤人更胜于才子，失德远差于无能，人品、德行决定了人的一生。人的心灵世界在通常情况下总是和道德问题紧密联系的，什么是对，什么是错，什么应该做，什么不该做，不同的心灵状态支配着不同的行动。“天道”是通过影响人的心灵世界，主要是通过德行而影响人的命运的，“德配天地”就是这个意思，所谓“德全者昌，失全者亡”“君子怀德，小人怀土”。《易经》中的“君子以顺德，积小以高大”“德薄而位尊，量小而谋大，力小而任重，鲜不及矣”，《朱子治家格言》中的“伦常乖舛，立见消亡，德不配位，必有灾殃”，都是认为德能决定吉凶，决定命运，决定兴亡。德行的高度决定了人生的境界，而德行的宽度往往决定人生的结局。

古人是这样解释“道德”一词的确切含义的，认为“道”就是“天道”，就是那覆盖自然、覆盖人生、覆盖一切的发展规律，“德”就是“得”，就是按照这一规律为人做事的准则，是一个人对于“天道”懂了多少和做了多少。道是德的内在属性，德是道的外在体现，在道家的理论中，道是形而上的超越，德是形而下的展现。《道德经》中就指出：“有物混成，先天地生。寂兮寥兮，独立而不改，周行而不殆，可以为天地母。吾不知其名，强字之曰道。”道为体，是隐现的；德为用，是显现的，古人所提倡的“仁、义、礼、智、信”全是道德问题。道德的内容很广，而“凡事多为他人着想”则是道德之本，“己所不欲，勿施于人”这句话已经被写入法国的宪法了。老子还认为，合乎自然而行就是德，背离自然就是丧德，他说：“上德不德，是以有德，下德失德，是以无德。”这就是说，“上德”是指依自然而行，朴素天真，不刻意追求道德，因而是有德；“下德”则是故意地去做好事，刻意追求，其行为即使不失德，但不离功利，因而是无德，例如有人只是为了博个好名声而去做好事，这就是“下德”。因此，人要发自内心地行善。亚里士多德认为，人的幸福本身就在于善行；伊壁鸠鲁也说“快乐乃是最高的和天生的善”。这都是说，道德不仅是人和人之间的“合”，也是人和大自然之“合”。

世上有好人也有坏人，好人的心灵世界应该是什么样，道德应该包括哪些内容呢？有人认为，人类心灵的最高境界应是要有“四心”：一是敬畏之心，敬畏“天道”，顺大自然和人生的发展规律而行，爱护自然，珍惜人生，重视因果，不胡作非为。二是慈悲之心，仁厚，善良，助人为乐，先公后私。三是感恩之心，爱国家，爱民族，孝敬父母，珍惜知音，滴水之恩，涌泉相报。人不懂感恩，这是人性最大的恶。四是宽容之心，能换位思考，能理解他人，有容乃大，无欲则刚，严于律己，宽以待人。

在社会生活中，有两种人和德行的关系至为密切，一是教师，不仅要向学生灌输知识，还要提升他们的心灵；另一种是医生，不仅要医治患者的肉体，也要关心他们的心灵——这两种产业都是绝对的良心产业，绝不能市场化，这两种从业者的道德水平，往往反映出全社会的道德水平。对每个人来说，德行往往会决定其一生。曾国藩在给诸弟的信上说，人生只有进德、修业这两件事靠得住。

其实，即使是仅仅图利求财的事，也要有德，有良心。古代做买卖时要用秤，秤不仅是称物件，也是称良心的。中国古人用秤，一斤有 16 两，16 两代表 16 颗星：北斗七星，南斗六星，福、禄、寿三星。为什么最后是福、禄、寿三星呢？这就是告诫人们做买卖也要有德，如果短斤少两，缺 1 两则失福，缺 2 两则失禄，缺 3 两则夭寿。

古人坚信，有德者福，有德者寿，孔子就说过“仁者寿”的话，这个道理不是玄虚，更不是唯心主义，而是为现代科学所证实的。英国卡迪夫大学和美国德州大学的科学家们在神经化学领域发现，人类在善念和积极思维时，体内会分泌出使细胞健康的一种神经传导物质，它能使免疫细胞更加活跃，从而使免疫力增强。如果有恶念恶行，神经系统则会往相反的方向发展，正向系统被抑制，身体机能的良性回归圈被破坏，健康就会大受影响。他们发现少年罪犯到了中年时，健康状况会弱下来，得病住院的较多，这和不良的心理与生活习惯有关。有些科学家研究，恶念、恶行会引起人体生理上的化学物质变化，从而在血液中产生毒素，对自己和周围事物都有影响。美国耶鲁大学和加州大学研究了“社会关系如何影响人的死亡率”的课题，研究者随机抽取了 7000 人的样本，对其进行了 9 年的跟踪调查，最终发现与人恶者的死亡率要比多与人善者的死亡率高 1.5—2 倍。

在德的领域中，善良是一个重要方面。古人说："人多善行，天必佑之，福禄随之，众神卫之，众邪远之，众人成之。""天道无亲，常与善人"，善念是种，善行是花，善报是果，因此古人提倡人应从善如登，从恶如崩，在每个人所付出的善良里，蕴藏着他未来的生命之路。

当然，行善绝不是无条件的，例如人要善良，要有慈悲之心，乐于助人，可是不能像有些宗教所提倡的要爱所有的人，包括坏人在内。语云"去恶扬善"，"扬善"必须"去恶"，不破则不立。东郭先生庇护了中山狼，最后差一点被中山狼吃掉，这个故事是人们所熟知的。雪貂被人称为"慈兽"，如果发现有冻僵的生物，它就会用自己的身体去把它暖和过来，于是有些无情的猎人就利用雪貂的这一特点，假装冻僵以引而杀之。明代戏曲家、文学家汤显祖在《汤显祖集》中说：有一种仁兽叫"逊"，皮毛珍贵，其他动物如有争斗，相互残杀，它必来阻，有些猎户就利用这一特点，故布动物相斗的假象，诱"逊"前来而杀之，现在这种仁兽早已绝种。春秋时的宋襄公作战，敌军正在渡河，臣下建议他乘机击敌，他却因"不忍心"而拒为，结果大败。项羽在鸿门宴上发了慈悲，不杀刘邦，最后却败死乌江。南朝梁武帝在位 47 年，信儒又迎佛，力主慈悲，爱民固然不错，但是由于宽恕了叛将侯景，最后反被侯景所害。莎士比亚说过："人之忘恩，就像你的一只手把食物送进他的口中，他却一张口就把你的手咬下来。"这都说明了，如果做人过于善良，福报就会消失。

美国哲学家爱默生说过："人的善良必须有点锋芒——不然就等于零。"善良是个珍宝，但需要用高智商、高情商来点亮，它才会发出最耀眼的光芒。越是善良的人，越需要聪明；越聪明的人，越有能力善良。心软是一种不公平而又愚蠢的善良，不要去做"烂好人"。人要善良、慈悲，人要爱人，但去爱一切人是不可能的，如果也去爱那些杀人犯、强奸犯和盗窃犯，纵容他们去害人，那么什么才是对受害者之爱呢？一个人或是一个国家一直欺负你，而对方一旦有困难了，要你去帮助，你还能去做“东郭先生”吗？这种低智商的善良不仅无益，反而有害，最后只能被反噬，这也是命吧！

仅有善良、慈悲，对有些人也是没有作用的。“良言难劝该死鬼，慈悲不度自绝人。”在《金瓶梅》中，大善人王杏庵初见陈经济，见其穷困潦倒而助之，想不到陈经济生活放荡，嗜赌如命，很快就把王大善人给他还债、做小买卖的钱花光了。王大善人又帮助了他，他又把这些衣物钱粮挥霍殆尽。王大善人见他几乎要沦为乞丐了，又不顾自己年老，亲自送他去投靠他人，可是陈经济还是恶性不改——《金瓶梅》通过这个情节说明了善之水改变不了恶之根。善良、慈悲并不是万能的，但也不是廉价的，有人不配得此，单纯靠此也改变不了恶人和“渣男”，改造不了社会，善良要有底线，助人要有原则。

马克·吐温说：“善良是一种世界通用的语言，也可以使盲人感觉到，聋子闻到，可是低智商的善良却是一种变形的失声的语言，连正常人都感受不到它，更鲜少魅力可言。”

道德是人的心灵世界的核心，人要行善积德，做好人要靠教育，要靠宣传，但是在实际生活中，如果只是站在道德的制高点上就道德讲道德，是空虚、无力、非常不够的，单纯的道德说教是没有生命力的。例如：在家庭生活中，爱远重于道德；在职场上，利远重于道德；对强者，力量远重于道德；对弱者，具体帮助重于道德；如果人和人发生冲突，法要重于道德，因此，规则至关重要。英国在17—18世纪往澳洲移民的时候，动用了大量私家船只，按上船时的人数支付运输费，船主为了赚钱，在长途航行中对这些人十分苛刻，克扣伙食，造成人员的大量伤亡，真正运达澳洲的人不足登船的六成。移民者反复对这些船主从人性、道德方面加以劝告和教育，可是效果不大，因为利远重于道德。后来他们改变了规则，从按上船时的人数支付运输费改为按到达澳洲的人数支付运输费，问题一下子就解决了。

讲道德不能没有规则，但是讲规则也决不能不讲道德，因为规律再细再全也只能奏效于一时一事，并且也不一定完全合理，总有它的局限性，而以道德来改变人的心灵世界，则是根本。规则是外力，道德是内功，一个好的社会就是这种外力与内功之“合”。

不少人认为我们当前的社会风气不好，在社会生活中，总是老实人吃亏，制作假货发财，助人者被讹诈，谄媚领导者升官，这都是因为道德与规则之“合”出了问题，形成了恶性循环，因此在这些方面加强管理，发扬文明，激发人们心灵世界中的正能量至为重要。

二　君子之德惠及万物

一般人都认为，人的德行只表现在人际关系中，实际上，人的德行也是对大自然的一种态度，涉及万物。《易经》提出的“厚德载物”，就说明“厚德”不止是“载人”。佛家认为，人和动物都是六道轮回的有情众生。古人认为“万物有灵”“万物当爱”，所谓“万物有灵”并不是说万物都像人一样具有灵心，而是说万物都是有感受的，这种现象已经逐渐被现代科学所证明了，因此人们要善待万物。

首先来看动物。动物对于外界事物都是有不同程度的感知力的，有些动物的感知力甚至接近人的心灵，现代的动物学家正在这方面不断地挖掘与研究。人们都知道，“狗通人性”，狗也有智慧，这是最明显的事实。狗对人忠心，社会上流传着许多忠犬求主、警犬破敌的事情。在甲午海战中，致远舰沉没，邓世昌投海，其忠犬跳海救主，邓拒其救，与犬同死。1993 年，印度孟买发生了一起恐怖事件，一条“义犬”帮助人们找到 5 吨炸药，自己却牺牲了，人们为它举办了隆重的葬礼。21世纪初，江西有30几个职工在吃一锅狗肉，这狗是被毒死的，但众人皆不知情，有条赛犬朝众人狂吠，欲以止之，但众人仍然不觉，这条狗则扑以食之，旋即毙命，众人方知，皆感其德，葬之于九江贺家山陵园，并立碑以颂。据研究，狗的嗅觉特别灵敏，人就用狗来缉毒，甚至培养出一种“医学检测犬”以探测病毒。[①]

▲ 中华性文化博物馆豢养的大金毛犬，开馆时能查票，闭馆时能清馆（2013年12月 江苏）

实际上动物都是有潜能、有不同程度的内在感知力的。古人说“羊有跪乳之恩，鸦有反哺之义”，有些牛在被牵进屠宰场时会流眼泪，这说明它是明白自己处境的。有些马戏团把动物训练得十分听话，例如动物一般都畏火，但有些动物能被训练得克服这一恐惧的本能，敢于往火圈里钻。鹦鹉能听懂人话，甚至能听从人命，做一些简单的动作。据研究，鲑

① 参见《看天下》,《大众文摘》2020年第20期。

鱼体内有一种内置的GPS系统，可以根据地球磁场定位和移动；墨西哥金刚狼（钝口螈）可以再生肢体，甚至还能再生部分心脏和大脑；大马哈鱼有独特的嗅觉，凭此嗅觉能从几千里外返回家乡，鹅和鲨鱼都不会得癌症。动物的感知能力还可能高到能够预测天灾的程度；据多方报道，在2008年汶川大地震前，群鸟在天空乱飞，牛羊在栏内异动，鱼在水中惊游。还有这么一个真实的事情：有人救过一只受了伤的红狐，治疗后把它放回山林，下一年在山林中又见到了它，而它引来一群红狐，把这个人围住，让他几个小时也出不去，等到此人脱围回村后才发现，就在几小时前有一伙匪徒进村杀掠，死了很多人，红狐使他逃过了这一劫。巴西有个老人，于2011年救过一只企鹅，后来这只企鹅每年都会浮游8000公里来看他。

现代一些动物学家发现，不少动物还懂医术，例如日本京都大学的迈克尔·赫夫曼发现有些便秘的黑猩猩会去吃一种双刃骨螺属植物的叶子，因为它能洗刷肠胃，清除寄生虫，而平时黑猩猩从来不会去吃它。当小火鸡被大雨淋湿后，火鸡的父母会逼它们吞下一种苦味草药安息香树叶，以防感冒。蚂蚁会分泌一种蚁酸，能清除皮肤寄生虫，许多鸟类常捣毁蚁穴，以翅盖之，蚂蚁仓皇出逃时会喷射蚁酸，喷在鸟翅上，鸟就可以进行“药浴”了——可见，动物的潜能很多，人类对其了解得还远远不够。[①]

过去我国民间有一种说法，说八类动物有灵性，是不可以杀的，它们是狗、猫、蛇、鹦鹉和八哥类、鱼类（鳝鱼和泥鳅类）、牛蛙、黄鼠狼和狐狸，如果伤之杀之，为大不吉。对这种看法今人多视为迷信，不过，古人“上山甲鱼莫捉，下山野鸡不追”等爱护生灵的观念却反映出对大自然发展规律的理解和重视，确是有些道理的。

现在有些人由于爱护动物便不杀生，像佛家那样长年吃素，对此，一

---

① 参见《重庆科技报》，《大众文摘》2020年第368期。

般人似乎很难做到，食肉动物要吃生，人也要杀鸡吃羊，这也是“天道”，也是大自然存在的一条食物链，不必去断，要断也断不了。不过人应有恻隐之心，许多人看到把动物活蒸活杀，总觉得心有不安，《孟子》上说“见其生不忍见其死，闻其声不忍食其肉，是以君子远庖厨也”，这是正常心理。不忍杀，又要吃，怎么办？那只有不要滥捕滥杀了，现在全球许多国家禁止“竭泽而渔”，禁止捕杀珍稀动物，主要倒不单是对动物有什么“慈悲之心”，还是为了保护人类自己的生态环境，这就看得更远些。人不可能不吃肉，但是让鸡鸭猪羊在被屠宰时少受痛苦却是应该的，这是人道主义的体现，西方有些屠宰场用科学方法使动物不受痛苦地被屠宰，这是文明的表现之一。丹麦有个名为“皇冠”的养猪大企业，对猪的饲养条件极好，屠宰时则实行“无痛死亡”，在屠宰前让猪听音乐、洗澡、休息，再把猪送进二氧化碳室，不用屠刀使其“安乐死”。但是，有些人虐待小动物，有些人为了获取象牙而滥杀大象，有些人将活猴的头套在桌面上的一个洞里，用开水浇之，而后敲开其头壳食其脑，这真是太失人性了。所以，人既要德人，又要德物。虐杀动物的人一定不是好人，我们要教育孩子自小就要爱护小动物。

现在，社会上有极少数人仍以虐待小动物为乐，2019 年 10 月发生了成都理工大学研究生周某某虐狗事件，2020 年 4 月又爆出山东理工大学在读学生范某庆在两个月内虐杀十几只猫的事件[①]，他用鞭打、电击、火烧、开水烫身等方式虐猫，并录制成视频在网络上推销、售卖，引起了舆论的强烈谴责，最后校方勒令范某庆退学——这些都是缺乏人性的表现。

国内外都有许多人不吃狗肉、猫肉，他们认为人养狗已有一万六千年的历史，狗是人的助手；人养猫已有一万年的历史，猫帮人捕鼠，它们都是为人服务的，人怎么能吃它们呢？人和它们有感情，至少可以说是相互有感知，人不能像豺狼虎豹那样乱吃生物，这里有个文化的问题。狗从来

① 参见 2020 年 4 月 18 日《时代周报》微信公众号。

就不在畜禽名单里，从 2020 年 4 月开始，深圳、珠海已作为两个试点城市，将猫、狗定为“伴侣动物”，禁止食用。

动物是有生命的，而现代科学证明，即使是有些无生命的东西和人也可以有感情方面的互动。不久以前，阿联酋宜家做过这么一个实验：找了两盆生长得完全一样的植物，土壤、光照、浇水完全相同，不过人们对它们的态度完全不同，对一盆植物播放录音不断辱骂它，如“你真难看”“大家都讨厌你”“我要把你扔掉”；对另一盆植物则播放录音，多加温柔与赞美之词。过了一个月，第二盆植物长得很茂盛，欣欣向荣，而第一盆植物已是叶黄枝垂，奄奄欲绝了。

1971 年美国加利福尼亚州的化学家马塞尔·沃格尔做了一个实验。他把电流计联在一株海芋植物上，然后站在植物面前平静下来，手指伸开，几乎触到植物，同时，向植物倾注一种像对待友人一样的亲密感情。他每次做这样的实验时，图表上的笔录都会发生一股向上的波动，他能不时地感到在他的手心里有某种能量从植物身上发出来。沃格尔认为，他和植物的反应似乎与他和爱人或挚友间的感情反应有同样的规律，就是能在相互反应的情绪中释放一阵阵能量。

沃格尔请一位心理学家在 15 英尺外对一棵海芋属植物表示强烈的感情。实验时，植物不断作出强烈反应，然后突然停止了。沃格尔问这位学者心中是怎么想的，这位心理学家说，他拿自己家里的海芋属植物和沃格尔的做比较，认为沃格尔的海芋远比不上他自己的，显然这种想法刺伤了沃格尔的海芋植物的“感情”，这说明，它对那位心理学家是有反感的。沃格尔发现，植物对谈论性比较敏感。有一次一些心理学家、医学和计算机程序工作人员在沃格尔家里围成一圈在谈话，想看植物有什么反应，谈了大约一个小时，植物都没有反应，当有人提出谈谈性问题时，仪器上的图迹就发生了剧烈的变化。他们猜测，谈论性可以激发植物的某种能量。

还有那个震惊世界的日本的“水知道答案”的实验，两杯同样的水，实验者对第一杯百般辱骂，对第二杯则温柔有加，一个月后把它们放在显微镜下观察，发现第二杯水的结晶体整齐而美丽，而第一杯水的结晶体混乱得可怕。

▶ 两盆植物的对比研究

有人还发现，在水旁边放音乐，也有利于水的结晶体整齐。有一个人每当情绪不好时，就对一瓶水大声叫骂、诅咒、发怒，然后把水倒向窗外，不久以后他发现窗外的那些植物都逐渐枯萎、死亡了。有人认为，人在发怒时，身体里会产生一种毒素，这种毒素溶化在水里，会对植物有害。人的体内 70% 都是水，而人也天天离不开水，如果人的戾气会使水有毒，这将给自己带来多么大的健康影响啊！

在这方面，曾经有人提出过一个“怪问题”，那就是，山总是和水连在一起的，科学既然已经证明水是有感受力的，这说明了水是多少有一些微型世界的生活粒子的，那么是不是可以推论山也可能多少有些类似的“灵气”呢？“山不在高，有仙则名；水不在深，有龙则灵”，古代不少贤人、雅士隐居于山，遨游于水，因为他们认为山水有灵气，即使山上无“仙”无“龙”。现在看来，其中是不是也可能存在一些量子科学才能解开的奥秘呢？在古人心中，不少地方的山可分公、母，据说在一个地区，有公山必有母山，都是配对的。例如广东仁化，长期以来，只有“阳元石”

而无阴山，人们常担心“孤阳不长”，想和江西的“羞女岩”“结亲”，江西人说，我们这里已经有“金枪峰”了，一女岂可嫁二夫呢？不久后，仁化有个猎人说，有次他追一只兔子，拨开枝蔓，发现了一个大山洞，这不是有阳有阴吗？这个洞后来便被称为“阴元石”，也成为一个景点，千百年来，人们常前往祈祷。

古人对山还另有领悟。墨家和其他诸家一样，都是从自然之道来领悟人生真谛的，其“兼爱”的主张来自于对山的认知。他们看，山有起便有伏，山之所以能连绵不绝，乃是因为各山头能止于其所，各立山头，互不侵犯，墨家认为，这便是上苍晓谕人间的“天意”。明代的大儒王阳明认为，人不仅对鸟兽之死、草木摧折要有不忍之心，对瓦石毁弃也要有顾惜之情。《道德经》中也说：“圣人常善救人，故无弃人，常善救物，故无弃物。”

▲ 阳元石和阴元石（广东仁化）

山上都是石头，从古到今人们都认为石头是没有感知力的，所以说“铁石心肠”“心如顽石”。不过，古人今人都认为玉是一种吉祥物，是有灵气的，“玉养人，人养玉”，人如果常年佩玉，则可以健体长生。有说佩玉者如果摔跤，玉先碎，人不伤的。有些石头，人言有避邪作用，不知是否可信，不过雄黄石能辟蚊蝇，这是事实。为什么能辟蚊蝇呢？因为它有气。

对于这一切，人们可能看得太玄太远了。不过，探索动物以及一切无生命物是否有感受力，不是纯粹出于好奇，而是要使人对待周围的一切——对人、对社会、对动物充满爱心，也要以自然的态度对待无生命的一切，这是一种生态平衡，是维护大自然秩序的做法，也是不可违逆的“天道”。人要积德，而“爱”是“德”之基。积德、爱人、爱物、爱大自然是一种合乎“天道”的秉性与修养，人都应悟此理。

▶ 玉佩

三　貌由心造

人的命运有几个天生的、不可选择的条件，在家庭、时代、地区之外，还有一个美丑条件，在人生的起跑线上，花容月貌要比无盐、嫫母优越得多。人们要改变自己的命运，改变家庭、时代和地区条件对人的影响虽然可能，但是不那么容易，至于改变美丑则似乎不难。现代科技发达了，通过整容、整形使丑八怪变大美人，花十几万元就能“变脸”已屡见不鲜，于是在现代社会中整容、整形成了风气。不过，不论怎样整容、整形，这种“后天加工”总比不上“天生丽质”，它缺乏活力，看上去总有些假。同时如果硬是要去做大改变，是要付代价的，甚至有危险，有些女人整容、整形，影响了健康，甚至越整越丑，悔之不及。不过我们不能不承认，爱美之心，人皆有之，面貌、仪表对人的一生的确有影响。心理学认为，面相有“首因效应”，至少能给他人一个初步印象，而这种初步印象对于认知有相当重要的作用。命相学还认为，面相能反映出一个人的性格、心态与吉凶，甚至一生的命运。

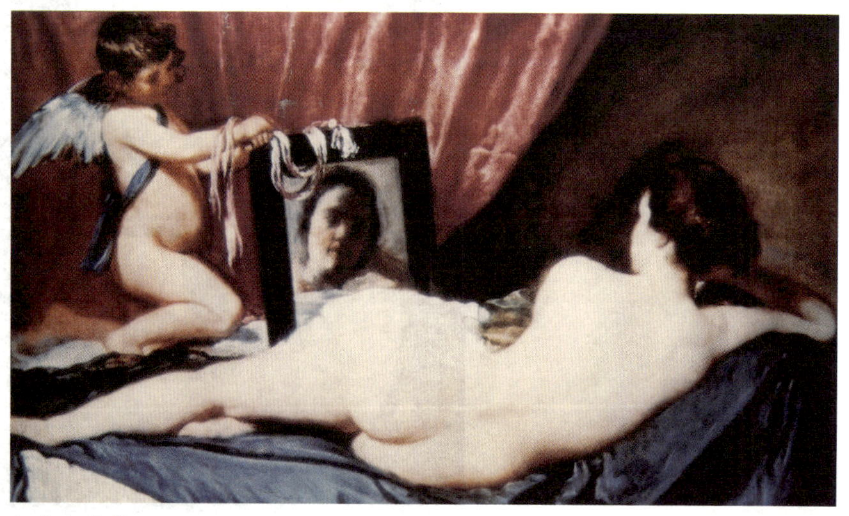

▲ 自我欣赏

世间常有“以貌识人”之说，认为在日常生活中，一个人的修养、境界、胸怀、见识与作为，大都可以从面相中看出一些端倪。曾国藩的《冰鉴》一书中有识人的要诀：“邪正看眼鼻，真假看嘴唇；功名看气宇，富贵看精神；主意看指爪，风波看脚筋；若要看条理，全在语言中。”《新唐书·选举志》中云：“凡择人之法有四：一曰身，体貌丰伟；二曰言，言辩证；三曰书，楷法遒美；四曰判，文理尤长。四事皆可取，则先德行；德均以才，才均以劳，劳必考其实而进退之。”上述“择人之法”似乎很全面，但还是把“体貌丰伟”放在第一位。唐代吏部在选官时，先通过笔试考察候选者“书”和“判”的能力，然后通过面试观察候选者的“身”和“言”，最终决定其担任的职务。前去参加铨选的人，即使在“书”和“判”两个方面都无可挑剔，但是如果容貌上有严重缺陷，就很可能被黜落，就连相对公平的科举考试也是如此。晚唐时有位著名诗人叫方干，他的才学都冠绝时人，唯一的缺陷就是“缺唇”，结果这个容貌上的问题导致他连续十多次科举失败，主考官们看到他的时候，都以“不可与缺唇人科名”为由将之黜落，最后方干只好去做隐士。在中国古代，面貌不正、曲腰、侏儒、极丑和有残疾的人甚至不能出家为僧。中国的古代相面术中就有“马看四蹄，人看四相”的话，“四相”是指五官、骨相、肉相和气色。古人对于长相好坏，只能认命。

在现代社会，人们把面相称为“颜值”，颜值的大小和择偶、择友、交往和求职也大有关系，特别是在求职面试时，颜值好绝对可以加分，有时甚至可起决定性作用。单位用人，总不喜欢用颜值差的，在公关工作中，颜值差的人往往很吃亏，特别是演艺工作，颜值差的基本上就做不了。在日常生活中，形象好的人也常给他人以好印象，因此吸引力大，机会多，人际关系容易处得好。

有人认为，“以貌取人”是人的一种本能。香港“四大才子”之一的蔡澜说：“人绝对可以貌相。”张爱玲说：“一张好看的脸，就像一本书的好看的扉页，令人忍不住地想读下去。”杨澜说过：“没有人有义务必须透过你自己都毫不在意的邋遢的外表去发现你优秀的内在。”她在一次求职时，由于没有打扮，招聘者对她说：“对不起，你的形象和你的简历不符。”

美国前总统里根说过：“上帝宽恕我，因为我对街上走过的漂亮姑娘，总忍不住地要多看几眼。”他说的是大实话。人皆爱美，这是本性，因此，有不少人尤其是女子，爱美如命，极重粉黛，每天要花两三个小时化妆打扮，镜子成了她最好的朋友。

可是，爱美的本性并不是智慧，更不等于真理，爱美往往很表面化、情绪化，不一定能反映出人和事的实质。许多人不太明白，人的形象主要在于内心，而不全在外表，并不完全在于天生，更在于后造，这就是古人所说的“貌由心造”。形象好坏，并不完全取决于人长得是否漂亮，形象只是一面镜子，它往往取决于人的内心世界。一个人无论相貌如何，内在修养最重要，一个面相不佳的人，能用知识、仁慈、爱心、宽容、教养等美德养心，他的面部表情一定是舒展、厚实而顺眼的；反之，即便容貌美丽者，也会让人觉得观之不畅，低级庸俗甚至面目可憎。有这么一件事：唐朝的裴度在年少时偶遇一行禅师，大师看了裴度的面相，发现他嘴角纵纹延伸入口，可能有饿死的灾祸，劝勉他要积德行善，裴度依教奉行。此后又遇一行禅师，大师看他目光澄澈，面相完全改变，就告诉他以后一定可以贵为宰相。裴度前后面相变化的根本原因在于其不断行善断恶。这就正如所谓“心改则相改，相改则命改”。

“面由心造，相由心生”，在这方面，古今中外的智者都有许多论述。他们都认为，人要有面相，更要有品相，面相是外表，品相才是实质。《礼记》中就说：“有和气者必有愉色，有悦色者必有婉容。”人长得漂亮是一种基因，变得漂亮是一种修养，而活得漂亮是一种能力。《无常经》中说：“有心无相，相随心生，有相无心，相随心灭。”叔本华说：“人的面相是内心的图画。”莎士比亚说过：“外在的相貌其实是内心世界的一面镜子，善良使人美丽。”喜欢一个人，始于颜值，进于才华，合于性格，久于善良，终于人品。一时的吸引看五官，长久的吸引靠三观。20世纪初期世界最著名的好莱坞女星奥黛丽·赫本是这么诠释“精神长相”问题的，她说：“若要有优美的嘴唇，就要讲亲切的话；若要有可爱的眼睛，就要看到别人的好处；若要有秀丽的头发，在于每天有孩子对它可爱地抚摸；若要有优雅的走姿，走路时要牢记行人不只是你一个。”著名的佛教诗人仓央嘉措曾在他的《我问佛》诗中写道：“我问佛为何不给所有的女子以闭月羞花之貌，佛曰：‘那只是昙花一现，用来蒙蔽世俗的眼，没有什么美可以抵过一颗纯净仁爱的心。我把它赐给了每一个女子，可是有人让她蒙上了灰尘。’”而孟德斯鸠说：“美必须干干净净，清清白白，在形象上如此，在内心中更是如此。”此类论述实在太多了。

▶ 爱美之心，人皆有之

人的形象好主要在于修养和气质好，修养和气质的好坏和钱并没有什么关系，有钱的人不一定气质好，穷人不一定气质不好。不久前网络上登过一个女子美好的走姿，下面写道："家里没有几个亿都走不出这种气质"，这真是拜金主义的语言，实在荒谬。人老了，也不一定就不美了，"白发戴花君莫笑，岁月从不败美人"，这是有道理的。

试看现代一些大人物的面相，似乎都有突出之处。在女子中，首推宋庆龄，她端庄、典雅、高贵，可能无人能及；现代的不少女明星，年轻靓丽，那是没得说的，可是和宋庆龄一比，则完全不是一个档次。在男子中首推周恩来，有人称他"美男子"，其实，他那种威武、睿智、深邃之貌，无人能及的风度，远非"美男子"三字所能概括。还可说说汪精卫，他倒是以"美男子"著称，可以想象，当年他还是个革命者的时候，"慷慨歌燕市，从容作楚囚，引刀成一快，不负少年头"，是多么意气飞扬，英姿勃发，正因为他长相好，因此在暗杀摄政王载沣失败后，摄政王都不忍心杀他，而后来陈璧君也拼死拼活地追求过他。可是自从他当了汉奸以后，再看他的照片，其是魅力全无了。

有人可能认为，相貌是属于物质世界的，如果说它会被心灵世界所改变，是不是有些"唯心"？对此，有过这样一个科学实验：华中科技大学的研究人员选取了120名成年男女，并将他们随机分为三组进行测试。在试验前，研究者向第一组参与者提供了积极的人格描述，如善良和诚实；向第二组参与者提供了消极的人格描述，如卑鄙和不诚实；对第三组参与者不提供任何人格描述。一个时期以后，实验结果是：第一组参与者的照片所具有的吸引力最强，第二组参与者的照片吸引力最弱。这一结果证实了，积极的人格特质能增强人们对其面部吸引力的感知，这种现象也被称为"晕轮效应"。

古人还认为相貌关联寿命，所谓天庭饱满、地阁方圆、双手过膝、两耳垂肩乃长寿之相。《易经》中提到如果人的人中穴又细又长，或是下垂饱满有光泽，就表示这个人身体健康，可能长寿。在《黄帝内经》中有这样一段描述，长寿的人首先应该“使道遂以长”。这里的“使道”就是指人的鼻子，而“遂”是指人的鼻腔。这句话的意思是，说长寿之人的鼻腔要比普通人的鼻腔更深、更长。

此外，古人认为人体有十个部位能反映长寿者的样貌特征：如眉长，耳大、唇厚、齿坚、鼻直、两目有神、枕骨丰满、五官紧致、额头饱满、下巴略微前翘，等等。从人的面相、手相、体相来看人的健康、心态等问题，现代科学中也有研究。

当然，人是否健康取决于多种因素，和长相可能有一些关系，但是这种关联不会太大，更不是决定性的，而“相由心生”还是最重要的，对此，真正的认识还要通过实践，还要假以时日，由表及里。古人多有“识人”之论，认为第一要识其表，第二要识其行，第三要识其心。孔子说过“视其所以，观其所由，察其所安”的话，这就一层比一层深了。不过，识人是不容易的，孔子自身也有这方面的教训。有一个叫子羽的人来依附孔子，其人面目十分不扬，孔子就没有接受他，可是此人到他处工作后，却充分显示出既贤又能的本事，因此孔子领悟到自己只看表面而未能真正识人，说了“以貌取人，失之子羽”的话。当然，如果子羽的形象好些，他的仕途发展可能会更加顺利。

有人认为，一个人致力于工作，并从中获得快乐的时候形象是最美的。20 世纪 30 年代的苏联发生过这么一件真实的事情：有一位农业生产高手，是女劳动模范，政府准备为她做一个塑像，请一位雕塑大师来做，这位大师见过她以后，拒绝了这一工作，因为他认为这个女子形象太差，激发不出创作灵感。可是不久以后他偶然见到这个女子在田间和同伴一起劳动，太阳照在她微露汗珠的脸上，她手脚灵便，专心致志，神采飞扬，大师于是大呼：“美，美啊，我的灵感来啦！”

这件事进一步说明了人的形象之美不完全取决于外表，而主要还在于内在精神，来自帮助他人，来自为社会做贡献，同时也来自自信。有一位

◀ 貌由心生，要接受不完美的自己

女演员并不是天生丽质，她曾经自卑过，可是后来在事业上获得了成功。有记者问她："为什么随着年龄的增长，你反而越来越自信，越有气质和光芒了呢？"她回答："接受自己。"有些老人常感叹于自己皱纹满面鬓毛衰，甚至说"我都不敢照镜子了"，但是近日全球市场研究咨询公司发布的一项调查结果表明，英国 65 岁以上的男性中，有 71% 对自己的外表感到满意。其中，78% 的男性表示不介意皱纹的"蔓延"，68% 的男性同意皮肤的老化是自然规律，无法阻止。这都表现出他们的自信和乐观心态。周国平说："如果上天给了你一张漂亮的脸蛋，你要留心，这是对你的灵魂的一个考验。如果你的灵魂平庸，这平庸会反映在脸蛋上，把漂亮现形为粗俗。如果上天给了你一张丑陋的脸蛋，你要宽心，这是给你灵魂的一个机会。如果你的灵魂优秀，这优秀也会反映在脸蛋上，把丑陋修正成独特。"一个人，眼睛可以不够漂亮，但是眼神可以美丽；面容可以不够标致，但是可以有可爱的神态；一个不完美的身体可以有优雅的仪态和举止——一切都在于灵魂的丰实和坦荡。漂亮和美不能完全画等号，漂亮是表，美是里，漂亮是一时，美是永恒。"我之为我，自有我在"，接受自己，是高度的自信，不仅包括对自我价值的肯定，还包括对自己不足甚至残缺的接纳，对失败挫折的包容。即使自己不够英俊或美丽，仍能欣赏与表现自己的可爱之处和人生的价值所在。“我爱自己”，然后，改变自己，直至无限接近完美——成为最好的自己，这就是“悦人者众，悦己者王”，这是命和运的结合，主观和客观的结合，这也就是人生。

四　风水在于有德

现代科学研究发现，有些无生命之物也有一定的潜能和感知力，这就涉及风水问题了。风水是现代人相当关注的一件事，有些人相信，有些人不信，争论很大。古人把风水学称为堪舆学，风水有阳宅风水、阴宅风水、八字风水之分，人们讲求在风水好的地方安居，以求“风水之和”。现代有些人把风水看成是封建迷信，实际上风水是古人一种朴素的寻找安居乐业之地的理论与方法，确有一定的道理。北京大学于 2005 年开设了风水课，此后的二三年间，南京大学、武汉大学、安徽大学、北京师范大学、武汉科技大学等学校都开设了风水课。风水师是不能改变环境的，但是他能使人更好地认识与利用日月之光、天地之气和大自然的益人之处，对人也有很大的心理推动作用，因此风水学也是环境学、地理学和心理学。

古人相信风水对人的生命有一定的影响。古人有“天人合一”的理论，认为人需要多吸收天地之气，庄子就提倡“独与天地精神往来，而不敖倪于万物”。因此，连男女交合都要多在野外进行，因为野外多天地之气，有益于交合，也有益于受孕。例如，孔子就是他的父亲叔梁纥和母亲颜征在于尼山之上交合而得的，故名“丘”，字“仲尼”。从现代人的眼光来看，自然环境对人的确有很大影响，空间也是一种能量结构，地理的因素包括气候、山水、人种以及社会风气，等等。例如人的健康、寿命和思想文明的诞生与发展往往和地区有很大关系，有的地区长寿老人多，因为这个地区水好、空气好、风俗习惯好。在一些偏寒地区如新疆、高加索等地长寿者多，因为生活在这个地区的人的身体有一个收藏闭敛的阶段，像动物一样会冬眠，因而长寿；而在赤道附近、热带地区生活的人则有早熟和早衰的特点。不同的地区有不同的风气。比较偏僻的山区交通不便，比较闭塞，人就难以发展，有的地区战祸频仍，就难以安居，所以孔子说过“危邦不居，危地不入”。民众也很相信“宅前有水后有丘，十人遇此九人忧”一类的话。

山水、地势有一定的磁场，对人有影响，这已被现代科学所证明。问题在于：风水这种自然环境除了磁场这种物质力量，还有没有另外一些感知力呢？现代的量子理论认为世界上有一种看不见、摸不着的量子形成了各种气场，影响着人的生命。风水可能也是一种气场吧！

不过，有个问题是：人们一讲到风水，就想到绿水青山、阳光普照，这都是地势、环境，是物质世界的东西。如果仅是这样理解风水，那么对一个“风水宝地”，大家一拥而上，就都能做大官、发大财了？这显然不对。古人认为，“风”就是气氛和场能，“水”就是流动和变化，“心生万法”，人的气氛和环境都由内心决定，第一风水是人，人的第一风水是心，第二风水是嘴，第三风水是行为。风水对人的作用不是无条件的，而是决定于人的德行，天地之道要和人道顺势而行。有这样一件真实的事情：有个人请了一位风水师看祖坟的风水，他们驾车同往，经过一个窄巷，后有另一辆车急于超车，他们本可以不让的，但是这个人让了，并说道：“这辆车开得那么急，人家肯定有急事。”又开过一条街，有几个孩子嬉笑着奔过街，这个人停了车，孩子奔过去以后，他也不马上开车，问他为什么，他说，孩子往往成群打闹，说不定后面还有孩子。到达祖坟了，祖坟在一片枣树林里，当他们行近枣林，忽见一群鸟从枣林惊飞而起，于是他对风水师说："今天不看了吧，鸟惊飞说明现在肯定有孩子在树上偷枣，我们进去了，说不定会吓得他们从树上掉下来。"这位风水师说："不用去了，你有德，处处为他人着想，你们家的风水一定好。"

朱熹是宋代的大儒，也善知风水。有一次有人请他看风水，他答应了，但有朋友劝他："这个人是小人，会干坏事，你为他看风水是帮助他了。"朱熹说："我不会帮小人的，好的风水与德共存，他如果做了失德的事，再好的风水对他也没有用。"历史上还有这么一件事：魏武侯曾泛舟游西河，看到山川险峻，美不胜收，于是兴奋起来了，他对同船的吴起说："美哉乎山河之固，此魏国之宝也！"吴起是战国时期的卫国人，后来到楚国为相。他听到魏武侯的话后并不附和，反而说：夏桀国土，左临黄河、济水，右有泰山、华山，伊阙在其南，羊肠坂在其北，但不施仁政，终被商汤放逐；商纣领土，左有孟门山，右有太行山，常山雄踞其北，黄河流经其南，但不施仁德，终被武王所杀。可见，王图霸业的根基不在山川险峻，而在尊"道"行"德"。——他的观点也表明风水之贵在于德。

由此可见，大自然的发展规律对任何事物来说都是一样的，而能否认识它，能否积德行善则是由人的主观能动性决定的，各人在这方面表现不同，于是命运也不相同。风水养人，人也养风水。风水体现了人内心的高贵，古人提倡"德配天地""与天地合其德""福人成福地，福地居福人"，都是指此。《了凡四训》中的"一切福田，不离方寸"，就是认为风水环境之福，取决于人的内心世界。做好人、行善事不是一时一事，而要长久，以至一生，所以说要"积"德，"厚"德才能载物。国学大师曾仕强说："风水可信但不可靠。"风水是可信的，因为确有作用，但它又不可靠，因为其作用因人而变。

▲ 奶头山（西安，武则天乾陵所在地）

风水和占卜有很大关系，都是天道的表现，而天道的表现形式是有变化的。《道德经》的开头就说："道，可道也，非恒道也"，一个有造诣的占卜大师如果替汪精卫算命，他在"慷慨歌燕市"时的命肯定和以后当大汉奸时不一样；如果替杨度算命，他在当保皇派时的命肯定和加入共产党以后不一样。

现在全国有些地区在进行殡葬改革，民间在殡葬方面的陈规陋俗很多，阻力很大。有些地区如江西省大余县政府在殡葬改革的工作中不回避"风水"的问题，反而聘请过去所谓的"风水先生"向民众做宣传，讲解这方面的科学道理，破除民间长期存在的迷信思想，以"四两拨'千斤'"的方式，让民众卸下心理包袱，树立对待传统文化存正去邪的态度，这是很好的。[①]

当然，承认风水是科学，风水能影响人，但是不能盲从，不能无限扩

① 参见《中国新闻周刊》2018 年第 20 期。

大其影响力。2019 年 5 月 30 日，广东新会一名女车主驾车在一栋别墅门前掉头回转，别墅主人说车在他家门前掉头回转破坏了他家的风水，双方起了冲突。事情闹开后，当地开始疯传车在此地掉头可“转运”，于是许多人纷纷开车前来，甚至排成长龙。6 月 3 日，警方将这个别墅门前的道路划为单行线，禁止逆行与掉头。此事之迷信程度真令人发笑。

现代的风水师是很有一套的。他们看风水叫看阴阳宅。看阴宅，就是看坟地的安置，一般都指一个慢坡地方，修的坟包两边要挖出流水沟，别让雨水泡了，名曰“二龙吐须”。棺材的方向可讲究了，一定要让脚的方向朝着对面一个吉利的自然物。假如是山，山的形状如果像乌纱帽，就说后代有人会当官；如果像笔架，就说子孙有人会是秀才或状元。看阳宅，就是看盖房宅，一般讲究何日何时动工或上房梁等。几乎所有的讲究都有现成的卦辞应对，还可以根据主顾的追求现编。对于这一套，有道理吗？

张三丰说：“今汝世人妄谈风水，冒渎山灵，举亲骸以求福禄，对时师以论殃祥，或代搜求，或为寻觅，赚人钱财，要人夸好，如此人心，安知天理？十个堪舆九个穷，何足怪也！”张三丰是中国古代道教后期一位最有代表性的大师，是道教的改革领袖，他在 600 多年前所说的这番话对今人关于风水、算命等问题的认识仍有振聋发聩的作用。

风水学是有一定道理的，但是即使是真理，向前多跨出一步就成了谬误，科学的道理过了头就是迷信。人们居住的自然环境要好，青山绿水，空气清新，阳光明媚，磁场合拍，等等，都有道理，至于家居生活中的一些“风水规矩”还有不少说法，例如厨房、饭厅都不能放镜子，不能对着神像和老人照片放镜子，镜子不能放在家中的西南角，这都因为镜子是“阴冷”之物，是这样吗？还有，家中的大门也有讲究，什么推开大门不能见厨房，不能见镜子，不能见到花瓶和有尖角之物，镜子不能对着马桶，马桶不能对着门等等，连梳子、钟表、扫帚、挂画等的放置也都有讲究，都关涉吉凶。风水之学要符合“天道”，而“天道”总不会使人在生活上搞那些繁文缛节，顾前畏后，使人无处措手足吧！这些问题是非科学还是伪科学，都有待于今后科学的进一步发展与证明了。

▲ 刘达临（后左）在台北举办的一次命相、风水讲座会上发言（1996 年 7 月）

第四部分

CHAPTER FOUR

透视人生之旅

一　人性和动物性

研究生命文化，有个重要的问题就是人性是什么。社会学认为，人性可分为动物性和社会性两个方面，动物性是人从动物进化后一些动物本性在人身上的残留，这是天赋的，是生而具有的生命需求和对环境的反应，不需要教，这也就是自然性、本性、本能。但是，人不是简单的动物，而是社会化的动物，有社会的需求，这种需求要求人们对人的动物性进行修正、补充和发展，从而使自身具有道德，形成文明。文明不是天生的，而是后天习得的，这就是教育和熏陶。一个人如果生下来不接触社会，只是吃、喝、拉、撒、睡，他就和动物差不多了。

有位经济学家说，在西方发达国家，有人统计过，幼儿园孩子最爱说的三个词是“More”“Mine”和“No”，这三个词都和需求有关。“More”是我还要；“Mine”是我已经有了；“No”是我不要。这是人类与生俱来的三种需求，是人的自然性。但是，有了这三个需求就能在社会上生存了吗？

还不行！孩子接受老师的教育，老师经常教他们这三个词：“Wait”（等待，要有耐心）、“Take turns”（轮流，要守秩序），“Share”（分享）。这些都是规矩，是文明，是社会性，社会性要学而方得。将个人的自然需求和社会需求相结合，才是完整的人性配方。

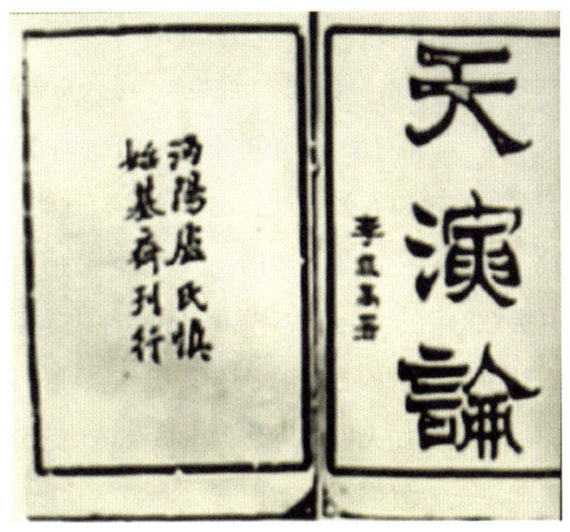

▲ 严复翻译了英国生物学家赫胥黎的《天演论》

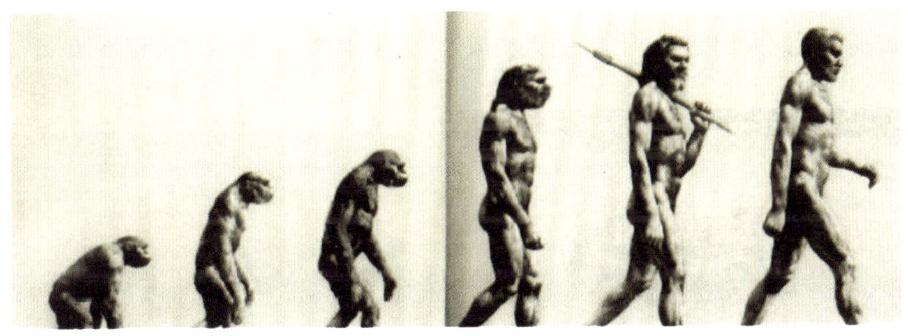

▲ 人类的进化

在这方面被认为是经典的一本书，就是美国专家 J. 摩耳于 100 多年前写的那部人类学著作《蛮性的遗留》[①]。摩耳“先研究家畜中野性的遗留，再研究人类中的”，他认为，人类的行为有许多自然性、动物性，这就是“蛮性的遗留”，从野兽进化到家畜，从野蛮人进化到文明人，是一个漫长的克服蛮性的过程。“人之所异于食兽者几希”，摩耳认为这“几希”就是人类具有思想、良知，能够同情，并且有求进步的愿望，这也就是社会性。

---

① 李小峰于 1924 年译，海南出版社 1994 年 9 月第 1 版。

人身上确实有不少本能，即一些动物性的残留，也就是与动物相同或相似之处，譬如“食、色，性也”，还有安全的本能、恐惧的本能、渔猎的本能、种族的本能、模仿的本能、复仇的本能、争斗的本能、懒惰的本能、自私的本能以及爱护幼崽的本能等，这些都要用社会性来补充、发展和提高。人类的生活是复杂的，人类的行为受人性的支配，而人性是动物性和社会性的结合。至于怎样结合，往往决定了是和非、功和过、吉和凶。

中国的古人在这方面分得更细一些。古人把自然现象分成以下几种：第一是气，如火以气燃烧，水以气流淌；第二是植物，有气，还有命，但其气不足，故多丛生而广其气；第三是动物，有气有命还有一定程度的感知，就是本能；第四是人，人有气，有命，有感知，还有以思想、意识、精气、智慧、道德等形式表现出来的心灵。有没有道德是人和动物的根本区别，因此人们把为非作恶的人说成是“行同禽兽”，甚至“禽兽不如”。[①]

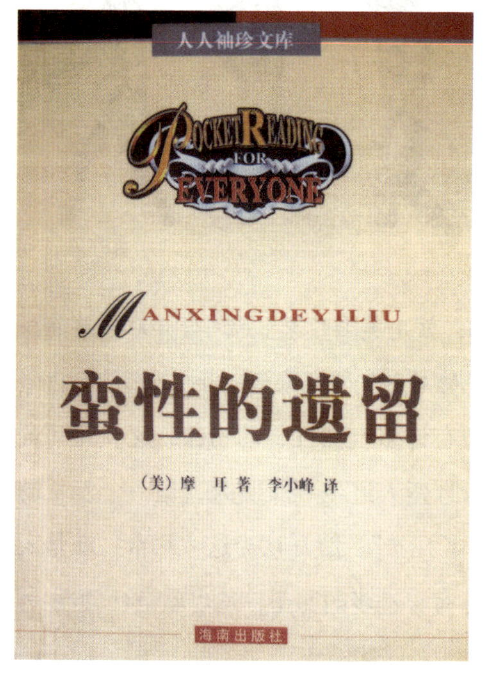

◀《蛮性的遗留》中文版

① 参见明代道学家陈白沙的《禽兽说》。

人们研究性文化，经常引用那句古话“食、色，性也”，食和性是人和动物同样的自然需求，无食则不能维持生命，无性则不能繁衍后代，这是动物的本性，也是人的本性，当然二者之间也有很大的不同。以食来说，在“食以果腹”的方面人和动物是差不多的，但是人类之食要用火，以熟食，从而帮助消化，更好地吸收营养；人类不仅要果腹，还要讲究食物的色、香、味和营养；同时还讲究食的礼仪和规矩，和社会需求、心理需求的结合连在一起，例如食之有害则不食，这是为了健康；吃饭要用公筷，以防止传染；“不劳动者不得食”，这就是反对剥削、贪污和懒惰；“不食嗟来之食”是保持自尊；“割不正则不食”，是要保持礼仪。人和动物饿了都要吃食，对动物来说，“大鱼吃小鱼”是十分自然的，而对人来说，“弱肉强食”则十分不该。这些不同都属于文化范畴的内容，有没有文化是人和动物在本性方面的最大区别。再看性，如果简单地看性交行为，文明人、野蛮人和高级动物似乎也差不多，但是文明人反对滥交，禁止性侵，提倡两性之爱，改善性交方法，从而达到快乐、健康和生育的目的，这些都是文化的表现，都是异于动物的地方。

▲魏晋墓碑石：《马交配》

现在举国“反贪”，人们往往惊讶于某个贪官竟贪污了那么多钱，这都是他们身上动物性无限扩张的表现，走上了邪路。约束本来就是一种文化，贪官们自以为国法党纪约束不到他们，因此就在食（表现为物质和金钱）和性这两个基本问题上恣意而为，“行同禽兽”了。

除了“食、色，性也”之外，还有一些本能是人和动物都具有的，但是也不完全一样，例如安全的本能和恐惧的本能。兔子看到猛兽要逃，兔子在静止状态时两个长耳会不停地竖动，以对周围警戒。人也是这样，没有人不重视安全，但是有时“明知山有虎，偏向虎山行”，履险如夷；或是“在战场上决不做逃兵”，为国牺牲，从容就义。例如“戊戌政变”失败，慈禧捕杀革命党时，谭嗣同本来也可以像康有为、梁启超那样逃走，但是他不走，他说：“各国变法，无不从流血而成，今中国未闻因变法而流血者，此国之所以不昌也，有之，请由嗣同始”，于是引颈就戮。

还有种族的本能。许多动物都是群居的，如一群鸟、一群鱼、一群山羊。野蛮人也是聚族而居，氏族、部落里的人大部分是姻亲关系，因此野蛮人的感情和道德观念是完全限于种族之内的，如果一个人偷抢了同部族人的财产则是罪，而偷抢其他种族的则是“应该”的，因为本种族以外的人都是仇敌。文明人的种族主义仍很严重，只是“种族”的概念有所扩大，例如古代中国汉人称少数民族为“夷狄”，白人看不起有色人种，城市人看不起农村人，以及各种“排外”现象的存在。美国的种族主义就非常严重，白人多次迫害黑人，从而引发了社会的剧烈对抗。不过，中国古人也有“海内存知己，天涯若比邻”和“有朋自远方来”的文明传统，中国人对异族多讲究平等、宽容。现代人提倡爱国主义，认为“国家利益至上”，这当然是对的，但是国家主义还是扩大了的种族主义，世界上最好的还是“地球村”，建立人类利益共同体，天下为公，世界大同。

再看争斗的本能。争斗的本能是强力竞争及取胜的本能，它和恐惧相反，恐惧逼人退避，而争斗的本能激人攻打、伤害和残杀。一般说来，争斗的本能在高等的、强有力的动物中发挥较多，恐惧的本能在下等的、柔弱的动物中较为普遍。“弱肉强食”“优胜劣汰”“适者生存”是全世界存在的“丛林法则”。人类的争斗本能多表现在争吵、打架和战争之中。人们都知道战争对全人类的生存和发展不利，可是为了争夺利益，还是多用战争来解决问题，不打仗也要实行军备竞赛。但是时代的发展总使人趋向和平，趋向和谐，遇有矛盾则用协商、谈判、理性和公断的方式来解决，这是众望所归的境界。

再看复仇的本能。动物是有复仇本能的，例如谁捅了马蜂窝，就会被一大群蜂飞来蜇叮；伤害了小鸟，大鸟会来报复；如果伤害了蛇、猴、象等，也会引起蛇群、猴群、象群的报复。人也是这样：“有仇不报非好汉”“君子报仇，十年不晚”。世上多以报复真正的冤仇为正义之举，如历史上伍子胥的父亲为楚平王所杀，他逃亡吴国，借吴伐楚，灭楚后楚平王已死，伍子胥挖其尸，鞭三百。民国时期，女子施剑翘因父亲过去反对卖国，被大军阀孙传芳杀了头，就趁孙传芳年老退隐念佛经之际，连开三枪，杀之于佛堂，政府要判其刑 10 年，可是民众大哗，后改判无罪。不过，现代社会中还是要按法律行事，像张扣扣那样为了替母复仇，杀了三人，犯了死罪，就成了悲剧。[①] 现代文明提倡宽恕，认为宽恕是一种美德，于是有了“相逢一笑泯恩仇”的话，可是，有些恩仇怎么能一笑而泯呢？只是有些冤仇可争取社会惩罚，如杀人偿命，社会惩罚也相当于是报仇了。

---

① 张扣扣之母于20多年前被王氏兄弟所杀，法律未判罪犯死刑。张扣扣处心积虑地要为母复仇，后杀王氏兄弟三人，自己则被判死刑，于 2019 年 7 月执行。

▲ 伍子胥鞭尸

再看模仿的本能。一只鸟惊飞，会引发其他鸟惊飞；几条鱼倏然游去，群鱼也会跟着游走。人们的模仿本能多表现在态度、服装、言语、行为、信仰及作业等方面的“从众”上。例如时尚，“今年流行蓝色服装”“现在流行女子长发”，于是不少人都去“赶时髦”。在街上，有几个人簇拥着看一样东西，其他人也会挤过去看。古人说：“变通以趋时”，这也可以算是一种“合群性”吧。当然，做人不能总是“随大流”，不能盲目跟风、“从众”，而要有独立思考和“反潮流”精神，须知改革、修正观点都是始于少数人，最初只是“星星之火”，而后方能“燎原”。

还有爱护幼崽的本能。动物都是爱护幼崽的，对人来说，对后代不仅要生和养，还要能教育。

动物还有懒惰的本能，人也有此本能，人都贪图安逸，做事越省力越好，休息日越多越好。很多科技发明都来自懒惰和省力的本能，比如人类懒得走路，就发明了汽车；懒得洗衣服，就发明了洗衣机；懒得爬楼，就发明了电梯；买东西不想亲历亲为，就促成了现在外卖、电商的兴起和新零售方式的兴起；不想干重活，因此发明了机器人，等等。不过有人认为，懒不一定是生物的一个缺点，地球上的生物有着共同的生存使命，生存有时很艰难，因此要节省能量的消耗以供困难和应急时使用。当然如果懒惰成性就不好了，“天道酬勤”是真理。

▶ 交颈鹤

◀ 蝴蝶

人和动物都有自私的本能，如动物都有抢食的本能，而对人来说，一般人遇事会先考虑自己，这么做对自己是否有利，即所谓“人不为己，天诛地灭”，但是一个文明的、高尚的人应该“先公后私”，凡事先为他人着想。

摩耳在《蛮性的遗留》一书中说：人性是生长的、累积的，组成本能的元素是逐渐增加的，有些元素是极老极基本的，而有许多则是极新的。他认为人的本能不局限于从动物遗留，在长期的进化中还有不少新发展、新增加，如爱的本能，保护隐私的本能，感恩、同情、良知和清洁的功能等，人们提倡它，不断地实践它，于是它们也变成了一种习惯和本能。

人性有许多方面源于动物，又高于动物，甚而形成了一种普世价值。这就是孟子所说的：“恻隐之心，人皆有之；羞恶之心，人皆有之；恭敬之心，人皆有之；是非之心，人皆有之。”孟子所说的“恻隐之心”是指“仁”，“羞恶之心”是指“义”，“恭敬之心”是指“礼”，“是非之心”是指“智”，这些都是远离动物性的人性，是普世之人都应该具备的，这也是“天道”。人和动物最大的区别就在于人有文化，人要讲究仁义道德。

人类讲文化、讲文明，其核心就是要以人性来改造动物性，但这也要经历一个漫长的发展过程。例如，动物都是只顾自己的，而现代许多人也还是很自私，不讲仁义道德；动物是弱肉强食，强者为王，人类社会也往往以强凌弱，强国称霸；动物雄者为胜，人类目前也还不能摆脱男尊女卑的固有思想；动物只认种族关系，而人类目前还不能完全进入契约社会，如此等等都有待发展提升。

当然，动物性也不完全都是负面因素，人是复杂的，社会也是复杂的。天之生人，总有动物性和社会性两个方面，人性是这两方面的完整结合，其中有正能量，也有负能量，人类的文明、发展与进步就是要用其中的正能量克服负能量，人的生命之路也要不断地用社会性来引导和发扬人性，改造其自然性和动物性。

二　人的年龄和心态

人们活着活着，突然会感觉到自己老了，当然，老不老不一定完全取决于年龄大小。有一种说法，人有四种年龄：一是自然年龄，多活一年就增加一岁；二是生理年龄，就是身体的老化程度，有的人的自然年龄是50岁，可是心脏还只相当于30岁；三是心理年龄，“革命人永远是年轻”，认为“真正的人生是从50岁开始的”；四是社会年龄，有的人还没到退休年龄就啥也不能干了，可是有人到了八九十岁还能为社会做贡献，一点不比年轻人差。

这几种年龄的决定因素很多，相互之间也有影响。在这几种年龄的划分上，人的自然年龄和生理年龄当然是最基本的。人体是由细胞组成的，人能够活着，如果从物质上看，全靠人体细胞不断地新陈代谢，不断地分裂，又不断地更新，不断地得到新的活力。但是，在人的一生中细胞的更新是有次数的，在更新过程中有时会发生错误，它受环境的影响，其更新能力还受遗传基因的影响。有科学家通过细胞分裂周期和次数来推测人类的自然寿命，在人的一生中，细胞分裂的平均次数约为50次，细胞更新的平均周期约为2.4年，因此人类的自然寿命约为$50 \times 2.4=120$岁。人类如果想延长自然年龄，只有从改善生活条件、保持健康、增强细胞的更新能力入手。不过细胞的更新能力总会降低，同时其还受遗传基因的限制，人即使能长寿，也不能避免衰老和死亡，但现代科学已经发展到能够改造基因的地步，那就使人类长生不老、自然年龄的无限延长成为可能。

社会年龄也受生理年龄的影响，如果身体不好，想干也干不动了；如果心理因素不好，未老志先衰，还能干事但是不想干了，那么社会年龄也就到头了。

现在许多人认为，在这四种年龄之中，心理年龄最重要，人的心态如何，往往影响寿命，影响健康，也影响事业。“不烦恼，不生气，不用血压计。”人活一生，心态好是关键，年轻不是一种状态，而是一种心态。那么，什么叫心态好呢？就是要活得快乐，要把自己生命的长度设计得好。佛曰：“物随心转，境由心造，烦恼皆由心生。”美国哲学家桑塔亚纳说过：“快乐是生命唯一的意义，没有快乐的地方人类的生活会变得疯狂而可怜。”杨绛则说：“保持常乐的心态，才是淬炼心智、净化心灵的最佳途径。一切快乐的享受都属于精神，这种快乐把忍受变为享受，把生活和工作变为享受，这是精神对于物质的胜利，是灵魂对精神的升华，这便是人生哲学。”对生命来说，心有阳光，则必有远方；心有风景，则遍地花香。

心态决定人生，这是天道，这是真理。人们都知道，命是一种天赋的客观条件，但人是可以把握它的，人要去驾驭生命，而不要让生命驾驭了自己，而心态就能驾驭生命，它决定了谁是骑师，谁是坐骑。许多环境条件、事物变化是个人难以改变的，人既然不能改变世界，就要去改变自己的内心，延长生命的长度。惜命的最好方式不仅是养生，而是掌管情绪，人的心态就是人真正的主人。

人们都知道性格决定命运，那么性格是怎么决定命运的呢？性格决定心态，再通过心态决定状态、事态，从而决定命运。古人说：“心治则百节皆安，心扰则百节皆乱。”狄更斯说：“一个健全的心态比一百种智慧更有力量。”物随心转，境由心造，烦恼皆由心生，生命设计皆由心长，有什么样的心态就会成为什么样的人。人的心情不是人生的全部，但是能左右人生的全部。积极的心态使人像太阳，走到哪里哪里亮；消极的心态使人像月亮，初一、十五不一样。

诺贝尔生理学奖得主伊丽莎白等总结人类的长寿之道，认为人活百岁，膳食的作用占25%，其他占25%，而心理平衡的作用占50%。人的心态要好，如果经常气恼，体内所产生的压力激素足以使一只小鼠致死，因此这种压力激素又称“毒性激素”，它累积于人体之中，将大大缩短生命的长度。“白发三千丈，缘愁似个长”，多愁之人必然短寿。丹麦一项从2000年开始，历时11年，涉及9870个成年人的调查发现，和没有相应问题的人对比，常因夫妻关系困扰的人死亡率增加1倍，常因亲子关系困扰的人死亡率增加50%，常和家人争吵的人死亡率增加1倍，常和邻人争吵的人死亡率增加2倍。

▲ 铜塑：喜怒哀乐（现存于人类生命文化博物馆）

人的心态如何，确实对生命的长度起着决定性作用。人生如山，有起有伏；人生如路，有平有坎；人生如酒，有醒有醉；人生如花，有开有谢。人的一生，不可能都是“春风得意马蹄疾”，总会有挫折，多逆旅，有灾有难，甚至步入深渊。古人有所谓“人生八苦”，即生、老、病、死、离别、吃亏、后悔、无望，佛经说人生有八万四千种烦恼，要战胜这些苦和烦恼事，心态发挥着重大作用。人的一生没有过不去的坎，而只有过不去的心情。不要事事较真，因为不值得，也伤不起，而要“身在万物中，心在万物上”，只要自己心灵的天空晴朗、平静，就经得起任何狂风暴雨。

风雨人生，一切当以微笑对之。《菜根谭》中说："人不可以一日无喜神。"古人认为，人的一生"赢在和气，输在脾气，成在大气"。曾国藩说过："未来不迎，当下不杂，既过不恋。"三毛曾说："如果有来生，要做一棵树，站成永恒。没有悲欢的姿势，一半在尘土里安详，一半在风里飞扬；一半洒落阴凉，一半沐浴阳光。"不过，何必要等到"来生"呢？应该今生就朝此努力啊！

人们的心态之好，应该表现在以下几个方面：

第一，乐于行善。古人告诉我们，人生要多善，助人者常乐，行善者心安，积爱者多福。《易经》就说过："继之者善也"。道家经典《太上感应篇》对善作了三个定义：一"语善"，二"视善"，三"行善"。亚里士多德也十分强调，人的幸福本身就在于善行。将自己和世界、和他人合为一体，将他人的快乐视为自己的快乐，这才是真正的快乐。

第二，美视人生。大自然和人生都充满了美，花开花落，云散云舒，雨生百谷，万物皆美，几只鸽子在天空飞翔，自由自在，几朵小花在石缝中生长，却也生机盎然，"沉舟侧畔千帆过，病树前头万木春"，天地有大美而不言，人善审其美则能怡养独特的精神气质和非凡的胸怀风度。在生活中则有亲人、挚友最美的爱，最美的心，要发现它、珍惜它、欣赏它、享受它，如此就能使生命充满光辉。人如果没有发现美的眼睛，即使游遍世界，累的只是自己的脚，而愉悦却不会生之于心。《物种起源》的作者达尔文在《达尔文自传》中说："假如我能重新度过此生，我一定不要忘记，至少每星期读一些美的诗句，欣赏一些美的音乐，使我单调的头脑、平凡的心灵获得滋润，回复自然之美。如果丧失了它，就等于是幸福的丧失。"程颢诗云："万物静观皆自得，四时佳兴与人同"，这确实是一种意境。

有这么一个故事：有个女孩打破了一个花瓶，她十分懊丧，从窗口看向外面，发现邻居正在埋葬一条死狗，她更加不快。祖父发现了她的情绪，叫她看看另一个窗口，那个窗外是个花园，春光明媚，百花盛开，鸟语啾啾，女孩顿时改变了心情。祖父说："世界多美啊，你不要看错了窗口。"——"不要看错窗口"，这句话对人们确有启发。

不过，人生总是不完美的，不完美才叫人生，我们不可能处处如意。一个人如果想改变生活，首先就应该改变自己，如果觉得社会太黑暗，那么社会上所有发生的事都会使自己不开心。"心中若有美，处处莲花开。"塞缪尔说："世界如一面镜子，皱眉视之，它也皱眉看你，笑着对它，它也笑着对你。"人心内的美是一场长跑，它不属于哪个年龄段，而属于整个人生。世上充满了美，人生充满了美，就看自己能不能去发现与享受：20岁时美于青春，30岁时美于进步，40多岁时美于发展，50岁时美于智慧，60岁时美于轻松，70—80岁时美于看透世事、善合自然。一个人即使进入迟暮，华颜再老也要留几分天真，世界就是人的内心信念在现实中的一种投射，人要静守灵魂深入的那份美好。人的心里始终要有一束光，如此才能永远驱除阴霾与黑暗。

第三，淡于得失。《荀子·乐论》中说："以道制欲，则乐而不乱，以欲忘道，则惑而不乐。"《淮南子》则言："患生于多欲，害生于不备。"俗话说："嗜欲深者天机浅，嗜欲浅者天机深。"佛家认为人之"三毒"是贪、嗔、痴。人如果私欲太多，陷于名利，需求太高太远，不切实际，就难以满足，就不可能快乐，而知足才能常乐，知足常乐的心态才是淬炼心智、净化心灵的最佳途径。

许多人一生追逐名利，在得失之间苦恼不堪。其实，钱是什么？只是换取物质的那一张纸；名是什么？只是任人所作的一种评价；利是什么？只是大大小小的坑。《庄子》说："鷦鷯巢于深林，不过一枝；偃鼠饮河，不过满腹。"一个人即使拥有的别墅再多，也只能常住那几间房；山珍海味吃得再多，也只能一天三顿地享受；积攒的钱再多，也只能让后人去用；名气再大，也是沧海中的一朵浪花——如果一生孜孜于此，又是何必呢？因此，一个人要提升自己的境界，就应该放大自己的格局，放下名、利、权、色等身外之物的困扰，在精神信仰上登高，在利益诉求上等闲，在大爱情怀上跨界，这样一来人心就会豁然开朗。

世上万事万物，都不是十全十美的，人的一生，有了爱不一定会有钱，有钱不一定快乐，快乐不一定健康，健康也不一定什么都能如愿以偿。人要能想得开、放得下，这才是精神对物质的最大胜利，人生最美妙的风景就是内心的淡定与从容。曾国藩用一生告诉人们，成大事者要有三种品质，即耐得住烦、受得了苦、忍得下气。朱熹则说："凡事只得耐烦做将去，如有烦心便不得。"星云大师说："耐烦，是修行的第一步。"

当然，这并不是说人遇挫折时只能忍耐。人生在世，不如意事常八九，除了忍耐以外，最积极的是要靠努力、靠奋斗去改变它。如意是付出汗水之后的收获，是殚精竭虑之后的顿悟，是繁花零落之后的果实，是迷失慌乱之后的笃定。如意从未因人而异，它以种种不如意的态势出现，是为了教会一个人如何定位人生，如何实现价值。因此，意随心动，事在人为，心若如意则万事如意。

不过，如果实在改变不了现状，就一定要放得下、想得开，不必耿耿于怀。留不住的人，就学会放手；做不成的事，就学会死心。佛教中记载一个布袋和尚说过一段很有名的话："行也有袋，坐也有袋，放下此袋，何等自在。"这个"袋"就是名、利、权、色等心理累赘。有个人向和尚诉苦，说"我总放不下一些人和事"，说了自己受骗上当、错失时机的许多怨恨。和尚说："这世间没有什么放不下的。"诉苦者说："可是我偏偏放不下。"和尚叫他拿一个杯子，给他注热水，水注满了，烫痛了他的手，他赶快把杯子放下，于是和尚说："你痛了，自然会放下。"建于东晋时期的杭州灵隐寺中有一副对联："人生哪能多如意，万事只求半称心"，人从岁月中走来，会逐渐明白，世上有许多人和事是自己左右不了的，人生最难得的是修得一颗平常心，对放不下的事学会淡然处之，对绕不过的心坎释之于怀，不以昨天的事来痛苦今天，这样做生命的长度才会延伸。

人生在世，总会遇到伤害过自己、使自己吃大亏的人，对此，如果一味地提倡淡然处之，予以宽容，甚至被人打了个耳光还不计较，这是不可能的，也是不应该的。鲁迅说过：“损着别人的牙眼，却反对报复，主张宽容的人，万勿和他接近，让他们怨恨去，我一个也不宽恕。”鲁迅这种爱憎分明的态度是对的。对于一些恶人，我们不能轻易宽恕，但也不要耿耿于怀，纠结于心，以别人的错误惩罚自己，不能原谅他，而是在内心“算了”，让他“多行不义必自毙”。对于这种损害自己的人，当然也要报复，不过这种报复不是“以牙还牙”“针锋相对”，而是“你损害我吗？我要活得比你快乐”“你打击我吗？我要比你成功”的智慧报复。

第四，安于祸凶。人的一生，难免逢灾遇难，在这种情况下，要战胜自己，要想得开，要从灾难中汲取教训，深信前途光明。罗素说过：“伤痕累累，是生命给你的最好的礼物。”李白的“天生我材必有用，千金散尽还复来”就是对于人生充满了信心。国外有一家人，房屋失火，已不可救，他们索性在燃烧着的房屋前拍了一张“合家欢”。江苏南通有一对夫妻出行，妻子驾车不慎撞到了路上的消防栓，车微损，人轻伤，这个丈夫却和妻子在车前拍了一张照片，他说：“小灾避大祸，和妻子经历的每件事都值得纪念。”

著名的戏曲艺术家新凤霞就说过，她的心里装着两个“新凤霞”；我如果摔坏了一个茶壶，就再去买一个，第一个新凤霞会想，我闯祸了，但是有人帮我补上；第二个新凤霞会想，我帮别人弥补了损失，我做了好事，于是两个“新凤霞”都很开心——这种想法倒真有趣。

南非总统曼德拉生性豁达、意志坚决，在对敌斗争中曾入狱 27 年，斗争胜利后出狱，在总统就职典礼上他特邀过去虐待过他的三名狱卒参加，并在众目睽睽之下对他们鞠躬致敬，说道：“感谢你们，我通过坐牢，学会了控制情绪、对待人生，如果不能把悲痛和怨恨留在身后，那么我至今仍在狱中。”

我国当代著名的造型艺术家、画家韩美林在《洛阳日报》上刊登的一篇自述，十分感人。

我心里始终装着一个“活命哲学”：没心没肺，能活百岁；问心无愧，活着不累；心底一汪清水，没有过夜的愁，不生过夜的气，也就没有过夜的病。

人活一生不容易，当然坏人活得更不容易，人得给自己找乐子……

“文革”中，我被押在看守所里，用半截筷子在破了又补、补了又破的裤子上作画。“杠子队”一次次踩碾我的手，甚至用刀挑断我的手筋，可那时候我依然非常热爱生活。看守所里什么都没有，头顶上只有几个蜘蛛，我每天看着它们织网，看着它们逮小虫子，看着它们长大，挺有趣。我进去的时候，大墙上只露出三片柳树叶，出来时，小树已长成一棵大树；进去时，树上拴着一头小牛，我出来时，小牛生的小牛正在叫。出狱后，我觉得什么都可爱，连卖冰棍的都让我感到可亲。小动物喜人，小狐狸不狡猾，小老虎不咬人，虎头虎脑不虎心。出狱后如果见什么烦什么，那我恐怕就一事无成了。

在荷兰阿姆斯特丹有一座寺庙，庙中有一石碑上刻：“既已成为事实，只能如此。”是的，只能如此，只能自我解脱。

第五，善于进步。人要快乐，还要有事干。人要有个生活目标，并且不断地追求它，不断地为社会做贡献，不断地进取，不断地有所得，并从工作中获得快乐。洛克菲勒多次教育儿子：“如果你视工作为一种乐趣，人生就是天堂；如果怕苦怕累而厌于工作，人生就是地狱。”金庸 81 岁到剑桥大学攻读博士学位，我国大科学家和学者、医生在耄耋之年还带研究生、治病救人的不乏其人。曾任我国副总理的吴仪在 73 岁时还学弹钢琴、学中医、学打网球。我国有位农村老太，50 多岁才开始学画，70 多岁时竟办了个人画展。

这一类的事例还可以举出很多。例如漫画家方成 89 岁高龄时，身体依然十分硬朗。一位澳大利亚漫画家向他讨教养生之道，方老只说了一个字——忙。后来，他又为自己画了一幅自画像，题字就是：“生活一向很平常，骑车画画写文章。养生就靠一个字——忙。”这个“忙”就是一种最好的心理状态，也是忙与闲的最美融合。还有一位名叫赵慕鹤的老人，于 1912 年生于山东金乡，后定居台湾，退休后十分节约地旅游了 10 年，88 岁时与孙子一起考大学，努力学习，用四年读完了年轻人六七年才能完成的功课。同时他勤练书法，擅长鸟虫体，100 岁时在香港办个人书法展览。他 103 岁时还在清华大学旁听中国文学史。2018 年 11 月，他在山东济宁去世，享年 106 岁。不久以前，一位 96 岁的意大利“二战”老兵帕特诺以全班第一名的成绩在西西里岛的巴勒莫大学获得历史学与哲学学士学位。——从学习与进取方面来说，这些老人真是典范。

我们也是这样。刘达临是 1993 年退休的，一生出版 150 多本著作，其中 70% 都是在退休之后出版的；四次获得国际大奖都是在退休以后；几个性文化博物馆都是退休后建立的。胡宏霞博士在退休后才升任美国国际贸易集团的副总裁；与刘合作办性文化博物馆；两次领受国际大奖；一生出过 12 本书，其中 4 本是退休后出的；歌艺、画艺也开始走红。有些亲友担心我们太累，可我们真的不累，而是很快乐，因为总感觉“我还行”。

这都说明，人活在世界上，要不断地为自己设计前进的目标，要在大脑的硬盘里写进目标并充满活力地为之忙碌，如此生命就会向前延伸长度，否则，“走到哪儿算哪儿，活一天算一天”，生命就会很快枯萎。有人做过调查，退休者在退休三年之内是最危险的时期，很大一部分人在退休前没有什么病症，但退休之后的几年之内却会暴发式地患病，这就是失去了对新目标的“设计”，免疫系统的防线也就会垮下来。作家梁实秋在《退休》一文中说，理想的退休可以完全摆脱赖以糊口的工作，做自己衷心所愿意做的事情。有人认为，闲人愁多，懒人病多，忙人快活。要废掉一个人最快的方式就是让他一直闲着。海明威说过：“人优于别人并不高贵，真正的高贵应该是优于过去的自己。”人应该是到老还要进步，要不断地优于过去的自己。这就是所谓人生有二宝，身体好，心不老。

一个有志者，一生都要处在“有奔头”的状态之中，“有奔头”就是有追求、有进步。这种“奔头”，丝毫不是什么压力，而是一种快乐，是一种“我还能为社会做些事的灵魂满足”，尽可能地不要废物式养老。这就正如《论语》中所说：“其为人也，发愤忘食，乐以忘忧，不知老之将至云尔。”

总之，心若定，于是人常乐，志乃坚，路乃广，命乃长，这是“天道”。人的一生都要顺从“天道”，人的身体会老，但是心不要老，事有成败，心不能败，要认真接受年龄的馈赠，不断修正自己的生命设计，笑纳这一世的风云际会。时间终究会使人们遁入亘古的苍茫，既宽容又残忍，但是它征服不了青春的心灵。

三　人的生活层次和需要

人活在世界上，都要吃饭穿衣、生儿育女，可是活得很不一样，有人活得高尚、活得快乐，有人活得平庸、活得悲惨，有人活得使人羡慕，有人活得令人可怜。之所以出现这些不同的情况，主要是因为物质生活需要和精神生活需要不同。现在社会上许多人只是为了谋生、“糊口”，即为了满足最低限度的生存，他们不能干自己喜欢干的事，流血流汗只为钱。

20 世纪 70 年代，刘达临有个朋友的十二三岁的独子十分喜欢写作，请刘做课外辅导老师。这个孩子很聪明，文学根底也好，文笔顺畅，思路也有条理。刘教了他两三年，他的写作能力进步很快，后来他们举家迁美，听说这孩子最终成为一名汽车推销员。2004 年 3 月，我们去纽约领取国际大奖，他们一家恰好也住纽约，从报上看到我们的消息，就来会见。

这孩子已经 30 多岁了，对我们盛情招待，刘问他："你还写文章吗？"他摇摇头笑笑说："早不写了，人在美国，还写什么啊！"我们发现他很忙很累，收入也不稳定，就曾问他的父亲："他现在当汽车推销员，是喜欢这个工作还是单纯为了谋生？"他的父亲说："当然是为了谋生，为了谋生还忙不过来呢！"这件事使我们深感遗憾。

▶ 现代人生命的负担

谋生，一切努力都是为了生存，这是人类最低的生活层次。现在国际上有一种说法，如果一个人收入的 80% 以上都要花在自己和全家最低限度的物质生活需要上，就算是贫穷了。花在满足最低限度的物质生活需要上的钱占总收入的比例越小，就是越富裕。过去，许多人谋生尚且不能，常处于忍冻受饿的状态，现在中国进入小康社会，人们谋生多不是问题了，虽然谋生的程度还各有不同，但是可以说现在中国人已从"谋生"向"为生"发展了。所谓"为生"，就是说，人一生的努力，不仅是为了生存，而且是为了发展，人的努力除了满足生存所必需的物质需要以外，还要有余力去做自己想做的事，既要生活过得去，还要生活得更好。当然，这么做的内容和程度也是各不相同的。

不过，有些人还在往一个最高的层次发展，这个层次就是“乐生”。“谋生”多停留于物质方面；“为生”已经包含物质和精神两个层面了，不过多停留于个人范围；“乐生”则突破了物质和个人条件的制约，达到了一个更高的层次，那就是灵魂层面。稻盛和夫说过：“人一生真正的意义，就在于他去世时灵魂比刚出生时更美好。”

“乐生”就是一种生活的快乐，不过它是一种突破了个人名利、个人发展的快乐，是一种灵魂的快乐。这种快乐可能有几种：对一般人来说，有行善的快乐和爱情的快乐，“此生同沐春光艳，只羡鸳鸯不羡仙”。另一种是隐士的快乐，法乎自然，超然物外，清心寡欲，安贫乐道，“一箪食，一瓢饮，在陋巷，人不堪其忧，回也不改其乐”。还有一种是文人的快乐，吟一佳句，写一佳文，读一佳作，“胸藏万汇凭吞吐，腹有诗书气自华”。第四种是志士的快乐，为社会多做贡献，助人为乐，“先天下之忧而忧，后天下之乐而乐”，“待到山花烂漫时，她在丛中笑”，此生没有白过。这都是感情的升华，是灵魂的体现。

人有不同的生活层次，这是因为人的行为归根到底取决于需要，而需要也有不同的层次。一些打工者，为了生存，当然是物质需要居第一位，但是像那种即使处于“一箪食，一瓢饮，在陋巷”的情况下，“人不堪其忧，回也不改其乐”，那就远不是物质需要了，而是为一种崇高理想献身的更高层次的精神需求了。

曾经有人分析“我”这个字，很有意思。“我”字如果少了第一撇，就变成了“找”，要找到那一撇，才能成为真正的“我”。这一撇是什么呢？对革命者来说，是理想；对科学家来说，是真理；对商人来说，是金钱；对官僚来说，是权力；对演员来说，是名气；对军人来说，是荣誉；

对志士来说，是气节。总之，这一撇就是人的需要。

需要就是一种生活目标、行为动力、兴趣追求，甚至是人际关系的本质。1938 年，美国哈佛大学建立了一个长达 75 年的“格兰特计划”，选择 724 名不同层次的孩子，跟踪他们的一生，了解成为人生赢家最重要的因素是什么，结论是良好的人际关系，即爱和温暖。那么怎样才能使人际关系良好呢？从根本上说，就是满足各自的人生需要。如前所述，心态可以决定人生，而良好心态之形成，不仅要靠自我调节，更重要的是要从人际关系中获得爱和温暖。

中国古人对“利”和“欲”的问题论述较多，“利”和“欲”也就是需要。在这方面，各种观点都有，有些观点十分对立。例如，荀子认为，好利、多欲、纵情是人生而有之的天性。法家集大成者韩非子认为，人和人之间不存在不计利害的仁义道德，一切行为都源于一个“利”字，甚至说过“拔一毛而利天下不为也”。墨家则认为义即是利，人生之义在于“利人”“利天下”，而绝不是利自己，凡是“利人”“利天下”的人生，才是善的、有价值的。被后世定为“一尊”的儒家则鄙弃法家的“利己”思想，视之为“小人之志”，而提倡“君子喻于义，小人喻于利”“临患不忘国，忠也；思难不越官，信也；图国忘死，贞也”。他们说，“利者，义之和也”，也就是说，人的各种利益需要加在一起，这就形成了人生之道，可是如果反过来说，“义者，利之和也”，似乎也对。现代中国把“利人”和“利己”的需要看成是“为公”还是“为私”的问题，提倡“大公无私”“公而忘私”，几十年来人们宣传英雄模范人物，都是这个口径。

人的一生，英雄主义是十分重要的，过去人们都提倡英雄主义，提倡“公而忘私”“大公无私”，今后还应该继续提倡，一个不树立英雄人物的民族不是有活力的民族，甚至是堕落的民族。可是近一二十年来，“人性化”的思想日益兴起。所谓“人性化”就是不要忽略个人利益、个人需求，不要把英雄模范看成是绝对完美，纯金铸就，没有个人需要，“高大全”，“不食人间烟火”的异类。例如当新冠肺炎疫情在湖北蔓延时，全国先后有四万多医护人员前往紧急救助，许多媒体都宣传他们的英雄主义，如离妻别子，公而忘私，不畏风险，不顾怀孕晚期，每天要工作 20 个小时，穿上了保护服全天就不能大小便，甚至还以身殉职等等。在这种情况下，有的专家就“顶风直言”了，说医护人员“也是人，不是机器”，“不能让老实人吃亏”，他们也应该有正常的生活，也应该得到关心和保护。这番大实话得到了许多人的赞同，党和政府对此也采取了许多有效措施。实际上这是要“人性化”，在“一心为公”的同时也不要忽略个人需求的问题，不要搞“道德绑架”，不要唱高调。须知，即使是大圣大贤，也是有个人需求的，孔子就说过自己“富贵若可求，愿为执鞭之事”，问题只是在于要把这种需求放在什么位置而已。有的网民在网上看到钟南山的儿子扎了一条爱马仕的皮带，就大加吐槽，这真是咄咄怪事，似乎英雄人物一家都应该一贫如洗。19 世纪著名法国作家雨果说过：“在绝对正确的英雄主义之上，还有绝对正确的人性主义。”这就说明了公和私、社会需要和个人需要都不能否定，两者的关系应该协调统一。

中国传统文化往往对“利”采取一种贬低的态度，“君子言义不言利”。其实，我们应该大胆地承认，利就是需要，人皆有利，不过利有大利小利、己利他利、一时的利和长远的利、正当的利益和不正当的利益之分。对待利益的态度可以把人分成不同的层次：最低层次的人是用不正当的手段谋取不正当的利益；第二种人是只顾眼前，先私后公；第三种人是见长远，识大体，先公后私；第四种人是为了群体的、长远的、根本的利益，能够牺牲自己的一切利益，以至于生命。——总而言之，不要回避言利，利乃生命的根本需求。当然，应该提倡做以上第三、第四种人。

另外，正视人之所利并不是肯定与提倡功利主义。功利主义就是一切动机、一切行为都是从满足个人的需要出发，遑论他人，遑论社会，遑论国家，是与英雄主义完全相反的价值观。从人生的常态来说，应该把义和利、理想与现实、个人需求和社会需求结合起来，从中找到一个合理的平衡点。这正如《道德经》所说："天之道，利而不害，圣人之道，为而不争。"人还是要讲利的，只是不要争斗，不要害人而已。这也正如西方启蒙时代的代表人物伏尔泰所说："如果人生没有真正的需求，就没有真正的乐趣。"

由此可见，功利都是人之所求，人各有所需，但是功利变成"主义"就不好。以交友为例，人要得到帮助，朋友之间要相互帮助，如果只顾自己就不好。如果唯利是图，无情无义就不好。如果帮助了别人必求回报，使双方变成了等价交换的关系，就不好。如果在用得上人家的时候就密切往来，用不上人家的时候就一脚踢开，就不好。如果需要朋友帮助，也不要要求太高，朋友帮你是情分，不帮你是本分。人情的冷暖是很现实的，"人一走，茶就凉"是对功利主义的贬语，但"人一走，茶渐凉"则是一个现实，"事毕交往少，多病故人疏"则是普通的发展趋势，也是一种规律。人走了，这壶茶还要一直热下去吗？"有事有人，无事无人"不好，难道"无事"还要"有人"吗？那忙得过来吗？这就要根据不同的情况加以分析，按照需要的层次不同加以处理了。

美国社会学家霍曼斯有一个"社会交换理论"，他说："任何人际交往其本质上都是公平交换，只有交换达到互惠平衡时，人际关系才能和谐。"曾国藩说过："利可共而不可独，独利则败。"人际关系的本质在一般情况下就是相互需要，不过相互需要也有不同的情况，如果只是物质的、一时的需要，例如做买卖，例如雇临时工，他卖货，你付款，他打工，你付工钱，那么到了不需要的时候，茶当然就凉了。可是如果双方在交往过程中产生了友谊，成了朋友，那就不完全一样了。人和人志同道合，成为朋友，合作做一件事，合作时交往密切，到合作结束后当然交往不可能那么密切了，可是友谊仍存，感情仍在，交往虽然少了，但这壶"茶"也不会凉透。当然这些都要讲究分寸。有人曾经提出过人际关系的一些"潜规则”，例如：“对于一般朋友，永远不要没事还去找人家，或是无缘无故地送东西，否则人家会感到你别有用心。”“永远不要让别人免费帮你，人和人的关系好像一个银行，取出来一点，要放进去一点，更不要透支。”“人际关系的本质是互惠，你想获得多少就要付出多少，付出多少也要有分寸，如果付少了人家会说你是骗子，付多了人家会说你是傻瓜。”这些话都有些道理。

现代人都讲究人脉，实际上如果自己不够优秀，人脉是不值钱的。人脉不是追求来的，而是吸引来的，一般说来，只有等价的交换，才能得到合理的帮助。人脉不在别人身上，而是藏在自己身上，只有让自己变得更强大，才能获得有用的人脉。

富兰克林针对人际关系说过一段十分经典的话：“对所有的人以诚相待，同多数人和睦相处，和少数人密切交往，只和一个人亲密无间。”回想我们的一生，真是如此，我们所交往过的人也正是这四种。

第一种是一次交往，一时交往，就事论事，有事有人，无事无人，不过还是要以诚相待。

第二种是朋友，各有所求，要互相帮助，要“双赢”，实质上就是利益交换，也可能再加上一些朋友之情、事业之心。例如我们去外地办展览或是办博物馆，总要找合作方，双方都要有利可图，都要订个合作协议，把双方的需要通过权利与义务的形式在法律上固定下来。所谓“合同”，实际上就是利益交换的说明书、承诺件。以利相交，利尽则散，以义相交，地久天长。

无论是个人与个人、单位与单位的合作，双方各自所得的利益基本上应该是平衡的。我们有一位关系最密切的外国朋友——德国的赫伯乐教授，他是世界性学权威，待我们很好。30年来，他多次邀请我们去欧洲讲学，开会，办展，接受国际大奖，出书，认识有关名流，他是把我们的性学事业推向欧美的主要力量。他对我们很尊重，我们也和他有感情，他是我们生命中的一位“贵人”，我们也多次邀请他来访中国，尽力招待，帮他把他的事业推向中国和亚洲，使他对中国充满了兴趣，他的事业也有了很大发展。但是，如果我们对他不加邀请或是邀请的很少，他还会邀请我们多次赴欧吗？可能就不一定了。

▲ 第一次获得国际性学奖——赫希菲尔德国际性学大奖。左二为赫伯乐教授（1994 年 8 月，柏林）

▲ 在柏林的一个咖啡店小憩（2004 年 7 月）

这也就是“礼尚往来”，欠人情是不好的。过去有人帮刘做了一些事，刘没有在意，没有回报，就听闻此人颇有怨言，于是刘立刻用合适的方式来把这个情补上。不过，下次与之交往时就要慎重了。

第三种人，不仅是朋友，还是知己。他们和我们相知以心，助我们毫不求报，这是长期的交往，也可以说是缘分。有人说，真正的朋友是“无用”，这并不是说朋友之间不需要互相帮助，而是说交朋友主要不是以对方对自己是否有用为目的。例如刘在上海大学工作时的直属领导李庆云，他是一位老干部，十分爱才，大力支持刘的事业，这种组织力量是起决定性作用的。再如原《大公报》的一位老职工赵鸿钧，比刘大几岁，十分赞赏我们的性文化博物馆，为我们捐献了大量书籍，近 20 年来，一直帮我们不断地搜集有关性文化的文字与音像资料，甚至搜集展品，可是对我们却毫无所求。他已是 90 多岁的人了，还经常光顾我们家，我们谈笑甚欢，惜乎其于 2019 年 6 月 18 日去世，此后我们看到他来我家常坐的小沙发就黯然神伤，心中默默叹息：“老赵啊老赵！”——对于这些知已，我们无以回报，只是深感此生有幸，得道多助，相互有缘，实乃天赐。

◀ 李庆云

▲ 赵鸿钧（右二）向中华性文化博物馆赠送中国古代春宫图（2016 年 9 月，江苏常州）

按照前述富兰克林的说法，人生密切交往的只是少数人，而“只和一个人亲密无间”，这就是第四种人——共命，这是一世的交往，这就是指夫妻。我们不仅相互需要，而且是灵魂相通，命运相连，得此一人实乃大幸，实为缘分。当然，缘是天意，分在人为。

总之，人要满足各种需要，需要是人行为的基本出发点。人和人之间的关系都是相互的，相互满足需要也是各种人际关系的基础。和一般人交往，这种需要往往体现在物质方面，和知己者、共命者的交往则往往体现在精神上甚至是灵魂之间的需要。和他们，远不是一壶茶的凉热，而是一颗心的永久，是灵魂的高度默契，他们使我们永远感恩，如有机会，定当涌泉相报。鲁迅说过：“人生得一知己足矣，斯世当以同怀视之。”对于这种知己，远可随意，近可在意，但彼此一定永留于心；浓可亲密，淡可疏离，但彼此永不放弃；天天相见，不会厌腻，久而不见，也不会忘记；能一起幽游，也能同舟共济；天长地久，永在心底——这才是人际关系的最高境界。

四　祸福相依之悟

人的一生，总是有两种境遇，有正有反，有顺有逆，有吉有凶，有成有败，总的说来，就是有好事也有坏事。这就好像一条长河，不可能总是风平浪静；也像一出戏剧，不可能总是月圆花好，而都是正反两种因素都有，起起落落，相互交错，不断发展，吉转凶，凶转吉，生命总是在这两种境遇之间循回往复地摇摆和发展。老子说过，“反者，道之动”，说明“道”的运动规律是一种圆圈式的循环运动，即所谓“周行而不怠”。古人还常把人生中的正面因素统称为福，把负面因素统称为祸，提出了“祸兮福所倚，福兮祸所伏”“祸福同门，利害为邻”的思想。

这就是说，在人的一生中，往往是否极泰来，或是泰极否来的。“泰”和“否”之说源自《易经》的否卦和泰卦，否卦是乾上坤下，泰卦是坤上乾下，两个卦颠倒过来就是否与泰的相互转化、祸与福的相互转化。《易经》说：“泰者，通也。物不可以终通，故受之以否。”《东坡易经》上说：“否至于此不可不复，因非倾篇扫除，则喜无自至矣。”人生祸福无定，可能否极泰来，也可能泰极否来，人在泰时，会有危伏，人到绝境，当有转机，能否转祸为福，主要在于人在否时不要失志，在泰时不要忘形，在当前要看到久远，“君子以思患而预防之”。古人记述了这样一件事：有个边塞老人，自家豢养的一匹良马误入胡地，众人皆惜其失马，但不久此马带着另外两匹良马回来了。众皆贺其得马，可是不久以后，老人之子骑一新来之马而摔断腿，众皆哀之。可是再以后朝廷征兵抗胡，“五千貂锦丧胡尘”，其子因身残而未被征召，于是免于身为“无定河边骨”。这就是“塞翁失马，焉知非福；塞翁得马，焉知非祸”这一典故的由来。

现代社会也莫不如此，“风光得意总有时，跌宕起伏是人生”，一般人对这种变化不知所以，徒等天赐良机，而许多智者和有志之士却能认识这种规律而加以掌控。例如有的人出身贫寒，在人生的起跑线上落后于人，这本来是坏事，可是这也激励了他，使他发奋上进，卒有所成，于是坏事变成了好事。然而有些人功成名就以后却忘乎所以，腐化堕落，于是好事又变成了坏事。又如2020年初，新冠肺炎在中国蔓延，最终发展为特大灾难，国外一些敌对分子便纷纷借此污蔑中国，这本来是一件大坏事，可是在党和政府的正确领导下，全国人民齐心合力，迅速平定了疫情，给蒙难的世界争取了时间，提供了经验，并对世界各国进行了全方位的帮助，大大彰显了中国治理制度的优越性，以及国家强大的组织动员能力，民众的团结和国际主义、人道主义精神，受到了世界人民的尊重与敬仰，这反使坏事变成了好事。

刘达临的一生跌宕起伏，祸福相依的事甚多。刘生在旧社会，长在新社会，往好处说，没有受过太多的苦，当中央号召“全国人民学习解放军”的时候，他是解放军军官；当中央强调“工人阶级领导一切”的时候，他是工人；后来全社会重视科学文化了，他又当上了教授，在金钱社会里，我们又拥有许多文化财富。不过往坏处说，他差一点被打成“右派”，差一点上了“林彪贼船”，差一点被打成“四人帮的小爪牙”，三次面对悬崖，只要掉下去一次就不得了。

刘出生于一个高级知识分子家庭，父母都很重视子女读书、人品教养和作风习惯的培养，对他期望甚殷，他们还准备好了一笔钱，让刘大学毕业后出国留学，这当然都是好事。

▲ 刘达临少年时骑马（1948 年 6 月，上海）

▲ 燕京大学的门匾

▲ 燕大新闻系系徽

▲ 燕园景色

可是，后来刘把这些都放弃了。1950 年秋，在燕京大学新闻系读二年级时，为了“抗美援朝，保家卫国”，他满腔热血，自愿参军，从此便脱离了父母为刘设计的轨道。那时全国刚解放不久，部队的物质条件还很差，又是在东北，寒风彻骨，零下二三十摄氏度的温度，顿顿吃粗粮，和过去的生活相比，真是天上地下，可他都咬牙挺过来了，这当然也是好事。人这一生如果不经过严格训练，是很难成器的。但是那时的部队很讲究工农化，参军进来的知识分子算是“团结、使用、改造”的对象，不少干部还以“俺是大老粗”为荣，刘喜欢读书、爱干净、注重礼貌、不讲粗话，还一副文质彬彬的样子，就总被认为“知识分子的味道太重”“不够工农化”，于是优点变成“缺点”，原先认为好的事就不好了。

到了部队，刘被安排在东北长春第一航空预科总队训练部工作。预科总队是飞行员训练的第一关，他担任训练参谋。因为工作勤奋，能出点子，尤其写作能力强，写总结报告，一两个小时就能完成，对此，领导既满意又惊讶。他还立过一次三等功。他虽不是党员，但是总队党委、训练部党委开会时往往叫他列席，并负责记录整理，可是在部队入党的夙愿一直未能实现。

▲ 在部队劳动锻炼（1951 年 5 月，长春）

▲ 冰天雪地（1952 年 11 月，长春人民公园）

▶ 受衔以后（1956 年 5 月）

▲ 看望部队老领导王树芳（2014 年 10 月，北京）

刘在部队的第二个10年，被空军总部临时调出去编写条令教材，前后约四年，1966年初回到原部队工作，入党刚有些希望时，却爆发了“文化大革命”。1969年，刘脱下军装，复员回到上海的家。当了20年解放军军官的他一直灰溜溜，回到家来还是个“非党群众”，实在是耻辱，说不过去呀！

然而，没过几年，刘无意中知道了当时在部队自己未能入党，可能不是坏事，而是大幸。那时他因为写作能力很强，被空军总部看中，他们几次对部队领导说：“刘达临如果入了党，就要调他到总部。”后来，因为他迟迟未能入党，总部就从另一个部队调了一个叫于新野的人去了，听说他调到空军司令部以后干得很好，没过几年就当上了处长。可是，1971年九一三事件爆发以后，于新野由于是“小舰队”成员，同周宇驰一同开枪自杀。刘闻讯后悚然自惊，心想：当初总部的第一人选是我，如果我是党员，调到那里，很可能就是于新野这个下场。一时入不了党使刘逃此一劫，真是坏事变成了好事。

在部队，刘还经历过一件事，也是坏事变成了好事。1950年参军以前在燕京大学读书时，刘曾和一个女同学有感情，她一直在等刘。到了部队，关于军人的婚姻问题有严格规定，即“二五八团”，男军人满25岁、8年军龄、团级以上职位才允许结婚，否则，即使恋爱也算违反军纪。到了1955年军官授予军衔、生活待遇从供给制改为薪金制以后，凡是军官都可以结婚，但是结婚对象要经过组织审批，看政治条件是否符合。刘正式向组织递交了结婚申请，万万没有想到由于女方的父亲在国民党军队工作过，因此女方不符合军官配偶条件，他恳请领导再和政治部讨论，还是不批，没有商量余地。

对刘来说，这真是一个晴天霹雳，自己参军6年，她等了6年，结果是棒打鸳鸯，怎么对得起她啊！刘因此满腔怨气，老首长几次和刘谈心，对他加以开导，讲了许多个人要服从组织、小局要服从大局的道理，用许多事实说明在政治上对抗组织的严重后果，刘醒悟了，决心牺牲个人利益以服从革命需要。

过了不久，他的总队接收了一批来自陆军的原为连排级干部的飞行学员，他们本来都有资格结婚，但是在学习飞行的几年内不准结婚。不久全党整风运动开始了，这批军官贴出大字报，攻击组织上“不讲人性”，说“许多领导自己在晚上搂着老婆睡觉，白天却不顾下属死活”等。由于刘把个人位置和国家位置、小局和大局的关系摆正了，看到这些大字报，十分来气：“你们都是千里挑一的飞行学员，党和国家花了很大的代价培养你们，你们也只是推迟了几年结婚而已，怎么把个人利益捧得这么高，这么闹啊！”于是写大字报批评他们。他们一伙人马上反击，骂刘的大字报一批又一批贴出，刘也不断还击，于是军营里这方面的大字报满天飞，轰动一时。

在整风运动中，也有些教员因为正常的训练工作常被政治运动所干扰，贴大字报认为部队领导不认真执行“一切以训练为中心”的方针，说一套做起来又是一套。刘劝他们要用全局的眼光去考虑问题。

不久，“反右”运动开始了，那些因婚姻问题而对党不满的飞行学员，那些对训练方针公开有意见的教员人都被定为“右派”，从而被清除出部队。政治部有人抓住了刘的一些小辫子，也要把他定为“右派”，予以清除，但是也有不少领导反对，最后总队党委认为：“刘达临还是有觉悟的，他不仅开导了一些教员，特别是能站在正确立场上和那些因为结婚问题而攻击党的人做斗争，影响很大，不能定为右派。”于是他的婚姻挫折本来是件坏事，但是在关键时刻把他救了，反而又变成了好事。

1969 年 9 月，刘脱了军装复员，到上海自动化仪表一厂当工人。在这种情况下，他不气馁，“才 37 岁嘛，不论干什么，从头干起，好好干！”他被分配到上海自动化仪表一厂装配车间工作，工作不累，但是有一定的技术要求，那就脚踏实地认真学习吧！

这个厂是全国有名的大仪表厂，全国有不少大厂都用这家厂生产的产品，也派了许多技术工人前来学习。他们都很勤奋，有人还写仪表操作的心得笔记，刘钻研业务，也记了一些心得，那时他想，如果有一本培训教材多好啊，可是没有。他喜欢写东西，也敢想敢做，于是就去请教当时下放到车间的工程师们，加上自己的体会，用了八九个月的时间写成了一本培训教材，书名是《气动单元组合仪表的基本原理和使用方法》。厂领导看到这本书稿后大为惊讶，这个厂建厂十多年，有一千五六百人，却没有这么一本教材，于是把书稿交给厂技术科审查，技术科只在几个小地方做了修改，然后付印成册，并在整个上海仪表工业系统推广，当时北京的国防工业出版社出版的一本书还用了这本教材中的一部分内容。这样，刘一下子“红”了起来，年年立功受奖都少不了他。厂里知道他笔杆子好，想把他调入宣传科，可他不是党员，那就发展吧，不久之后他就被批准入党，实现了20多年的夙愿。

还有一件事使他更“红”了，厂里叫他抓工人理论小组，他抓得很好，还经常以“上海自动化仪表一厂工人理论小组”的名义在报上发表文章。上海以及北京的不少新闻单位争相约稿，因此，这个厂成了“上海四大名厂”之一，他也成了一个知名的“工人理论家”。他在台上领奖，在社会上做报告时往往十分感慨，心想，几年前刚复员，自己灰不溜秋，参军20年还啥也不是，想不到很快就变了。

然而，过了几年，这个好事又变成了坏事。1976年10月，“四人帮”被粉碎，全国掀起了一个清查“四人帮”余党的运动，上级机关派来的工作组带了一个有罪推定的框框来查这个厂的“‘四人帮’小爪牙”，认为“上海自动化仪表一厂这么有名，怎么会没有问题？刘达临这么有名，怎么会没有问题？”不过，他们对厂、对刘都查不出多大问题来，工作组只好宣布让他暂离宣传科，回原车间劳动。

刘对接受审查并不怕，不做坏事心不亏，只是有些烦恼：自己奋斗了这么多年，好事连连，怎么又出来这么一个坏结果？

▲ 外国留学生来上海自动化仪表一厂向工人理论小组“取经”的座谈会（1975 年 10 月，上海）

工作组对刘的文字资料和这几年的经历、交往，查得很仔细，没有查出什么问题，反而查出过去刘写给毛主席的一封信来。原来，这几年他抓工人理论学习，和工人们交心畅谈，大家对有些“中央指示”（“四人帮”的那一套）有疑问；对“批邓反击右倾翻案风”想不通；对江青有看法（大家称她为“三点水”），刘想，作为一个共产党员，我有责任向党中央反映。他和几个好友秘商写信，好友都劝他不要写，认为这样做太危险，而他很信任的一位战友（曾是飞行学员，高干子弟）竭力支持，说他可以通过一位副总理直接把信交给毛主席。于是刘把写好的信交给了他，但此事后来杳无音信，刘也逐渐淡忘了这件事，现在竟然被查出来了。这样，他的处境又发生了大逆转，全国许多媒体都以此作为典型，宣传“‘四人帮’在猖獗横行时，它的老巢上海的工人就已经反对他们的倒行逆施了”，于是“‘四人帮’小爪牙”这顶帽子再也扣不到刘头上了，他又成了正面人物被广为宣传。

就这样，好事变坏事，坏事又变好事，折腾了他 30 年。他自感命好，总是逢凶化吉。但是这几番折腾使他感觉到社会诡谲多变，风浪此起彼伏，纵使我们洞察不了，自己也不能就这么岁月蹉跎，还是要脚踏实地搞一门专业，做出一些成绩来，使此生不白过。

1982 年刘毅然离开工厂，进入了大学工作，开始研究社会学和性科学，从此一马平川，顺风顺水，直到现在。当然其中也还有一些小挫折，不过对刘影响不大，30 多年的折腾使他有了事业上的一些发展和良好的晚景，也算是不坏的人生。

◀ 刘达临于 1982 年 4 月至 1993 年 6 月在上海大学文学院《社会》杂志社任副主编，直至退休

从以上经历可以看到，人一生中祸福的发生和相互转化虽是不可避免的，但也不是无条件的。人若想趋利避害，转凶为吉，就要具备以下一些正面因素。

首先，“智者举事，因祸为福，转败为功”“祸福无门，唯人自负”。因此，做人做事要守住本分，不失德，不踩良心和道德的底线，“老老实实做人，认认真真唱戏”，奋斗一辈子。爱因斯坦就曾说过：“不管时代的潮流和社会风尚怎样，人总可以凭着自己高尚的品质，超脱于时代和社会，走自己正确的道路。”每个人要做到这一点，就要不断地积累正能量，如此才能笑到最后，笑得最好。当初，我如果没有在婚姻问题上树立小局服从大局的观念；在“四人帮”横行时，如果自己不能独立思考、仗义执言，以后就很难把坏事变成好事。这真是如刘禹锡所说的“祸必以罪降，福必以善来”，天下大事似乎没有什么偶然，那不过是化了妆的、戴了面具的必然。

其次，人在成功时不要忘乎所以，遇到重大挫折时也不要失志。有人说，人生有两个悲剧，一是得意时踌躇满志，二是失意时心如死灰，确是如此。刘从一个有一定军龄的解放军军官去当了工人，所想的是：我才37岁，只要努力，还可以干一番事业。在工厂12年，经过了好事和坏事的几番折腾以后，他想的是：我50岁了，如果再不另辟蹊径，努力从事，就太晚了，于是又进入大学从事新学科的研究。一般说来，人到了50岁，一生都已定性、定局，而他在50岁还重新择路起跑，没有失志，这是最后把坏事变成好事的关键。孟子说过：“天将降大任于斯人也，必先苦其心志，劳其筋骨，饿其体肤，空乏其身，增益其所不能。”南怀瑾则写过一首诗：“未曾清贫难做人，不经打击老天真。自古英雄出炼狱，从来富贵入凡尘。”确是如此。

▲ 刘达临、胡宏霞共同建立的中华性文化博物馆（2004 年至 2014 年，江苏同里）

▲ 吴阶平教授在中华性文化博物馆参观，胡宏霞向他做介绍（2005 年 6 月，江苏同里）

▲ 美丽的馆区（2013 年 12 月，江苏同里）

再次，志气是个理想，是个方向，我们还要有能力去实现这个理想，脚踏实地地朝这个方向走去。人的一生，不光要想顶天立地走一回，也要有能力顶天立地走一回。刘进入工厂，通过编写培训教材，迅速地改变了自身处境；进入大学去研究新学科，也较快地有了成果，为进一步发展不断地创造着条件，这都是有所积，才使事有所成。逆境、艰苦都是一种磨炼，要自觉地接受这种磨炼，时刻准备迎接机会的到来。曾国藩说过：人的许多长进，全在经挫受辱之时。刘在部队、工厂工作了 30 多年，始终不忘学习，也十分重视锻炼身体，常对自己咬牙："时刻准备着！"回顾自己一生所学的古文、诗词、写作、英语以至自然科学如物理、医学等等，在工作中几乎没有一门是无用的。《易经》认为，"天平不陂，无往不复，艰贞无咎"。这就是说，只要努力、坚定，就能转祸为福。

《易经》中常用"元、亨、利、贞"四个字来阐明事业之路、成功之道。"元者，善之长也"，就是说做事的初心要善，动机和目的要好，他一直坚持“人这辈子不能白过”，要做一些有益于社会的事的想法，这也是对的。“亨者，嘉之会也”，为人诚信严明，才能使他人信之、随之。“利者，义之和也”，当时，无论是做全国两万例“性文明”调查或是搜集性文物、创办性文化博物馆，都是为了时代的需要和个人发展的需要，“你们不敢干、不能干的，我来”“贞者，事之干也”，事情要踏踏实实地去做，不畏艰难，不断发展，坚持到底。——事实证明，古往今来，凡趋吉化凶、转败为胜、否极泰来者，都离不开“元、亨、利、贞”，小胜靠智，大胜靠德，这真是“天道”之定数，成功之关键。

▲ 人生要不畏艰难，不断发展，坚持到底

第五部分

CHAPTER FIVE

人贵教养

一　家风惠人一生

教养是人立足之基，传代之本。教育家苏霍姆林斯基说过：“在人类心灵的花园中，最质朴、最平凡、最美丽的就是人的教养。”毕淑敏也说：“教养是细水长流的，具有某种坚定的流向和既定的轨道性。”

世人的命运各不相同，但他们的命运和教养有很大关系，而教养又深受家庭的影响。家风不同，人的思想观念、气质风度、习惯作风就会很不一样，当然人的教养也来自社会教育，但首先是来自家庭熏陶。国有国法，家有家规，家庭对人一生的影响是至关重要的：它是人们永不毕业的学校，是构建大楼的地基，是树木发芽生长的水土，是适宜孩子居住的圣殿，是灵魂进步的广阔海滩。一个家庭总会有一些东西留给子孙，而家风是留给子孙最好的家产。这也正如作家马伯庸所说：“一个家族的传承，就像一件上好的古董，古董有形，传承无质，它看不见，摸不到，却渗透到家族每个后代的骨血中，成为家族成员之间的精神纽带，甚至成为他们的性格乃至命运的一部分。”

中国古人都十分重视家庭建设，很重视对家风即门风的树立，认为家风若正，家运乃兴。《易经》说：“闲有家，悔亡”，意思是如果家风不好，家必败，这就说明了家风要正的道理。古代许多名人、大学问家都留有“家训”，如诸葛亮的《诫子书》、朱熹的《朱子家训》、颜子推的《颜氏家训》、吕本中的《童蒙训》、袁了凡的《了凡四训》等都留传后世。

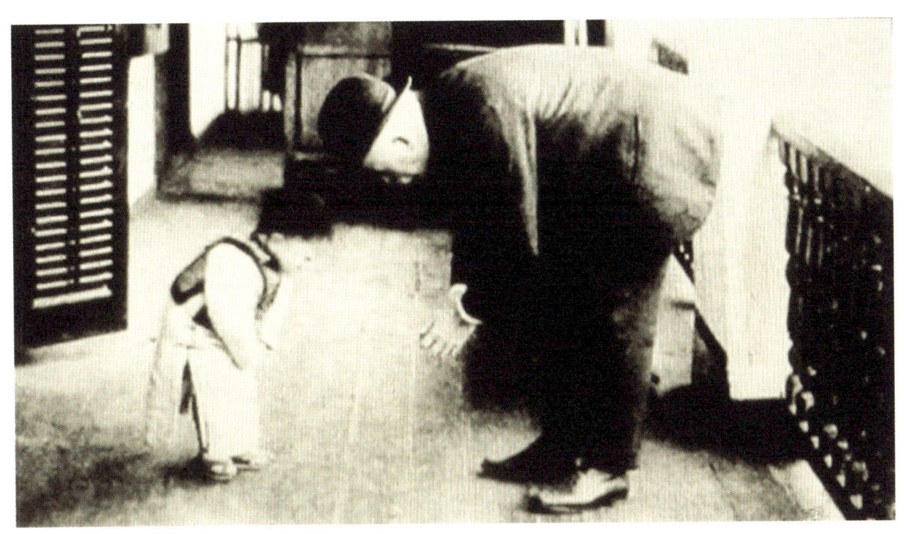

▲ 家风熏陶

宋代著名的清官包拯不仅自身的言行十分严谨，对子女的要求也很严格，他晚年曾在家中立下一块石碑，刻上《诫廉家训》：“后世子孙仕官有犯赃者，不得放归本家，亡殁之后不得葬于大茔之中。不从吾志，非吾子孙。”那位以“先天下之忧而忧，后天下之乐而乐”“老吾老以及人之老，幼吾幼以及人之幼”之言传颂后世的范仲淹曾制定与严行《范子家训》，其子孙直到民国初期历800年而不衰。清朝末年的状元张謇是个著名的教育家、实业家，他45岁时方得独子张孝若，但是他对这个独子并不溺爱，而是给予其谆谆教导，在儿子20岁还写了一首《怡儿二十生日示训》给他。他69岁时为了将良好的家风代代相传，还将汉、宋之间七位古人的诫子名言编为“家诫”，镌刻在石屏上并立于庭院。古人重视家风不仅表现在有家训，还表现在有家书流传后世，最著名的是《曾国藩家书》，现代的《傅雷家书》社会影响也很大。

好家风的内容应该是什么，杨绛说过，“最好的家风是温和良”，她又说，读书能使人一辈子有他人三辈子的质量和厚度。那么，好的家风就应该是读书和古人所倡导的“温良恭俭让”。

諸葛亮誡子書

夫君子之行靜以脩身儉以養德非澹泊無以明志非寧靜無以致遠夫學須靜也才須學也非學無以廣才非志無以成學淫慢則不能勵精險躁則不能治性年與時馳意與日去遂成枯落多不接世悲守窮廬將復何及

▲ 诸葛亮家训

▲ 曾国藩家训

我们对此都深有所感。我们回顾一生，发现家里都严格要求孩子守规矩，例如“站有站相，坐有坐相”“吃一口菜不许过三匙”，吃饭不准浪费一颗饭粒，也不准浪费一张字纸。刘达临的祖父鼓励刘读书，他有一栋藏书楼，从小刘就喜欢上楼去翻祖父的书，似懂非懂地看，在他看书的时候，祖父常坐在一边的藤椅上笑眯眯地望着刘。他看书，祖父要他守规矩：第一，不准蘸口水翻页；第二，不准折页；第三，不准把书弄脏，不准在书上画写；第四，阅书后要放回原处。祖父是做官的，但是待人平等，家中有不少佣人，祖父要求孩子们尊重他人，对佣人也要有礼貌，叫佣人做事要说“请”，对佣人要叫“王大爷”“小周大爷”“孙妈妈”。

民国前期，当地人都还用井水。有一年大旱，十井九枯，几乎只有刘家的井有水，有些邻居就纷纷携罐来舀。家中的佣人要阻止他们，祖父说：“勿阻。人家无水而我家不可独有。”

刘是长孙，在过 10 岁生日时，祖父写了一个以家训为内容的扇面给刘，其中包含了中华传统家训的重要内容。祖父很爱国，当他听到日寇无条件投降时，仰天大笑：“鬼子啊鬼子，你也有今天！”因为过于兴奋，竟中风而逝。

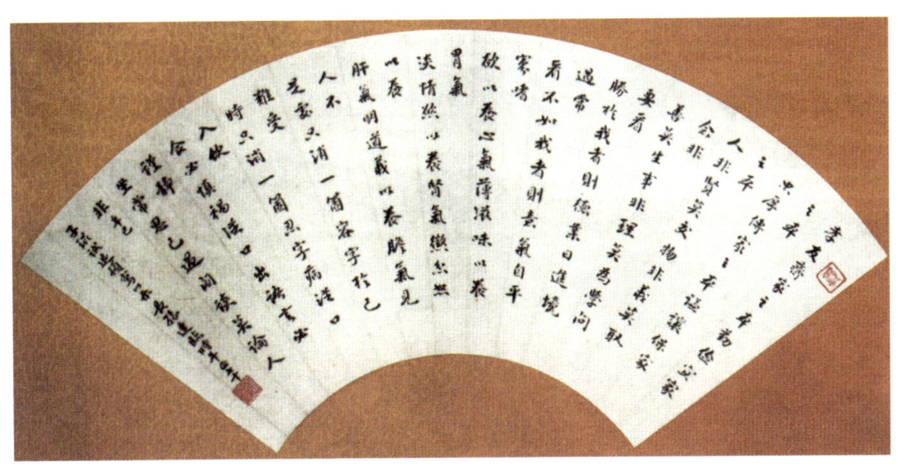

▲ 祖父 70 岁时题赐长孙刘达临之扇面（1941 年，上海）

▲ 刘达临于70年后重访祖父的书楼（2008年11月，扬州）

刘的父亲也是个出了名的忠厚老实人，虽然是总工程师，又是哈佛大学硕士，却和工人、小贩都谈得来，没有架子，更无冤家。父亲于1966年初退休，几个月后“文化大革命”开始了，上海市电话局也大乱，局领导和一些高级工程师都遭批斗，从国外回来的都被批为“外国特务”，要手举小旗在地上一边爬一边说：“我是帝国主义走狗，我是帝国主义走狗！”父亲的继任总工程师不堪其辱，跳楼而死。有人提出要揪斗父亲，但更多的人说：“刘老是好人，他已经退休了，算了吧！”于是全家逃此一劫。父亲的忠厚帮了他大忙，也保护了全家。这些事似很符合“忠厚传家久，诗书继世长”这句老话。

名人重视家庭教养的典故很多。如“精忠报国”“孟母三迁”已是人所熟知的了。北宋大儒欧阳修少时家贫，无钱买纸练字，其母即教他采池边荻草在沙上写字，这就是著名的“画荻教子”的典故。

钱穆幼年时很聪明，家中来客，客人多器重他。有一天，父亲的几位好友来家，知钱穆有过目不忘的本领，考他背诵几篇文章，他倒背如流，获得客人的一致夸赞，钱穆很得意，又主动背了一些。第二天，父子过一桥，其父问："识桥字否？"钱点头说："识。"问："桥字何旁？"答："木字旁。"问："以木字易马字为旁，识否？"答："识，乃骄字。"父又问："骄字何义，知否？"钱又点头说："知。"其父就此挽着钱的手臂，轻声问道："你昨夜有近此骄字否？"钱穆闻言如雷震，俯首默然不语。

于右任少时丧母，家贫，父亲于新三在外经商，他由伯母抚养。稍长，父亲回来，用心督促儿子学业。遇到必背课文时，儿子背诵一遍，父亲跟着背诵一遍，而且背书时如师生礼仪，肃然异常。右任背书时，须先给父亲作一个揖；父亲背书时，将书本端正地放到桌案上，儿子站立一旁，父亲向书本恭恭敬敬地作一个揖，而后背诵。"一灯如豆下苦心，父子相揖背文章"在当地传为佳话。

新中国成立之初，周恩来担任政务院总理，家乡的亲朋故友纷纷来找他，想谋求一官半职。周总理为此专门召开了家庭会议，定了十条家规，教育人家艰苦朴素，不谋私利，不炫耀自己，不搞特殊化。

目前中国的父母，都很重视孩子的起跑线问题。实际上，父母、家风就是孩子最关键的起跑线，父母、家风对人智慧、性格、品德、教养的形成有决定性的影响，父母有多大的格局、多高的水准，孩子就能走多远，就会走得有多坚实漂亮。

自古以来，人们认为家风的内容主要是"诗礼传家"，"诗"主要指智育，"礼"主要指德行，二者都很重要，而德行尤其重要。在家庭范围内，德行首先体现为孝，即"父慈子孝"。"百善孝为先"，孝是指人要有感恩之心，这是为人之本，如果对生我养我的父母都不知感恩，又怎么能对国家忠、对他人仁、对朋友义呢？

有文化的人家重视家风，是不是穷人家、没有文化的人家就不重视家风，家风就不好了呢？这也是不一定的。读书方可明理，明理才能重视家风，可是穷人家、没读过多少书的人家也不一定不明理，也不一定家风不好。家风有各种表现，最关键的是重德，德是家风的根本。有些穷人家，文化水平低，讲不出多少复杂的道理来，但是讲究勤俭，讲求良心，教育孩子不要只顾自己、不顾别人，这同样是一种家风。文化高的家庭也不一定家风就好，乘坐飞机头等舱的人未必都有教养，在边远农村田埂上劳动的人也知道礼义廉耻。我国一位著名的男高音歌唱家，生有独子，对其溺爱异常，想不到这孩子尚未成年就犯了强奸罪，这是名门，但是家风不好。

由此可见，家风是家庭环境中的一种气氛，家庭就是一个大气场。不论是什么样的人家，其中总应该有一股正气和瑞气，而不是邪气和戾气，它的实质是德。德的具体内容是忠、情、理、行，厚德载物，“向阳门第春常在，积善人家庆有余”。林则徐说：“子孙若如我，留钱做什么；子孙不如我，留钱又做什么。贤而多财，则损其志；愚而多财，益增其过。”张伯苓先生曾言：“我不给孩子们留财产，我给他们留德。”这都是极有远见的。回想祖父十分强调的“人要读书，家要积德”，那就是一种好家风。人如果不读书，就不能明理、进步；家如果不积德，就不能幸福、平安。刘想：过去家里面临一次大难，自己一生也有过几个大坎，都能全身而过，可能都是祖德之荫、家风所赐。

不过，同样一个家庭，同样一种家风，对后人的影响也不尽相同。例如袁世凯，他生了30多个子女，他们却表现各异，大儿子袁克定想当太子，极力推动他父亲称帝，还假编报纸骗袁世凯说全国舆论多么赞同他称帝。二儿子袁克文在文化上颇有造诣，也有眼光，极力反对父亲称帝。其他儿子，有浪荡子、有汉奸，也有很爱国、为国家做出很大贡献的。又如张学良的几个弟弟也是一样，有加入国民党的，有加入共产党成为高级将领的，还有当汉奸的，这就叫“一母生九子，九子各不同”。鲁迅弟兄三人，一人是文豪，一人是大汉奸，一人是大干部。家风对人影响虽大，但也只是一种外在条件，人一生的命运、成败、吉凶关键还是在于自身所为，人由己造，路由己行。

二　于细微处见精神

对于教养，作家梁晓声说过："教养就是无需提醒的自觉，根植于内心的修养，以约束为前提的自由，处处为他人着想的善良。"修养当然有外在表现，但不是装出来的，而是发自内心，成为一种自然的、习惯的需求，不需提醒，自觉而为。人要善良，但是不止于老实，更不是"人善被人欺"，而是推己及人，处处为他人着想。自由当然是重要的，但也要有必要的约束，要有底线。

也有人认为，人的教养可分为四个方面：一是修身，即仪表整洁，穿着打扮得体；二是修言，包括说话的内容、分寸和姿态等；三是修心，如清心寡欲，豁达大度，想得开，多为他人考虑；四是修行，即行为举止、习惯作风要文明。

以上这些方面，大都能通过一些生活细节表现出来，人们经过一生的起起落落后才会发现，人的内在教养和智慧就藏在生活的点点滴滴之中。古今中外的名人、大师对此都很重视。古人认为："不虑于微，始贻于大；不防于小，终亏大德。"《道德经》云："天下难事必作于易，天下大事必作于细"。爱默生说过："人们以为品德善良的表露，是出于明显的行动，却在不知不觉之间已泄露出了自己的品格。""一个人的品格不仅应由他的特殊行为来衡量，也应由他的日常行动来显现。"萨特也说过："魔鬼的魅力在于细节。"

的确，修养往往是通过人的形象显示出来的，而人的形象又往往是通过一些看来是细微末节之事形成的。人的形象不是靠衣衫华贵，刻意打扮，装腔作势，追求“高档”来显摆的，而是通过衣衫整洁，举止有礼，言行得体，气质优雅来自然地表现的，也就是上述所谓不需提醒、出自内心的，但是入此境界需要一贯重视，逐渐养成，成为习惯。注意形象不仅是讲究外表，更要重在内心，它体现出对他人的尊重，也体现出对自己的尊重。服装打扮、行为举止能显示出一个人走过的路，读过的书，爱过的人，流过的泪，做过的事和洒下的汗。有人说，一个人的形象和举止行为就是一张履历表。一个女人要表现出她尊重自己、接纳自己、信任自己、坚持自己，从而能够做到举止优雅，甚至连灵魂都有香气。

古人十分提倡要重视自己的行为举止，认为这绝不是什么“细枝末节”。《相理衡真》说：“行则属阳，坐则属阴，阳主动而阴主静，理之常也。”因此，人们在生活中应该站有站相，坐有坐相，走有走相，还要识相。要“立如松，坐如钟，行如风”，内有乾坤大，天地日月长。古人也要求，人应端坐，“坐而低头，其心如猴”，也就是说，人如果坐着总是低头，说明此人心机很深。“摇膝摆腰，坐而频移者，劣相也。”有些人坐着时把腿跷得老高，或是不停地抖腿，真是难看。古人还很重视“走相”，《易经》认为足属于震卦，震为动，人要以足走路，因此走相十分重要，“走相不正心眼歪”。《相经》认为走路低头者心恶，“蛇行雀跃实堪怜，莫问功名莫问钱”。《麻衣相法》则认为对“狼行虎吻”之人要警惕，所谓“狼行”，是指走路时东张西望，甚至频频回头，所谓“虎吻”，是指走路时面部肌肉紧张，还总是咬着牙，这种人心机深而难明。

人的行为举止，虽是一时的对外表现，但却是习惯的养成、性格的表现和内心的流露，装不像也改不了。乔布斯说：“在你生命的最初 30 年，你养成了习惯；在你生命的后 30 年，习惯养成了你。”历史上发生过这么一件事：法国大革命时，国王路易十六和王后都被斩首，路易十六王后被送上断头台时，不经意地踩了一下刽子手的脚，但她还是说了一声“对不起，先生”。对这位王后，历史记录上着墨不多，但是她在被斩首前的这件小事却被后人广为赞颂。虽然她的生命输给了历史，可是她所保持的生命的体面和优雅的贵族教养却得以留传后世。

▲ 中国人惊奇于当时刚传入的西方女性打扮，是时髦还是不雅，是开放还是暴露（20 世纪 30 年代，上海）

旧上海有位女子叫郭婉莹，人称“郭四小姐”，她的父亲是永安公司的大老板。她十分重视形象，永远是衣衫整洁，一丝不苟，语言得体，举止优雅。即使在“文化大革命”中，她被批斗，被扫地出门，生活无依，甚至罚扫厕所，她仍是衣衫整洁，头发一丝不乱，面带微笑，举止庄重。“文化大革命”后，她的家人都去了国外定居，她仍留在上海简单、朴素而又优雅地生活，一直到生命的终结。死后，人们发现她躺在床上，仍旧衣衫整洁，头发一丝不乱，人们称她是“最后的贵族”。陈丹燕在《上海的金枝玉叶》中也写到了她：“在经历了那么多可怕的事、危险的事，放在郭四小姐身上不可想象的事，最终，她还是端正地微笑着坐在你面前文雅地喝着红茶，雪白的卷发上散发着香气，你觉得还有什么是她不能越过的吗？”

有一位著名的女节目主持人说过这么一件事：她在英国时住一个宾馆，有天早晨她没睡好觉，急匆匆地赶用餐的时间，穿着睡衣、披头散发地就去餐厅了。有一位英国老太太看了她一会儿，然后递给她一张纸条，上写“卫生间在你的左后方拐弯”，她去卫生间一照镜子，发现自己是那么邋遢，很难为情，于是赶快回房梳理。她离开餐厅时感谢这位老太太，老太太说：“你必须精致，因为这是女人的尊严。”

▲ 飞机上的丑陋行为

中国人现在开始富裕起来，出国旅游的人也多了，有些中国旅游者在国外的公共场所大声喧哗、乱扔垃圾、随地吐痰、抢买奢侈品，有些外国人就认为他们是“没有教养的暴发户”。这种形象不仅伤害了他人，损害了国家、民族的形象，也损害了他们自己的形象。

这些表现，展示出来的是个人形象，留给别人的是印象，实际上流露的是心象。

一般人当然希望自己形象好，年轻女子更重视“回头率”，于是有些人就刻意打扮，浑身名牌，穿戴许多奢侈品，其实，奢侈绝不等于优雅，有时还显得俗气。从人的外表来说，可以很朴素、很简单、很家常，但是一定要整洁，千万不要邋遢，简单朴素、大方得体也是一种风度。这是静态，就动态而言，一举手，一投足，一颦一笑，也往往可见人的文明教养。

在社会生活中，有的男子的颈上戴着一根很粗的金项链，摆出一副“老板”派头，这可能就是心理学上所谓的“补偿心理”，林语堂曾讥人炫富：“腰有十文钱，必作振衣响”。每天要打扮几个小时的女人多不是美女，浑身名牌的人多不是贵族，身上挂满武器的人绝不是大将，名片上学术头衔印了十几个的人可能并没有学问。应该这样认为，有教养的人是远离“显摆”的，一个人内心越是贫瘠，则越是需要外在的装饰，外在的装饰越是复杂，则说明其内在的气质越是低浅，庄子所谓“其奢欲深者，其天机浅”，正是指此。比尔·盖茨曾为世界首富，但是他穿旧鞋、乘地铁，这正是“大智若愚，大富若贫”的典范，可谓天机深厚。

▶ 日常生活中这样装扮只是显示有钱

在人际交往中，人的眼神是十分重要的，和他人握手或交谈时眼睛不看着对方，是大不敬的表现。平时眼睛老往上看，就会显得很自负；总是眨眼是一种不好的习惯；长时间地盯着一个异性看是不文明的表现。看面相的人很重视看对方的眼睛，认为目光不断闪移的人可能心术不正，看人不是正视而是瞟眼看人的也不好，有的女人坐着看地就显得不大方，斜着眼看人似乎就不正经，有云“龟背蛇腰不可交，瞟眼看人不用刀”。总之，眼由心生。

眼神的问题会影响整个脸色，脸色除了眼神要专注以外，重要的还有要面带微笑。笑是长在脸上的美丽。泰戈尔说过：“当一个人微笑时，世界便会爱上她。”雪莱说：“笑是仁爱的象征，快乐的源泉，亲近别人的媒介，有了笑，人类的感情就沟通了。”在工作中与他人相处，微笑会使人感到亲切温暖，一下子就把彼此的心理距离拉近了。不久以前，有人做了一项很有意义的社会调查，调查当今家庭成员隔代人之间的表情及脸色变化。调查显示，100 位老人见到后辈儿孙时，有 91 人表情愉悦，面带微笑；有 5 人显得很平静，有 4 人面带期待与希冀。而 100 位儿孙遇见长辈时，有 46 人板着面孔，脸色难看；有 41 人平淡无情，无动于衷；只有 13 人笑脸相迎，问寒问暖。

这项调查缘于孔子有关“色难”的论述。当年，孔子在谈到对长辈的尊重以回答子夏时就感叹过“色难”的问题，指责子孙们对老人们尊重不足，脸色难看。其实，面带微笑不仅是面对长辈时应该如此，对其他亲友，甚至对陌生人也应如此。在有些文明国家，有时路上一位陌生人迎面走来，这个人可能面含微笑，点个头或是说一声早安，然后擦肩而过，这使人感到文明、礼貌，甚至能感受到社会的美好。微笑是一张名片，面带微笑不是做作，而是出自内心的阳光。周国平说：“不管生命多么短暂，我们都要笑着生，笑着享乐，笑着受苦，这才不枉过一生。”“伸手不打笑脸人”，即使遇到了挫折，也不要哭丧着脸，人可以有霉运，但不要有霉脸。即使遇到有人对自己表示无礼或攻击时，也要面带微笑，镇定自若，这是一种高尚与自信，也是一种思维，更是一种直面生活困境的勇气。人要用笑容去改变世界，不要让这个世界改变了自己心里的笑容。

此外，吃饭的样子也很见教养，上海人常用“吃相”二字来评判一个人的行为举止。有些人吃菜时嘴巴“啧啧”作响；夹一个菜不夹近处而夹远处的，还要在盘子里翻来翻去，抖上几抖，夹菜时过早地将嘴张得老大。喝汤时，有些人常常不用公匙而用自己的筷子在一大盆汤里捞东西，这是在“洗筷子”了。在防治新冠肺炎的过程中，社会上开始提倡使用公筷、公勺，其实早该如此。在饭店吃自助餐时，一次盛菜不能盛得太满，不能剩得太多，否则就太难看，说明这个人很贪心、很浪费。在散席离座时，应该把椅子推好，这不是做给别人看的，而是理应如此，遗憾的是多数人都不会这么做。

从饭局看人，真的很重要。有个女青年初交的男友请她的父母在饭店吃饭，后来父母对女儿说，这个男青年的教养不好：第一，他自顾自地点菜，一句征求客人意见的话也不讲；第二，对服务员不礼貌，一股颐指气使的样子；第三，吃饭时接了个电话，也不和客人打招呼，自顾自地讲了10分钟，因此认定这个人不理想。《易经》中也说，一个男子能否成大器，从和朋友一起吃饭时有无这四种表现看得出来：一是酒后失言；二是用餐挑拣；三是贪杯如贪财；四是逃避买单。

有人说，讲文明礼貌要多用“请”“谢谢你”“对不起”这几个词，这是对的，但是也要用得好、用得恰当。日本有些商店门口往往会有几个女店员一起说一些“欢迎光临”“感谢光临”之类的话，不过她们眼睛往往对着别处，好像是在唱歌，这种情况使人感到很假，对他人说“谢谢”而不看着对方，这是大忌。在乘坐出租车下车后关门前要对司机说一句“谢谢你”或“再见”之类的话，表示对他人劳动的尊重，这也是一种教养。对此，有些司机会很有礼貌地回应：“不客气，是我应该做的”或是“不客气，您走好”，但是有些司机听了却没有反应，这就是司机的教养还没有到这个程度的缘故。有人认为，说“谢谢你”远比说“谢谢”要好，因为前者更有针对性，更有分量。若是至亲的人为自己做了事，当然不必多说“谢谢你”，而可以用别的方式来表示感谢。譬如妻子或女儿经常买东西给自己吃，我们就可以说：“你替我买的东西我都爱吃”，或是“哎呀，我这几天正想吃这种点心呢！”这就够了，这些话中就已经饱含感谢之情了，她们也就能获得满足了。

“回馈”是诸多琐屑小事构建的灵魂居所。收到一件快递，受邀参加聚会，哪怕是口头的问候，都应作回复，表示谢意。受人恩惠，在力所能及的范围作出回报，哪怕仅仅是微信上一个“谢”和“赞”。理解别人，是常识的起点。有人在路上发传单，许多人都冷漠地不加理会，其实无论要不要这张传单都应对对方说一声“谢谢”。有人还认为即使写信拒绝对方的求爱，也不要伤人，而要多为他人着想，这都是好的教养。

现今，社会上大力提倡人们在咳嗽或打喷嚏时捂住嘴口鼻，这不仅是一种保健行为，在平时也是一种文明礼貌。

人们打电话时也存在文明的问题，有时接到一个陌生的电话，对方一开口就说：“你是谁啊？”奇怪，你打电话来，还不知道你是谁呢！有人打电话时还有一种毛病，那就是事情还没有说完就把电话挂断了，这也很不礼貌。打电话还有一些其他文明方面的问题，例如铃只响了几声，等接听者从这个房间赶到那个房间时，电话已挂断了。还有打电话不考虑时间，如无急事，在夜里或午休时间打电话是很扰人的。此外，在公共场所打电话声音不能太大。

接电话，或接待陌生人，也有个用语问题，中国人一般说：“你有什么事？”这也没有错。西方人一般说：“我能为你做什么？”这就更文明了。

与他人交往，必须守时，要看着表做事，凡是约会，只应早到，不要迟到，在时间上应打好充分的提前量。不守时不仅表现出自己的作风不好，还表现出对他人的不尊重，有时甚至会误大事。

在日常生活中，这一类的事甚多，不及一一备载。讲文明、讲礼貌不是只想获得人的尊敬，而主要是出于自尊的需要："我要做个文明人。"毕淑敏说过："有教养的人内心装着一个温暖的春天。"而且，这也绝不仅仅是一个习惯作风问题，更是涉及思想建设、人生观、价值观的大事。讲文明礼貌有个根本的思想出发点，就是尊人尊己，首先为他人着想，予他人方便，使他人开心。这不仅是一些行为细节表现，更是一种心灵反应，如果在日常事务上总是想着这些，又怎么会去做伤害他人、伤害社会的事情呢？

有这么一件事：在公交车上，有一位老人慈祥地对让座的年轻人说：你们还要上一天班，我回家就可以歇着了……一时间，整个车厢都弥漫着祥和温暖的正能量。这是一件很小的事，但是它体现了时时为他人着想的美德。这位老人有一颗发自里面的仁爱之心，此心会使她终身愉悦，进而长寿。

文明真不是做给别人看的，它是做给自己的良心看的，完全是受自己良心所驱使的，从而总是在"暗处"不显示地尊重人、关心人。西晋时期的大学者皇甫谧刻苦好学，常常挑灯夜读。他家对面住着一个也爱看书但睡眠很差的老人，两家的窗户正好相对，且距离很近。一天晚上，皇甫谧听见老人家不停地发出动静，似乎很烦的样子，皇甫谧意识到老人可能被自己打扰了，于是，他找来一块黑布，不顾大热的暑天，把窗户严实地挡了起来，使灯光照不进老人屋里。为了不发出声响，皇甫谧脱下鞋子，光着脚丫子在屋里轻轻走动。一连几天下来，老人终于发现了皇甫谧的异常举动，一再向皇甫谧致谢。在暗处尊重人，会让人沐浴着一片不期而至的温暖阳光，收获的是彼此间最真诚的情感。

清代名臣左宗棠好棋，在一次率军平新疆之乱前仍不忘下棋，见一茅舍，上挂"天下第一棋手"之匾，进而试之，三局皆赢，于是对这名棋手说："你应该将此匾取下了。"平乱胜利后又途经此处，见匾仍在，进而问之，棋手说可以再下，连下三局，左都大输，奇而问之，棋手说："当初将军率军出征，锐气十分重要，吾不欲伤之；今日将军凯旋，吾就当仁不让了。”——此君不仅是个下棋的高手，也是一位做人的高手。

丰一吟女士是一名画家和翻译家，其父为丰子恺。2017 年春节，桐乡有个年轻画家前往上海拜访她，两人去餐厅吃中餐时，前面有个老人走得极慢，年轻画家打算快步超过。丰一吟急忙将他拦下，说：“我们不要超过他，看到老人不要急匆匆地超越，不然会让这位老人感觉自己老了、不行了，应该给他信心。”于是，她和这位年轻画家就跟着这位老人慢吞吞地往前走。这就是所谓文明、教养，这种文明、教养就是首先为他人着想的品格。

1945 年 4 月，第二次世界大战胜负已成，墨索里尼和他的情妇克拉拉被吊死在罗马广场，尸体倒挂，民众围观。被倒挂的克拉拉尸体内裤破损，微露私处。围观的人群中有个男子前去把她的内裤扎好，然后悄然离去。对死者也要尊重，这也是教养。

有人说，当前世界有四大美德：一是信息秒回，二是约见守时，三是按时还钱，四是不管闲事。有些人总是认为，这都是一些日常生活小事和习惯而已，不必看得太重、小题大做，其实，小习惯中得见大文明。英国学者普德曼说：“播种一个行动，你会收获一个习惯；播种一个习惯，你会收获一个个性；播种一个个性，你会收获一个命运。”例如，孩子从小养成做事有头有尾的习惯，长大后也会一丝不苟；如果从小就丢三落四，日后再不改就变成马大哈。另外，小习惯会积累成大风气，如果生活上处处只顾自己，不顾他人，将来必然不会有好的人际关系。一个人具有好习惯，于己当然很重要，而千千万万人都有好习惯，就会形成全社会的良好氛围。有些事看起来似乎只是某个人的习惯、作风等“小节”，但能反映出一个人的胸怀、品格、素养和风范，表现出一个人的形象和精神，以至影响成败，影响吉凶，因此古人常认为“人莫不忽于微细，以致其大”；《易经》说：“小事吉”“几者，动之微，吉之先见者也”；孔子也说，重视自己言行举止的人，“老者安之，朋友仪之，少者怀之”。

有人做过这么一个试验，分别叫几个衣衫整洁和衣衫邋遢的孩子外出求助，前一组孩子比后一组孩子更容易得到外界的帮助。过去有这么一件事：有个人向主人借钱，主人答应了他并将一堆铜钱放在他的面前，这个借贷者高兴之余就抓了几板铜钱玩转翻弄起来。主人一看，钱不借了，借贷者讪然离开以后，仆人问主人为何改变主意了，主人说："我看他玩钱的动作，就知他一定是个惯赌的人，把钱借给这样的人，只恐是肉包子打狗——有去无回。"借贷者一个小小的、不经意的细节，就泄露了自己的老底。

一次林肯总统面试一位新员工，后来他没录取那位应征者。幕僚问林肯为什么，林肯说："我不喜欢他的长相。"推荐者说："长相不好不是他的错。"林肯说："不，你看他一脸愁容，精神不振，头发乱，衬衣皱巴巴，说话有些挤眉弄眼，生活得这样糟糕，怎么能胜任工作呢？"林肯认为，人的长相在 40 岁前取决于父母，在 40 岁后取决于自己。的确，没有人能透过一个邋遢的外表看出他优秀的内在。

国外还有这样一件真实的事情：一个女子去企业应聘面试，坐着等待的时候在吃东西，她把包装纸随手扔在地上，这时有位衣着朴素的老人走过来，把地上的包装纸拣到垃圾桶里去了，过了一会儿，这个女子又把废纸扔到了地上。到了面试时一看，面试者就是这个拣垃圾的老人，他是这个企业的老板。老人一看是她，就说："你不符合本企业的用人条件，你回去吧！"

在外交方面，细微表现更为重要。说话除了内容以外，表情是亲切、温和，还是冷静、严肃，都有意义；服装打扮、举手投足都会引发评论。有位外国领袖，会见外宾时跷起腿搁在茶几上，经电视一播，就引起非议。民国时期的大外交家顾维钧会见外宾时，在握手前都要摩擦双手，待自己的手温暖以后再和对方握手，这是中华文明、大国风范。

现在，社会上对文明教养之事越来越重视了。2019 年 10 月，香港理工大学举行博士生毕业典礼，有两个女博士毕业生和校长滕锦光握手时戴着口罩，她们不懂得在正常情况下和他人尤其是和长者握手时戴着口罩或手套是十分违反礼仪的行为，校长拒绝和她们握手，并示意她们下台。虽是博士却不懂这种礼仪，对之严格教育实有必要。

清华大学教授彭林有一次在讲话中谈到了有关文明的问题，他说，清华大学有一位前领导，在和学生谈话时坐在长沙发上，双臂叉开，将双手置于沙发扶手上，跷起二郎腿，仰着头，板着脸，这哪里是“师表”呢？他又说，他上课时总会首先向学生鞠个躬，下课了再鞠一个躬，但是学生们没有反应。“这不能怪他们，”彭林教授说，“是没有人教啊！”电视台播放过一个节目，请一位老专家讲话，这位白发苍苍的老人出场了，那个年轻的女主持人竟坐着和这位站着的老人握手。这个节目播出后，观众纷纷表示批评：连电视台的节目主持人都太需要教养了。彭林教授把日常言行举止的文明礼貌归结为“敬、净、静、雅”四个字：“敬”就是尊重他人；“净”是干净卫生；“静”就是安静，不大声喧哗；“雅”就是大方、得体。

世界上有不少国家是很重视规范国民日常生活行为的。例如近几年来，朝鲜人手机使用日益普及，朝鲜内阁机关报《民主朝鲜》专门载文强调使用手机时应该注意的礼仪。在新加坡，乱扔烟头最高可判刑 7 年。在日本，排队插队如果遭人起诉，最多可被判处 1—3 年有期徒刑，与此形成强烈对比的是，杀人罪的最高刑罚也不过是 10 年。这样的“轻罪重罚”可能使人难以理解。事实上，排队插队事情虽小，但是影响不小，它不仅破坏了良好的社会秩序，也严重恶化了排队守法之人的心态，如果大家都不排队，都想投机取巧，这样便会降低办事效率，甚至破坏业已形成的规矩和秩序。往大处说，连排队都会插队的人，在其他事情上也会只顾自己，不守规矩，甚至严重犯规，对于这样的人，如果不予以严惩，那么对于整个社会秩序的维护，其负面影响都是很严重的。

我们的社会现在也在规范人们在公共场所的不良行为，逐渐改变一些不良的社会风气，北京成为最新实行相关措施的城市，将禁止19种不文明行为，如裸露上身、不分类投放垃圾、随地吐痰、排队加塞等。我国许多城市对某些不文明行为实行罚款的处罚，上海更将高空抛物列为刑事犯罪。中国人正在社会文明的变化过程之中，社会十分提倡重视教养，这种前景是好的。

我们不仅自己要重视细节，也要重视他人的一些细节表现，以决定自己的行动，这就是要"识相"。例如和别人谈话时，别人不太接话，眼顾左右，或是抖腿、打哈欠，就说明他可能对这次谈话不太感兴趣，就不要说得太多了。谈话或是打电话时，不要只顾自己侃侃而谈，而不顾对方有些"欲止"的语气。送东西给朋友或礼送朋友出门时，朋友推却，要从对方的态度上了解这是真推辞还是假谦让。发现一个朋友轻诺、口气大、不守时，就要加以警惕了。过于"察言观色"的人不一定好，但是不察言观色则一定不好。英国散文家黑兹利特说过："交谈之道不但在会说，也在会听。"

人要积德，"厚德载物"。有人将德行分为10类，即助人、尊重、谦让、理解、口德、礼节、信任、面子、方便、赞美，其中多数要通过日常生活细节表现出来。进一步说，细节可能决定成败，"细微之处"甚至可能影响国家、民族的命运。在苏格兰民间有这么一个说法："少了一个铁钉，会掉了一个马掌；掉了一个马掌，会摔了一匹战马；摔了一匹战马，会死了一个国王；死了一个国王，会输了一场战争；输了一场战争，会毁了一个国家。"中国也有"千里之堤，溃于蚁穴"的古话。——这么说，是不是无限推理、无限上纲，叫人处处小心翼翼、谨小慎微呢？这真活得太累了？拿破仑曾说过："在每一次危机中，一些细节往往决定着全局。"我们应该明白，"小事"和大事的关系是人生的一种哲理，由小见大是"道"之所在，人要明晓此道，习之以为教养，才能见微思著，由近及远，一叶知秋，才有助于一生顺遂，消灾免祸。

三 人要认识自我

中国古人对生命文化论述甚多，他们比较侧重研究人和人的关系，即伦理道德。在人和人的关系中，一是人和他人的关系，二是人和自己的关系，即认识“自我”。人际关系是外在的，“自我”则属于内在的心灵世界，古人认为后者尤为重要。

所谓认识自我，就是认识生命，认识宇宙的本原，就是“明心见性”，就是悟道。人应该从小我认识大我，从无常认识有常，从有限认识无限，从变化认识永恒，从现象认识本质，从假识真，从虚识实。正所谓“君子当悟本，本立而道生”，做人最大的智慧就是要认清自己。

在人的自我认识方面内容很多，比较突出的有以下“五自”。

一是自尊。

人和人都是平等的，人的生命都有不同的价值，这些价值应予以肯定与发扬，不容伤害，不容否定，这就是人格、气节和尊严，是超越物质需求，甚至比生命还重要的一种精神需求。古人说：“唯有知耻，才有自尊。”自尊是由健康的心态带来的一种强大的内心力量。人可能很穷，但是要穷得像茶，苦中有一缕清香；穷也要像松柏，身子挺直，能挂一树秋霜。贫而有骨，则是自尊。《易经》就提倡“上交不谄，下交不渎”，即使是吃饭，古人也有“不食嗟来之食”的说法，就是说即使已经很饿了，对于他人以很不好的态度丢过来的东西也不吃。

这方面的事例很多。挪威有位名叫比尔撒丁的音乐家，少时贫困，在路边拉小提琴，且放了个帽子在脚前收取路人施舍的钱。有个路人轻蔑地看看他，摸出一点钱来故意扔在帽子外面，比尔撒丁看看他，把钱捡起来还给这个人说：“先生，你的钱掉了。”这个人说：“不，这个钱是我给你的”，仍旧故意把钱丢在帽外。比尔撒丁说：“方才这是你的钱，我捡起来还你了，现在它是我的钱了，也请你捡起来还给我。”这个人大为尴尬，悻悻而去。比尔撒丁后来成名了，也有了很多音乐创作，其代表作是《挺起你的胸膛》。

尼采说过：“所谓高贵的灵魂，即对自己怀有敬畏之心。”洛克说：“每个人的尊严都属于他自己，你认为自己有尊严，你就有尊严。”不过，有自尊心并不是妄自尊大，而要懂得这是一种平等，对自己自信，对他人不卑不亢，对位高者不去仰视，对位低者不去俯视，而总是满怀自信，面带微笑，平视对人。一个人如果才不配位，德不配行，因此被人看不起，那是活该。当然，人要自尊，而不能盲目地自以为了不起。一个赌徒或是嫖客能自尊什么，尊自己会赌会嫖吗？人要自尊，人能自尊，是因为自己有作为，能为社会做贡献，是因为这一生没有白活。《易经》中说：“地中有水，师，君子以容民畜众。山下有风，蛊，君子以振民育德。泽上有地，临，君子以教思无穷，容保民无疆。”自尊不是分贫富，看成功，也不仅是指社会地位的高低，而应是精神上的独立。这也正如徐悲鸿所说：“人不可以有傲气，但不可以无傲骨。”

◀ 米开朗基罗：“雕像早已存在于石料中，我们做的无非是把多余的部分凿去。”

有自尊心的人，在特定的情况下，也能忍辱以达自强。《易经》中说："尺蠖之屈，以求信也；龙蛇之蛰，以存身也。"孔子说过，人会弯腰，才能抬头。韩信受过胯下之辱，后被封王，衣锦还乡，那个施辱者吓得魂飞魄散，以为大祸临头了。没想到韩信召而慰之，说："如果没有你当时的激发，我哪有今天！"可见，关键还是在于自信、自强，自强是对他人看不起自己最好的报复方式。

二是自立。

自立首先要立志。志存高远，人活着，总要有个追求的目标，然后量力而行，尽力而为，一步步向着这个目标走去，这个目标的大小远近，就是人的胸怀、人生的格局大小。《易经》中说："童观，小人无吝，君子吝。"也就是说，做大事的人，眼光应该远大些。王阳明说："志不立，则天下无少成之事。"雨果也说："世界上最广阔的是大海，比大海更广阔的是天空，比天空更广阔的是人的胸怀。"爱默生则说："一个朝着自己的目标永远前进的人，整个业界都会给他让路。"

人的生命是分为不同层次的。佛教把人分为上品、中品和下品；柏拉图认为，人是由人体和心态构成的，而心态又分理性、激情和欲望三个部分，其中理性最高，激情次之，欲望最低；弗洛伊德则把人格分为三个层次：本我、自我和超我，这三个层次被称作"三部人格结构"；丰子恺则说："人生有三层楼：第一层是物质的，第二层是精神的，第三层是灵魂的，你现在在哪一层？"人生有不同的格局，生命的层次不同，格局就不同。曾国藩说过："谋大事者首重格局。""仙"字的含义是人在山上，"俗"字的含意是人在谷底，两者的格局是完全不同的。

人生要有格局，人应该设计好自己生命的长度，这种长度主要不是指活得多久，而是指生命的意义所在，是指这一生该怎么过。人生的格局是指一个人的眼光、胸襟、胆识等心理要素的内在布局，有大格局才能有大视野，做事才有大手笔，做人才有大气魄。这种格局往往不是事先确定好的，而是在生命成长中边悟边立的。它是一种快乐，一种追求，一种觉悟，一种心灵的升华。国学大师王国维说，人生有三种境界：第一种是“昨夜西风凋碧树，独上高楼，望断天涯路”；第二种是“衣带渐宽终不悔，为伊消得人憔悴”；第三种是“众里寻他千百度，蓦然回首，那人却在灯火阑珊处”。第一种境界是登高望远，即人生的格局要大，然后为此而奋斗，达到自己所要追求的目标。

人生的大格局应该是什么样的？张横渠写过“为天地立心，为生民立命，为往圣继绝学，为万世开太平”的活，对此，冯友兰称之为“横渠四句”。这个格局实在太大了，远不是一人一时一生所能完成的任务，而是万千有志之士毕生的理想与奋斗目标。一个人的人生格局不是要做多大的官，发多少的财，而是能为实现“横渠四句”添一块砖、加一片瓦，如此这一生就没有白过。“不畏浮云遮望眼，只缘身在最高层”，即此境界。

美国哈佛大学做过一个目标规划对人生影响的跟踪调查，在一群智力、学历、生活环境都差不多的年轻人中，有明确的长期目标的占 3%，有清晰的短期目标的占 10%，有模糊目标的占 60%，没有目标的占 27%。25 年后，那些有明确的长期目标的人几乎都成了成功人士。

刘达临的人生格局是逐步形成的：青年时代投笔从戎，是受了时代的影响，不是想去当什么将军，后来进入工厂工作也并非自愿。到 50 岁了，他才反复地想：“人这一辈子不能白过，总要干一些社会需要而别人没有干过的事情。”如果和别人在同一条起跑线上起跑，别人已经先跑了几十年，自己只有创新才能超越。他之所以选择研究社会学，因为全国对社会学已停止研究了 20 多年，基本上是一片空白。他研究性科学，因为全国很少有人敢研究它。他做了一系列在中国“史无前例”的事，如举办向社会公开的性学系列讲座，组织性教育骨干培训班，建立性学学会，创办性学杂志，组织国际性学大会，主办全国两万例“性文明”调查，创办中华性文化博科物馆等等，都是举国首次。直到耄耋之年，创新之志仍不衰。如今思之，这个人生格局没有立错，人生目标也基本上实现了。

当然，立志要实，要量力而行，不要好高骛远。南怀瑾说过：“人有三个错误是不能犯的：一是德薄而位尊，二是智小而谋大，三是力小而任重。”有人问一个成功的登山家：“你想不想登上月球？”他说不想，问他为什么，他说：“我攀登过许多山峰，我感到世上有些高度不是用来登的，而是用来望的，人心中只有保留一个仰望的高度，才能保持一份向上的力量，保持一种积极进取的心态。”

立志要实。人们都说做人要诚实，那么什么叫诚实？“诚”就是用心要真，“实”就是脚踏实地去做，光是“动嘴皮子”而不去做，即使搞得再花里胡哨也是没用的。一把雨伞，外表即使再漂亮，如果下雨天却打不开，谁还会把它高高地举在头上呢？心动不如行动，虽然行动不一定会成功，但是不行动则一定不会成功。人要“实惠”，实惠就是落实而惠人，不要留恋过去，幻想未来，而虚度现在。事情如果做起来了，那么过程中肯定会遇到一些问题，但我们不能逃避问题，而要解决问题，最好是能消除问题。心理学家认为，如果一个人不能解决问题，自己就成了问题。

一个成熟的人，应该是有目标站得住，有行动扎得住，有困难立得住，有压力顶得住，即使一时失败也挺得住的人。

在这方面，最重要的就是要言而有信，一诺千金，“言必信，行必果”。《论语》中说：“人而无信，不知其可也。大车无輗，小车无軏，其何以行之哉？”《礼记》中说：“言诺而不与，其怨大于不许。”墨子也说过：“志不强者智不达，言无信者行不果。”一个人说话、做事一定要守信用，“信”就是“人”旁加一个“言”字，一言既出，驷马难追，所以决不能轻诺寡信，否则人就难以为立。对此，古人提倡“喜时不诺，怒时不急，哀时不语，倦则有终”。也就是说，人在情绪不稳定时容易丧失理智，因此不要在这时轻易地许诺或决定什么重要的事情，因为容易出错，但是如果许诺了，就一定要做到。

“尾生抱柱”是《庄子》里一个十分著名的故事。春秋时有一个叫尾生的男子，与一个女子约于桥下相会，女子未来而洪水涌至，尾生竟因不肯失约，最后抱柱而死。孔子的学生曾参身上也发生过这么一件事：其妻赶市，孩子也要跟着去，妻说你不要去，我回来后杀猪给你吃，可是她回家后并未杀猪。曾参说，不可骗孩子，许之必为之，于是坚持杀猪慰儿。尾生之事有些极端，人固然不必用生命来对抗洪水这个自然灾害，但是人们对曾参不能骗孩子的态度是持肯定态度的。《国策·燕策一》评谓：“信如尾生，廉如伯夷，孝如曾参，三者天下之高行也。”

说到一定做到，正是一个人有担当、能负责、有所为的表现。一是一，二是二，“许诺能实现，事事有交代，件件有着落”。现代人称之为“靠谱”，“靠谱”的人才受人尊重，值得信任，站得住脚，成得了事。作家池莉说过：“靠谱，说起来简单，做起来复杂，听起来像感觉，做起来是原则。”有些事虽然有所许，但是情况发生了变化，实在做不到，那也要加强沟通，争取对方谅解。

一般说来，干事业时总会遇到困难，只要方向正确，还有可能，就不能见难而退，而要咬紧牙关，如诺而行，坚持到底。“天生我材必有用，千金散尽还复来。”《道德经》上说：“君子从事，常于几成而败之，慎终如始，则无败事。”

刘在1989年组织史无前例的全国两万例“性文明”调查，当时最大的困难是需要一笔不菲的调查经费，经过努力，法国一家企业答应赞助，但是工作刚向全国铺开后，“六四”事件发生，一些西方国家对我国实行经济制裁，这笔赞助来不了了。这正像打仗，敌我双方已经交锋，但是粮草却断了，这个仗还怎么打？这时有些同行劝我“收兵”，让我知难而退，说这是特殊情况，大家也能谅解，我却想：全国 18 个省 24 个地区的 40 几名骨干，刚刚情绪高涨、满怀信心地把 500 多名调查员发动起来，“司令部”却宣布“收兵”了，这算哪门子事儿呢？即使是情有可原，责有旁贷，大家没有话说，可也严重失信，有始无终，气方鼓而又息，以后再也难以鼓气，事情就不能再为了。这个全国性的性调查是一件大事，难度是很大的，如果容易做，还轮得到我做吗？人要知难而为，决不能见难而退，于是刘下定决心，坚持到底，除了一方面利用一切人脉向社会到处募捐外，还咬牙卖出了许多自己精心收藏的古家具和文物，“毁家纾难”，使这个大调查如期完成，实现所诺。这个调查是当时世界最大规模的性调查，在国际上影响很大，特别是“毁家纾难”一事被传为美谈。刘由此深深体会到，“言必信，行必果”，人要自立，坚持所诺，克服困难，方能成事，方能有美好的人生。

▲ 刘达临家的客厅，这些红木家具大部分已卖去以充调查经费（1989 年 9—10 月，上海）

▲ 同济大学的周铭孝教授对大学生布置调查问卷（1989 年 6 月，上海）

三是自让。

为人要厚道，要谦让，要低调，要肯吃亏，厚道是最好的人品。《易经》上六爻全吉的卦是谦卦：“劳谦君子，终有吉。”还说：“谦谦君子，卑以自牧。”《道德经》中说：“大丈夫处其厚，不处其薄，居其实，不居其华。”莎士比亚说：“与其做个愚蠢的聪明人，不如做个聪明的愚蠢人。”人生在世，无论有多么成功，能笑着低下头的都是聪明者，都会是更成功的人。大智若愚，大才华是朴实无华。有人问苏格拉底：“天有多高？”苏格拉底说：“三尺。”那个人惊讶地说：“天怎么会那么矮，人站着头都抬不起来啊！”苏格拉底说：“天就是这么矮，要叫人学会低头。”孔子也说过，人能低头，才能抬头。

在生活中“舍得”二字常被提及，舍得舍得，人有所舍才有所得，要能放得下，才能得到内心的平和与解脱。其中的“得”，是满足自己的需要，是能力；其中的“舍”，是满足他人的需要，是修养，是学问。双方的需要都能得到满足，这就是“合”，就是“双赢”。

许多大思想家、大学问家都提倡人要“糊涂”些；人生在世，糊涂难得，难得糊涂，活得糊涂一些的人才是最清醒的。郑板桥就常告诫儿孙“吃亏是福”。孔子就提倡“己欲立而立人，己欲达而达人”。理直也不要气壮，得理也需要饶人。人处于少数地位时，可测试自己的勇气；处于多数地位时，可测试自己的宽容。路宽处，要留三分让人过；味浓时，要留三分予人尝。饶人者不是傻瓜，是傻瓜者不会饶人。忍得一时之气，免得百日之忧。退一步海阔天空，让几分心平气和。“求个良心管我，留些余地处人”。

有一个商人十分精明能干，但是事业屡败，于是他去请教一位智者，按智者的建议去做，在不长的时间内就改变了局面。人家问他学到了什么，他说，智者告诉他，你和他人合作，如果认为自己得利七分合理，得八分也可以，那么你只拿六分，人即使再能干，多考虑自己者必败，多为他人着想者方胜。

《朱子家训》则说：“居家戒争讼，讼则终凶。”清朝一代名臣张廷玉之父张华，做到了文华殿大学士、礼部尚书的高位，他的老家在山东聊城。他的家族和邻居发生了三尺土地的宅基纠纷，家人寄信到京城求助，张华复信说：“千里修书只为墙，让他三尺又何妨，万里长城今犹在，不见当年秦始皇。”争吵的双方闻之皆大惭，各自退让三尺，事遂平。人皆颂此事，遂把张华老家所在的状元街仁义胡同改为“六尺巷”。古人历来提倡“厚德载物”，即要以厚德包容万物，厚道做人，才能聪明做事。以上诸事就是一些典型事例。

人不能以自己为中心，恃才傲物之人终无好果。《道德经》言：“自见者不明，自是者不彰，自我者无功，自矜者不长。”清朝末年有个叫刘锡鸿的官员，李鸿章时为两江总督，见其有才，向朝廷举荐他和郭嵩焘一起出使西洋，刘为副将。但是李认为“此人满腔不平气，不能长久”。郭甚有识，但是刘和他搞不好关系，向李谗之，李很器重郭，不为刘所动，刘又反李，向朝廷奏李之“十大罪状”。当时李鸿章在内政外交方面起着重大作用，朝廷对李正加以重用，对刘不加理睬，于是刘终日愤愤不平，常叹怀才不遇，在这种情况下，朝官皆避而远之。一次，刘宴请同僚，竟无一人出席，最后刘竟忧郁而死。

古人十分提倡为人要能“断、舍、离”，特别是不和烂人、烂事较劲。歌德在狭路上遇到一个迎面而来的莽汉，莽汉气汹汹地说：“我决不为傻瓜让路！”智者一笑，侧身相让，说：“我正好和你相反。”马克·吐温在一次宴会上和一位女士相对而坐，他出于礼貌地对她说：“你真漂亮。”想不到这位女士高傲地说：“可惜我无法同样地赞美你。”于是马克·吐温婉转而平和地说：“那没有关系，你可以像我一样，说一句谎话就行了。”这真是妙言妙行，既不和他人冲突又嘲讽了对方。善于让步，是一种人生格局和精神境界。敬君子方是有德，怕小人不算无能。苏东坡说过：“匹夫见辱，拔剑而起，挺身而斗，此不足为勇也。”杨绛也说：“我和谁都不争，和谁争我都不屑。”

还有这么一个故事：有个人说 4 乘 7 等于 28，另一个人则说等于 21，两人争论不休，于是请一位智者来评判，智者评判那个说 28 的人不对，很愚蠢，这个人大为奇怪，问为什么。智者说，你不对，很愚蠢，是因为你为了这种问题和说 4 乘 7 等于 21 的人争论不休。

待人宽，但责己要严，即《易经》所言：“山上有水，蹇；君子以反身修德”。对他人，应该是“人非圣贤，孰能无过”；对自己，应该是“吾日三省吾身”“凡事求诸己”“以责人之心责己，以恕己之心恕人”，千万不要看人豆腐渣，看己一枝花。曾国藩把自己的书房题为“求阙（缺）厅”。他曾以“涤生”为字，认为“涤生才能重新”。古今中外很多名人都有写日记的习惯，通过写日记反省自己一日所为，经常给心灵洗澡，把一些灰尘除去。明代大学士徐溥效仿古人修身之道，“每日三省吾身”，在案上放置二罐，自省有一善念或善行则投黄豆一颗于一罐，自省有一恶念或恶行时则投黑豆于另一罐，以数黄豆、黑豆的多少检查自己是向善还是向恶，最后成为德高望重的一代名臣。南京鸡鸣寺有个观音殿，观音菩萨面北而坐，边上有一副对联："问菩萨为何倒坐，叹众生不肯回头。"道教的"八仙"之中有个倒骑驴的张果老，《东游记》赞曰："举世多少人，无如此老汉，不是倒骑驴，万事回头看。""回头看"不是恋旧，而是不断地反省自己的所作所为，严于责己，加以改进。有人出一点事，就往别人身上推责，总是抱怨这抱怨那，却常原谅自己，强调客观原因，如果这样，事情是不可能顺利解决的，反而会越来越烦恼。如果凡事求诸己，每天都有新的进步，难道不是快乐的事吗？

四是自律。

人的一生，处理好自由和限制的关系是个大问题。许多哲学家和社会学家都认为，绝对的自由是不存在的，世界上除了自己以外，只要还存在另一个人，那么他就要放弃个人的一些自由，就是说不能想怎么干就怎么干，有些行为必须有所限制。现代社会是在向自由、多元的方向发展，可是再怎么自由、多元，都不能以伤害他人为前提，无论自己想怎么做，都要限制在"不能伤害他人"这一界限之内。一个人一定要能管住自己，否则就是违背了人和人相处的"天道"。骑马必须有缰，如果信马由缰，必生大祸。

从古至今，社会对人的行为有数不清的限制，这些限制大致可以分为知识限制、道德限制、法律限制与习俗限制四个方面。这些限制中有合理的，也有不合理的，例如"男女授受不亲""一嫁一夫，安可再移天"就是一种限制，但是它不合理；"近亲不可通婚"等限制则是合理的。不管怎么说，限制是文化的一个重要方面，就是人类要认识到什么该做，什么不该做，而动物是不可能有这种思考的。不过，既然是认识，就总有个发展过程，而且认识也会有对有错。科学、文明能使人分清是非对错，引导人们择其善者而行之，知识汲收、观念变革、法律修改、移风易俗不都是为此目的吗?

古人在很早以前就探索了这个道理，例如孔孟之道便十分强调“天生烝民，有物有则”“发乎情，止乎礼”。“发乎情”是自然的，感情总是油然而生的，很难限制，可是想付诸行动就要有限制、守规矩；而“礼”就是规矩，凡是对他人、对社会有伤害的事就要“止”。古代有个“柳下惠坐怀不乱”的典故，一个女人坐在男人怀里，男人却一点感觉都没有，这是不太可能的，但是要“止于礼”，行不可乱。古希腊的大思想家柏拉图认为，人如果要成为自己的主人，必须抵抗来自欲望方面的强烈诱惑。欲望是人生来就有的，它也是人类生存的基础，但是人的欲望不能支配意志，否则，人就会一味沉溺于欲望的海洋里不能自拔。因此，必须有一个高于私欲目的之上的崇高而普遍的目的来统治激情和欲望，这就是自律，

▲ 柳下惠坐怀不乱

就是节制。他认为，人的灵魂有理性、激情、欲望三个部分，与此相对应的，又有三种德性，即节制、勇敢和智慧，只有这三种德性各司其职、和谐一致，人的灵魂才能得到最大的改善，而节制就是一种和谐，“节制就是天性优秀和天性低劣的部分谁应当统治，谁应当被统治”，“节制是一种好秩序或对某些快乐与欲望的控制”。

这些观点的提出已有两千五百多年的历史，但对现代社会仍然适用。波兰著名作家莱蒙特说过：“世界上的一切都必须按照一定的规矩和秩序各就各位。”苏联著名作家帕斯捷尔纳克说：“生活是一个庞大的竞技场，大家都可以在那里比赛较量，但是必须老老实实地遵守比赛规则。”这些话都是普遍真理。

以上所说的人类行为的四种限制，有自觉而为的，也有强制性的，但是社会首先要提倡自觉性的限制。人们不做一件事，可以有不想做、不愿做、不敢做、不能坐等几个原因，“不想做、不愿做”要比“不敢做、不能做”更好，“无贼心”总要比“有贼心，无贼胆”更好。不去做一件不好的事，如果仅仅是因为“无贼胆”，而“贼心”犹存，那么以后还可能去做“贼事”。王阳明说过：“破山中贼易，破心中贼难”，“破心中贼”就是指要自律。孔子在 70 岁时，说自己达到了“从心所欲不逾矩”的自由境界，这句话说明了三点：一是他还是崇尚自由的；二是即使在“从心所欲”的自由里仍有不可逾越之“矩”；三是遵守这个不可逾越之“矩”不是强迫、不得已而为之，而是自觉的、真正发自内心的。——这就是一种真正崇高的境界了。

心理学上有个名词叫情绪智力，就是把控自己情绪、情感的能力。这种能力就像汽车的刹车系统，一辆车好不好，马力固然重要，但更重要的是在紧急关头能不能及时刹住。人也是如此，其真正的强大体现在人能够管理好自己的情绪，而不是让情绪失控，从而使自己或他人受到伤害。

自律重在慎独，曾国藩说过“慎独则心安”，一件事如果是不该做的，即使别人不会知道，也不要去做。东汉时有个著名的清官杨震，由于看到一个名叫王密的人富有才华而提拔了他，王密为了表示感谢，借机送了十个金锭给杨震，杨震拒之。王密说："夜深人静，这件事无人知晓。"杨震说："这件事天知、地知、你知、我知，怎么叫无人知晓呢？"王密愧而止。这就是所谓"举头三尺有神明，不畏人知畏己知"。古今中外的贪官大都是因为不能自律，认为收贿"无人知晓"，才犯了贪污罪行的。

自律还不能随众。在很多人闯红灯时也不要跟着走，在满地是垃圾时也不要去扔垃圾，在好行为被别人视为"不正常"时也不要去履行什么潜规则。时任《人民日报》副总编的卢新宁有一次在北京大学做报告时说："我唯一害怕的是你们不能自律，不相信规则能战胜潜规则，必须牢记学场有别于官场，学术不等于权术，风骨远胜于媚骨。"这就是说，人贵自律，不管环境怎样变化，要做中流砥柱，要有一定之规。

人要有较强的自控能力，要从孩提时代就培养这种能力。现在有些父母太宠孩子，孩子要啥给啥，这可不好，这会使孩子任性，做事随心所欲。当然，父母、教师要使孩子懂得所言所行要有限制，绝不是去管头管脚，强迫孩子一定要沿着他们所设定的轨道成长，而是要让孩子自由发展，但是要以不伤害他人为原则，要有自律。列夫·托尔斯泰说："如果没人对你说'不'，你是长不大的。"但是，所有的自律一开始都来自于"他律"，要有规矩和制度的约束，要有劝告、说理、批评、警告甚至于必要的惩罚，既不能把孩子弄得俯首帖耳，只知道"听话"，又不能任其所为，想干吗就干吗。总之，讲自由不能不讲纪律，讲权利不能不讲义务，讲快乐不能不负责任，讲开放不能没有底线——这才是社会发展的正确方向。

五是自安。

自安，就是本书前述的要保持良好的心态。在通常情况下，要通过经常行善、美视人生、不断进步，以得其乐；在挫折与困难的情况下，要淡于得失，安于祸灾，以去其悲。对于人生的不如意，要想得开，放得下，能够自我解脱，控制情绪，有逆向思维，能战胜自己。这种自安的心态，不仅取决于三观，也取决于正确的思想方法。

例如对人，难免会拿对方和自己相比，不过不要去比别人如何升官发财，“学问要看胜于我者，则德业日进；境遇要看不如我者，则意气自平”。要多用惭愧之心看自己，多用感恩之心看世界。

再如做事，难免失败，不要对此懊丧不已，而要吸取教训，败而再战。“天下无易事，要有坚强志”。人之行事，可以改变的就去改变，不可改变的就去改善，不可改善的就去承担，不可承担的就将它放下——每个人都有抓不住的云，都有做不到的梦。

在日常交往中，如果受到批评指责，则要加以分析，如果是对的，则应慨然接受，衷心感谢，切不要为了“面子”而加以争辩。“闻过则喜”是一种觉悟、一种胸怀和风度，要衷心地感谢对方，得一诤友是最可贵的。人生如果走错了方向，停止就是进步。《易经》中有一益卦：“风雷益，君子以见善则迁，有过则改。”如果有些批评指责不符合事实，就该“无则加勉”，对身后的一些闲言，则应一笑置之，“谁人背后无人说，无人背后不说人”。有个老人和孙子牵了一头驴，孙子骑了，有人说“怎么不尊重老人”，老人骑了，有人说“怎么不关爱孩子”，两人一块骑，有人又说“太不爱惜驴了”。对此，只有“走自己的路，让别人去说吧”！史载有个叫士成绮的人去拜访老子，见老子的住处十分杂乱，就说：“人们都说你是大圣人，我跋涉几百里来拜访你，你怎么像个老鼠一样待在鼠窝里！”老子对之没有反应。后来，士成绮感到自己太失礼了，第二天前来道歉，老子平静地说：“什么圣人不圣人的，我早把这种名号像破鞋一样丢掉了。我如果获得了大道，不管别人说我是牛、马还是老鼠，我还是我。”人自己才是存在的主体，对事情要有自己的判断，对别人的看法可以参考，但是不要活在别人的评价里，这是一种大智慧。有人说：“如果你太在意别人的看法，你的生活将变成一条裤衩，别人放什么屁，你都得接着。”话很有趣，也有道理。

即使人们做一件对的事，有时也会遭人反对，受人攻击。这些反对和攻击出于各种动机，对此不必顾虑。普天之下，为事成功需要朋友，但是取得巨大成功则需要敌人，因为敌人的存在会逼得自己更加小心谨慎、淬厉精进。

做人要有些逆向思维，这就是说，遇到挫折时要往好处想，“非福为福”也是一种逆向思维。俄国作家契诃夫说：“如果你的手上扎了一根刺，你应该高兴才对，因为幸亏不是扎在眼睛里。”海伦·凯勒说：“我一直在哭，哭我没有新鞋穿，直到有一天，我发现有人没有脚。”美国总统罗斯福有一次家中失窃，损失惨重，有人安慰他，他却说：“我一切都好，依然幸福，因为第一，这个贼只偷了我的东西，没有伤害我的生命；第二，他只偷了我的一部分东西，不是全部；第三，最值得庆幸的是，做贼的是他，而不是我。”这是逆向思维，这些想得开的人常常感觉自己生活得很幸福。因为幸福其实只是一种感觉，一个人如果把幸福的底线画得不那么高，在一般的挫折和不幸面前总想到“还没有更不好”，也就不会被一般的挫折和不幸所打倒。有人可能会说：“这会不会是阿Q精神？”其实，阿Q精神有时也是有用的，如果你坚持不做阿Q，那就苦恼自己，自关囚笼吧！

树立以上这些认识，建立这种性格，是生命发展的过程，也是生命逐渐走向成熟的标志。人的一生能干成几件事？做任何事时都要寻找自己的位置，性格为生命密码排列了定数，以上这些心态与性格的发展就是整个命运的轨迹。人们说，命是不可选择的，但是可以改变的，如何改变，尽在于此。

四　学会说话和沉默

人的教养，人和人的相互关系，在说话问题上的表现也十分重要，要“说话得体”“言行一致”，要“言”与“行”并重。因为说话反映出人的思想感情和品质作风，对人际关系甚至毕生命运都起着决定作用。

人们说话，说什么，怎么说，对谁说，在什么情况下说，关系甚大，“话为利害关，口是祸福门”，“病从口入，祸从口出”，这是常事。古人认为，人的一张嘴就能反映出他的教养和风水吉凶。《论语》中所说的“君子以慎言语，节饮食，劳谦，君子有终”，全是一张嘴的问题。《菜根谭》则说：“口乃心之门，守口不密，尽泄真机。”古人在皇帝面前说错一句话就可能掉脑袋，如果被别人抓住一两句话大做文章，就可能被贬官，因此，古人十分提倡谨言慎行，反对信口开河、口无遮拦、恶语中伤、谣言惑众。

可是，古人一方面提倡“谨言慎行”，另一方面又提倡“直言敢谏”“仗义执言”，这就要看怎样分辨和运用了。对此，古人又提倡“权变”，即一切以时间、地点、条件为转移。《易经》等古籍上都提出了这方面的一些规律：“与贫者言，倚于谦”，就是说和社会地位低下的人说话要谦和；“与贵者言，倚于势”，就是说和社会地位高的人说话要有一定的气势；“与富者言，倚于高”，就是说和有钱的人说话要立意比他高；“与小人言，倚于利”，就是说和庸俗小人说话要以利益为切入点；“与辩者言，倚于重”，就是说和能说会道的人说话要抓住重点；“与拙者言，倚于辩”，就是说和笨拙的人说话要灵活多解。孔子也认为说话要看对象：“不可与之言而言，谓之失言；可与之言而不言，谓之失人。”

以上所述，主要是一般的态度和方法问题，在日常生活中说话还要因时度势，例如“言未及之而言，谓之躁”。意思是说，他人还未征询看法，就急着发表意见，这就显得毛躁，一定要等对方问到时，再徐徐道来为好。“言及之而不言”则是另一种情况，孔子称这样的做法为“隐”，对方已经正式征询看法了，就应该自然而然地往下说，不要吞吞吐吐，不说心里话。还有一种情况，即孔子所谓“未见颜色而言，谓之瞽”，就是说一个人不看别人的脸色和心理需求乱说话，这叫“睁眼瞎”。古人在这方面的教导很多，陶渊明的《命子》诗说：“夙兴夜寐，愿尔斯才，尔之不才，亦已焉哉。”这个意思是，见有不当之处，还是要说，如果对方不听，则“亦已焉哉”，那就算了，多讲无益，反易生隙甚至成仇了。

有教养者说话是很慎重的，有些话是不可急于出口的。无论是事急还是情急时，冲口而出的话往往锋利，不是把别人伤了，就是把自己伤了。况且，说出去的话像泼出去的水，不可能把它收回来，后悔也来不及，有些伤害可能是一辈子的。因此，有话要慢慢说，即将于嘴边喷涌而出的话，思考一下、停顿一下再说，也许就是另一个结果。荀子说：“怒不过夺，喜不过予”，《礼记》提倡“不失口于人”，即说话不伤人；“不失色于人”，即不摆使人尴尬的脸色；“不失足于人”，即行为不失态。把生活交给思考，容易产生情趣；把人生交给思考，容易产生意义。在个喧闹的世界里，能节制自己的言语，不随波逐流，就是活在了人生的高地。

对此，我们也可以从现代科学中找到原因。心理学家研究发现，人脑中最古老的边缘系统主管情绪，而最晚进化而来的大脑皮层主管认知。任何事情发生后，边缘系统会第一时间产生情绪反应，如恐惧、愤怒、喜悦等，约 6 秒后，大脑皮层才能做出认知处理。也就是说，原始与文明、冲动与理智之间只隔了 6 秒。因此，遇到生气的事情，想发脾气或动手时，一定要控制住冲动，深呼吸 6 秒后，再选择应对之策，这样往往会找到更加理智和正确的做法。

一般情况下，在各种场合中说话都不要太大声，即使在争辩时，有理也不在声高。大声说话可能是人的本性，小声说话则是一种文明。韩寒说过："说话声音越大，气场越小。"我国外交部发言人在新闻发言时，即使说到要坚决反对外来侵略，声音也不是太大，态度也不是很凶，而是镇定、平稳、优雅、从容，这正体现了我们的大国风范。

总之，说话反映教养，人不要说假话、大话、空话、气话、丧话、多话、怨言。不懂时，别乱说；懂得的，别多说；心乱时，慢慢说；难说时，就别说。人要说话软，做事硬，做人稳。但是，说话这么讲究，是不是会把人生搞得太复杂，活得太累了？语言的确是一种方法技巧，是一种外在表现，但是要加以注意，养成习惯，发自内心，关键还是在于教养。不论怎么说，内心要保持正直、善良、真诚、自尊，这是个原则，就是要说真话，不说假话，不说违心之言，不是说一套做一套。孔子很重视言辞，但是反对巧言，认为"巧言乱德""巧言令色，鲜矣仁"，他说"放郑声，远佞人，郑声淫，佞人殆"，而且强调"修辞立其诚"，要求修辞者持中正之心，怀敬畏之意，从心灵深处发声音，讲真话。

当然，有些真话不能说也不该说，这里有许多复杂的情况，有时说了真话会伤人。例如有人得了重病而病人自己惘然不知，如果说了真话而告诉了他，会使他产生很大的思想负担，不利于其健康。总之，傻瓜用嘴说话，聪明人用脑说话，智者用心说话。

此外，不论怎么说话，话都不要多，"水深不语，人稳少言"，真正有大智慧的人总是默默无闻。鬼谷子说过："言而当，知也；默而当，亦知也。"有人说，人两岁时学说话，一辈子学闭嘴。说话说得好，是一种水平，不该说话时不说话，是一种教养。在特殊情况下，有些人在政治的大原则问题上坚持原则，不随波逐流，明知说真话无效时就保持沉默，至少不说假话，这也是令人钦敬的。在这方面，巴金是个典型的例子。他十分受人尊敬，这主要还不仅在于他的文学贡献，更在于他的高尚气节。他有一个座右铭，只有 16 个字："尽可能多说真话，尽可能少做违心的事。”1995 年四川人民出版社出版了他的《讲真话的书》一书，其中有五论说真话，是这位老人的肺腑之言、呕心之作。

▲ 巴金故居

柏拉图说过一段话：“如果尖锐的批评完全消失，温和的批评将会变得刺耳；如果温和的批评也不被允许，沉默将被认为是居心叵测；如果沉默也不再被允许，赞扬不力将是一种罪行；如果只允许一种声音存在，那么那个唯一存在的声音就是谎言。”这些话是两千多年前说的，在今天仍旧适用。

沉默是一种孤独，或是一种慎重，一种严肃，一种律己，也是一种气节和战斗精神。说话是一种表现，闭口是一种聪明，无言是一种境界，沉默也是一种修行。自古以来，中国人就有一种民族气节、民族精神，在这方面出现过不少“时穷节乃见，一一垂丹青”的不朽人物。现在，真理和谬误的矛盾往往不表现为赤裸裸的血肉对抗，但是坚持自己的骨气还是很可贵的。有时在大势所驱、浊浪涛天而无法扭转的情况下，保持沉默确实也是一种坚强的态度。沉默是最后的清高，也是最后的自由，有人说：言语是银，沉默是金，守得住嘴才守得住心，可能沉默会有一些孤独，但在这种孤独中坚持自我的情怀和气质，也会不同凡俗。卡莱尔说：“语言属于时间，而静默属于永恒。”王小波在《沉默的大多数》中说：“我选择沉默的主要原因之一：从话语中，你很少能学到人性，在沉默中却能，假如还想学得更多，那就要一声不吭。”的确是这样。

当然，说话除了时机、对象、情绪、方法、技巧等问题以外，内容就更为重要了，“言不及义”是人之大忌，说脏话则更加不好。有些人即使貌似雅正，衣冠楚楚，但是出口成脏，形象尽失。过去，有些人习惯说带脏字的口头语，这和他们所处的低层次的文化环境大有关系。

近年来，一种人称“祖安文化”的亚文化在很多游戏社区、社交媒体、视频剪辑网站走红。调查发现，随着这种所谓的“文化”出圈、扩张，追求骂人要有创意，脏话要足够恶毒的“祖安文化”日渐侵蚀部分校园，青少年语言粗鄙现象愈演愈烈。[①]“祖安文化”对尚处在三观形成期的青少年造成了恶性诱导和不良影响。青少年辨识力差，对“祖安文化”粗鄙下流的内核本质了解不深。他们不以为耻，反以为“酷”。有些未成年人在网上打游戏、看视频、刷直播，看到什么学什么，尤其爱追风玩梗，且会活学活用，看着别人用自己不用就觉得是自己落后了。他们在网络上比谁骂得更好、更有创造力，肆意宣泄着自己的负面情绪，可是在现实中，人们对此一笑而过，习以为常，从而使这种现象逐渐成为日常用语的一部分，破坏了对青少年的教育，形成了不良的社会风气。对于这种庸俗暴戾的网络流行语，社会应该做好引导和规范。

---

① 参见《半月谈》2020年第13期。

第六部分

CHAPTER SIX

教育之道

一　不要做考试分数的奴隶

现代中国的绝大多数家庭都很重视对孩子的教育，这是时代的重大进步，父母都希望孩子学习好，孩子以分数为标准的“学习成绩”好坏，往往成为全家的一件大事。父母往往希望孩子在学校的考试门门都是高分，名列前茅，他们的思维逻辑是：“分数高就是学习成绩好，学习成绩好就能考进名牌学校，从名牌学校毕业就能找到好工作，就能多赚钱。”为此，孩子的考试分数问题使一家人十分紧张，放学回家做功课要弄到很晚，除了校内学习外还要请课外辅导老师“开小灶”。2016 年全国中小学课外辅导就“吸金”超过 8000 亿元，这种情况使孩子成天处于紧张之中，又苦又累，甚至形成了一种“作业压榨病”。而且，这种教育观念最大的弊病就是把孩子的兴趣和志向变成了功利性选项。

◀ 瓷盒：口传身教（现存于人类生命文化博物馆）

现代社会往往把读书、受教育和职业、赚钱联系在一起，家长希望孩子长大以后都能成为“成功人士”，而“成功”的标准就是能赚大钱。北京某所大学的教授曾对毕业生说：“希望你们和我在 10 年后再见的时候，你们已成为成功人士了，不过如果那时你们还没有赚到 500 万元，就不要来见我了。”这真是一碗“毒鸡汤”。

在这种功利主义的思想影响下，教育路线被扭曲了，人生的努力方向也被影响了。许多人对孩子要不要进行某种教育、学习某个科目时总会问“以后这门功课考不考”“它和升学有多大关系”，于是小学、中学、大学都变成了“职业学校”。许多人嘴上说懂得学生要“德、智、体”全面发展，但是做起来却因为“德”“体”是不考的，因此不予重视，而对“智”又是只用考试分数来表现，如果“体”也要考，考长跑就不会去练单杠了。家庭和学校除了逼孩子考试得高分以外，往往还逼着孩子在四五岁时就要能写多少个汉字和英文单词，会背多少首唐诗，会算多少道算术题，说起来好听，可是真正的意义有多大呢？孩子们在不断地被透支，到长大后，就被透支得差不多了。孩子进学校读书，片面地追求考试高分，只是为了能进重点学校，将来能找个好工作多赚钱，那么其后果或是培养出一批思想桎梏，个性僵化，亦步亦趋，循规蹈矩，按公式化走路，丧失了创造性、自主性、想象力的人；或是培养出一批功于迎合、谄媚、实用、世俗、老道的“精致利己主义者”，将来这都是一批“有用的机器”——这都是对人性的扼杀，是社会和人生的“失格”，甚至是人种的退化。

在现代学校里，60 分的“及格”似乎已被污名化了，人们都认为“及格”就是低分，低分当然不好，而只有 99 分、100 分才是好，于是逼孩子为此拼命。孩子贪玩、好奇、多动，这些都是天性，他们应该有小鸟、小鱼那样的活力，在这个基础上再培养出对事物的广泛兴趣和创新精神，而用考试分数来捆住他们却使他们变成了“木头”。这不是诲人不倦，而是“毁人不倦”。

关于教育的问题，古今中外都有许多经典的论述和思想，而现代这种功利主义做法是历来为许多智者所反对的。智者普遍认为，教育的价值就在于唤醒每一个孩子内心的潜能，帮助他们找到隐藏在体内的特殊使命，使其有不断的想象，有不停的创新，仰望星空敢做梦。教育是否有效，就要看它是否能够帮助人们实现这种教育的目的。

孔子的教育思想是所谓“孔门四科”：一是德行，即人品；二是言语，即人际关系；三是政事，即工作能力；四是文学，即知识才能。他是把人品放在第一位的，可是现代人却把首位的变成了末位，把末位的放到了首位，而且把这末位的知识才能仅变成了分数。古希腊哲学家苏格拉底“产婆术”的教育思想强调教育是一个“接生”的过程，教育就是“接生婆”，人们接受教育是为了寻找“原我”以不断地完善自身。对于孩子，教育不是灌输，不是塑造，而是不断地引导与开发，使其自我领悟。

尼采也十分反对那种功利主义的教育，他强调：“任何一种学校教育，只要在其历程的终点把一个职位或一种谋生方式树为前景，就绝不是真正的教育”，而只是一份指导人们进行生存斗争的“说明书”，相关的机构则是一些“对付生计的机构”，绝不是真正的教育机构。他心目中真正的教育，其核心是人文教育，是精神素质的培养和文化的创造。

爱因斯坦在 1921 年获得诺贝尔物理奖后首次访问美国时，有记者问他声音的速度是多少，他拒绝回答，他说，你可以在任何一本物理书中查到答案。接着，他说了那句特别有名的话：“大学教育的价值不在于记住很多事实，而是训练大脑会思考。”他还说过“想象力比知识更为重要”的话。英国历史学家布莱斯说过：“学习的目的，并不是像人们占有钱袋里的钱那样去占有知识，而是把知识化为我们自己的一部分；也就是说，化知识为思想，正如把我们吃的食物化为赋予我们生命、增长我们气力的血液一样。”2016 年美国心理学家艾利克森博士的一本书登上了全世界的热销榜，那本书是《刻意练习：如何从新手到大师》。在这本书里，作者以国际象棋大师波尔加三姐妹的成长经历为例，展示了一条和拼分数、考名校完全不同的成功之路。他说，一个人要在某个领域成为顶尖人物，需要经历产生兴趣、变得认真、全力投入、开拓创新这四个阶段。正确地教育任何一个孩子，都可以使他变成顶尖人才。

在当代中国，也有许多教育家针对那种功利主义的教育大声疾呼，他们担心不已，十分反对这些教育方式。例如北京大学中文系教授陈平原对毕业生所说的："各位，十年后归来，中文系的老师们绝不会检查你是否腰缠千万。生活上过得去，精神上很充实，学术上有成绩，那是我们对于学生的期盼。是否发财，不应该是大学衡量学生成功与否的标准；起码，在中文系教授眼中，'贫穷'并不一定意味着耻辱和失败。再说开去，如果你一夜暴富，钱财来路不明，你想捐献，我们都不敢要。"他的这些看法和如前所述的那个声称"10年后如果赚不到500万元就不要来见我"的教授形成了鲜明的对比。

对此，厦门大学的易中天教授也有过一些精辟的讲话。他嘲讽现代许多父母的"望子成龙""望子成材""望子成器"，真的是把孩子变成动物、木头和物件。他说："今日的中国，学校是工厂，院系是库房，班级是车间，学生是流水线上批量生产的齿轮和螺丝钉，不过有的镀金，有的镀铜，有的压了塑料膜"，"父母最重要的应该是'望子成人'。""父母自己不要做挣钱机器，也不要使孩子变成挣分机器。"这番话说得多么辛辣、犀利、入木三分。他认为，教育的根本目的，是要使人全面地自由发展，具有科学精神，成为一个真正的人。什么是科学精神呢？他说是怀疑精神、批判精神、分析精神和实证精神。这都对，但是我们认为似乎还应该加上一个想象和创新的精神，他说的那几种精神都偏重于"破"，而想象和创新的精神则偏重于"立"。

作家贾平凹说过，他从来没有见过一个被父母逼得从小就能背多少首唐诗的孩子以后会有多大的成就。他说："我接触过很多'虎妈''虎爸'，感到越是强烈地培养、要求儿女的人，就越是平庸，因为他们自己活得没信心了，就寄托于儿女，这种行为是自私和残酷的，因为他们是在转嫁灾难。儿女的生命是属于儿女的，不必担心如果没有你为儿女设计好的道路，儿女就会一事无成。”的确，现代社会能背几十首唐诗、记许多英文单词却不会系鞋带、不会穿衣服的孩子还少吗？只教书不育人是现代教育的最大短板。

有人考证，英语的“教育”一词是 education，这个词来自苏格拉底，是三个词根的缩写：e 是向外的意思，duca 是引导的意思，tion 是名词之缀。这个词义的关键在于引导。所谓教育，就是把人的内心潜力引导出来，帮他完善自我。中国有个词语叫“开窍”，它表义很生动，也很科学。人皆有窍，教育不能制造窍，但是能帮被教育者打开这个窍。

现代的许多教育家认为，培养孩子的活力，提高他们的智慧，挖掘他们的潜力，开拓他们的创造性和自立能力，至为重要。所谓“智慧”，不仅是知识，更不仅是考试分数或书本内容。例如问孩子“雪化了是什么”，如果孩子回答是“水”，这当然是对的；可是如果孩子答“雪化了是春天”，这更值得鼓励。又如问孩子，“一张方桌四个角，切去一个角还有几个角？”孩子回答还有三个角，这也对；如果回答还有五个角，更值得表扬。还有个例子：一位智者问小学生，“你走一条路，如果往前走是死，往后走也是死，你该怎么办？”这个问题可能成年人也一下子不好回答，可是那个学生说：“那么我就不走了”，还有个孩子说：“我就往左边或右边走”，智者会笑着说：“你们想的都对”。有个孩子做四道算术题，教师说：“你做错了一道。”智者对教师说：“你应该先说他做对了三道，先表扬，先肯定。”

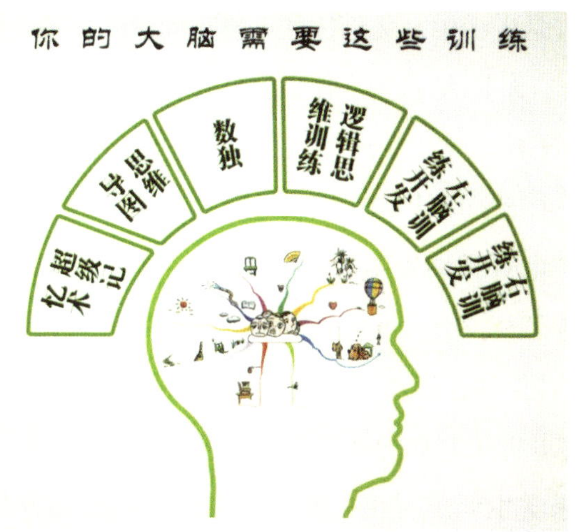

▲ 对大脑进行更加全面的训练和培养

有这样一件事：在新加坡有一个小学生，他在一张草纸上画了一些乱糟糟的图，还写了几个公式：“1+1=1，1+2=1，3+4=1，5+7=1，6+18=1”。老师看到了感觉很奇怪，就告诉了校长，校长、老师一起找这个孩子谈了话，先夸他的图画得好，有意义，“以后画了再给老师看看”。又说他写的那几个公式，老师看不懂，“你给老师出了几个谜，你能和老师讲讲这是什么意思，说说自己是怎么想的，帮老师解开这个谜吗？”

于是孩子说了：“我想 1 里加 1 里等于 1 公里，1 个月加 2 个月等于 1 个季度，3 天加 4 天等于 1 个星期，5 个月加 7 个月等于 1 年，6 个小时加 18 个小时等于 1 天。”老师听了还是感觉很奇怪，但仍表扬了他，说他思想活跃、聪明、会动脑筋，是个好孩子。

这个小学生是偶然运用了数学中的“非同一计量单位思维”进行式子表列的，这似乎和爱因斯坦广义相对论中的“非同一空间思维”颇为相似。相对论中著名的“6 减 3 等于 6”的公式就是“非同一空间思维”的一个著名例子：6 辆车被开走了 3 辆还有几辆？可以答成还有 6 辆，这是因为虽然从这里的 6 辆车中开走了 3 辆，可是存在着的还是 6 辆，要知道“数学计算”和“物理计算”是不相同的。

在我们的日常生活中，父母往往不能正确对待孩子的新思维。例如有个父亲问孩子："你长大了想干什么？"孩子说："我想当个小丑演员"。父亲说："你真没有志气，没出息。"可是一位智者却说："愿你把欢笑带给全世界。"有个孩子因事和父亲发生争执，父亲说："爸爸的知识比你多。"孩子问："电灯是谁发明的？"父亲说："是爱迪生。"孩子说："那么爱迪生的爸爸怎么没有发明电灯呢？"父亲一时无语了。这位父亲的正确说法应该是："你现在还小，爸爸的知识比你多，你应该多考虑考虑爸爸的意见。等你长大了，你的知识要比爸爸多，一代要比一代强。"

总之，如果学生偶尔冒出一些新的想法，父母和教师若能马上捕捉到，并加以鼓励，这就是教育的真谛。黑格尔就说过："一个民族要有一群仰望星空的人，这个民族才有希望。"

不过，如果在中国发生这种事情，这些小学生的考试分数肯定是零，说不定还要被老师和家长批评为"胡思乱想""不合常规"，于是孩子的思想变得僵化了，不再有想象力了，思想、行为不敢超越常规了，因此很可能把一个个未来的"爱因斯坦"扼杀了。世界最伟大的物理学家之一霍金在童年时期的学习成绩并不突出，但是他喜欢设计复杂的玩具，如果用考试高分来捆住他，也许就没有以后的霍金了。

刘达临时常回忆起自己的童年是幸福的，他的父母很重视子女教育，但是他们从来不逼孩子，鼓励、引导倒是不少。父亲是学理工出身的，他希望子女克绍箕裘，刘的弟弟、妹妹全是学理工的，唯独他最不喜欢数理化，而是喜欢文科，父亲对他的态度是"由你喜欢"。但是对他的英语抓得很紧，认为语言要自小就学，如果英语不好就不能走向世界，因此有几年他还专门聘请了英语辅导老师，一周两次来家和他英语进行对话。不过，对他的学校考试分数倒不太过问，父亲曾对母亲说："孩子长大了主要不靠这个，考试分数不要太差就行。"因此，刘也不太努力做功课，一般成绩都是"中上"，只有作文总是"甲上上"。8 岁那年刘主动翻译了一首英文诗，还在一个刊物上登出来了，得到了 1.2 元稿费。父亲高兴极了，他说："以后你每得一块钱稿费，我就给你三倍！" 1983 年，刘公开出版了第一本书《家庭社会学漫谈》（山东人民出版社出版），那时父亲已过世两年。刘以书祭父，心中默念："亲爱的爸，你还能给我三倍的稿费吗？"至于英语，刘在部队工作 20 年，在工厂工作 12 年，完全没有用上，似乎白学了，直到20世纪80年代后期开始的二三十年，当频繁地出国开会、讲学、交流而能应对自如时，刘才感到自己幼时的教育帮了大忙。他幼时从未被透支，毕生感谢父亲重视孩子的长处，培养孩子的兴趣，而且也有眼光。

对于孩子，就是要使他们快乐、自由、奔放、好奇，让他们对世界充满兴趣和幻想，从而为发挥潜力创造条件。在这个世界上，可以说人人都有潜力，有些人潜力明显、丰富，被夸为"天资聪颖"，或可被称为"天才"。可是，天才是需要挖掘和培养的，这就是教育，如果教育得不好，使他们囿于陈规陋习，那么不少能成为霍金和爱因斯坦那样的人便都会成为凡夫俗子，沉沦在芸芸众生之中。

当然，事情总是有一定限度和条件的：不要用考试分数去压迫孩子，并不是说让他们不要学习而应该尽情玩耍，而是要培养孩子的学习兴趣，不要一味施压。要让孩子释放天性，也不是让他们恣意而为，不守规矩。对孩子，要教养，但是不能放养；要引导，但是不要施压。孩子天生具有自律意识、敬畏意识、顾他意识、勤奋意识的很少，要启发他们自觉形成这些意识——总之，不要以一种倾向掩盖另一种倾向。

2019 年 9 月，中国播出了纪录片《他乡的童年》，这是该片导演周轶君及团队用了 10 个月的时间对六个国家的儿童教育考察所得之成果。片中记录了芬兰的小学没有任何形式的考试，爱、公正、创造力、雄心、善良、毅力等词汇却被贴在了学校的墙上。小学三年级教师拉妮解释："哪怕我们中的某个孩子不擅长数学或者科学，也不擅长艺术，他们依然能发现自己的力量。"日本莲花幼儿园教师柴谷美惠今年 25 岁，她的腰板总是挺直的，笑容常常挂在脸上，她说，孩子要从老师的笑脸中看到阳光，总是要感受到温暖和爱。被问到希望孩子在幼儿园学到的最重要品质是什么时，柴谷美惠毫不犹豫地回答：永不放弃的精神与时刻能为他人着想的心。

▲ 循循善诱

我国厦门某公立幼儿园的一位老师看了这个片子后，对芬兰的教育体会最深的是社会对老师的信任。在芬兰，很少有对教师、对学校的评估，因为评估要有条文、要有标准，这很容易把学校和教师捆死，从而把学生捆死。“他们没有那么多教学任务和束缚，老师可以按照自己的知识和理解设计课程，”他对记者说，“我们承受着来自社会、学校和家长的压力，只好按照一个模式进行教学。”导演周轶君则说：“我有时候觉得很残忍，那些孩子所谓的好不好，完全是被标准化的，他考多少分，而不是他有没有才能。”

21 世纪初，中国发生过两起德国教师离开中国的事情。一个名叫西洛特，他在苏州任教八年，后来回国。他说，中国的孩子四岁就学拼音，五岁学加减（实际上可能还要早些），从幼儿园开始就被灌输知识教育，而人性教育、逻辑教育、生活能力的教育全是空白，在德国八岁的孩子只需要学会播种、栽花和拔草。在中国，对待孩子，只是施加压力，强迫他们记忆，让他们在处处被架护的环境中成长，出生后的15年间都是从父母到教师的“无缝对接”，孩子没有一点独立空间，不能拥抱丰富的世界并获得饱满的生命体验。他在离开中国时愤怒地表示：“这种负成长的教育模式其实是对人性的一种摧残，是对人类的极大犯罪。”还有一个德国人叫卢安克，他于1999年自愿来到中国广西东兰县坡拉乡板烈村做农村留守儿童的教育工作，当中学老师。他不拿一元钱工资，不抽烟，不喝酒，无任何嗜好，一心扑在教育工作上。他的教育方式是和孩子们打成一片，做他们的伙伴，而不是以教师的面目出现。他认为，要让孩子从生活中自然地体会到做人的道理，体会胜于教导，不要强行改变他们。

家长和老师必须认识到，教育的本质是培养人对生命的态度，它是一棵树摇动另一棵树，是一朵云推动另一朵云，是一个灵魂唤醒另一个灵魂，是一个生命在塑造另一个生命。对孩子的素质教育，近年来已成为不少国家教育部门提倡和重视的一门“人生课”。在我国，一些学校给中小学生开出“素质教育清单”，要求学生在一学期内完成若干次做家务、做社区义工、下乡帮农或去博物馆、纪念场地参观的任务。近来国家教育部多次颁布关于基础教育和考试方法的改进意见，规定学什么考什么，不能考什么学什么，禁止给儿童加上过重的学习负担，可见教育路线正在逐步端正、完善。我国有些城市也开始规定家长不能给孩子布置家庭作业和对其进行作业评改，以减少孩子的负担，这都是社会进步的表现。

当然，教育是一门大学问，教育重在养心，智育要和德育并重，如果光是靠行政规定是远远不够的，仅仅靠自上而下的表扬和提倡也是不够的，家庭和社会的熏陶至关重要，要春风化雨，点滴入土。有人说，父母对孩子在学习方面所说的三句最好的话，一是父母不能什么都帮你，学习好不好主要靠自己；二是不要什么学科都得考第一，努力即可；三是你对哪门学科有兴趣，你就大力钻下去，我们永远支持你。父母对孩子的学习所说的三句最不好的话，一是你只要学习好就行，其他一切父母来办；二是要争取考第一，处处要比别人强；三是你如果不好好学习，长大了就会没饭吃——这些话的错误之处就在于忽略了孩子的自立意识，给孩子增加了许多不必要的学习压力，而且把学习看成是“吃饭的工具”。督促孩子学习是这样，培养孩子为人也是这样，要养其心，治其本，而不要做表面化的工作。有人认为，如果简单地提倡学雷锋、做好事，将其口号化，对在这方面做得好的孩子就予以表扬，这就很容易使孩子为了受表扬而去“做好事”，于是他们争着在路上搀扶老人，在家帮爷爷洗脚，甚至上交自己的一元钱说是拣来的，等等。有些教育家认为这是在教孩子“伪善”，正是孔子所说的“巧言令色，鲜矣仁”。日本有一位治沙能手远山正瑛到中国来协助治沙，有人问他为什么日本的孩子保护环境的意识都很强，他说：“他们都是看着父亲的背影长大的。”可见，对孩子的教育不仅要靠家庭和有关方面的“外力”推动，更要润物细无声地对他们的内心进行改造。

二　天赋用于人生

在社会生活中，许多父母都十分关心孩子聪明不聪明，有出息没出息。中国有句老话，就是“三岁见大，六岁见老”。这就是说，从一个人幼时的表现就可以预测他一生的顺逆，预测他有出息还是没出息。古代还有这样的风俗，将笔墨、脂粉、刀剑、铜钱等杂物放在台上让幼儿去抓，如果抓到了铜钱，就说明他以后会经商赚钱；如果抓到了刀剑，就说明他长大后会从武；最好的是这个幼儿抓了笔墨，说明他将来会读书做官；最不好的是幼儿抓到了脂粉，那么他将来会可能耽于女色，是个风流浪子。对现代人来说，“我的孩子三岁就识字了”“我的孩子四岁就会说英语了”，似乎都是可以向人炫耀的地方。

凡是天赋特别好的孩子，就叫神童，从古至今人们对神童是十分重视的。《史记》开篇便是黄帝“生而神灵，弱而能言”，帝高辛“生而神灵，自言其名”……相传这些神童具有与自然抗争的神秘能量。古代还为制造神童设立了一套制度流程：汉代“举孝廉”取士，专设童子科，衡量标准首选“孝悌”，并催生了孔融让梨、黄香温席等典型事例。隋唐开科取士，设童子科，专取10岁以下神童，赐出身，给官做。宋代重视文人，不但成年人能参加科举，还专为儿童设立了选拔渠道，谓之“神童举”，从全国各地搜罗早慧天才。

但是，人有先天禀赋，也有后天的客观环境和主观努力的影响，而后天的影响远大于先天。人有天赋，当然是一件好事，我们似乎可以把天赋比喻为矿藏，矿藏虽丰，还要很好地开采，如果开采不好，还是鲜有所得。中国古代有不少神童，如著名的“三大神童”：项橐，幼时就十分明理，以至于孔子都认其为师。甘罗，12岁时即被秦王委派出使赵国，政绩斐然，后即被授为秦国上卿（宰相）。曹冲为曹操爱子，他“刻舟称象”的事被记载于史，当时人获大象，难以称其体重，幼年的他便叫人牵象于舟，将水平面刻于舟舷，然后装石易象，到了舟舷的刻痕与水平面平齐时，即停止装石而称舟上的石重，即为象重。曹操异常钟爱曹冲，但曹冲和项橐、甘罗一样，都未能活到成年。此外，古代另外一些文化名人，如白居易一岁识字，六岁能诗，以及王勃、骆宾王等，他们都是天赋聪颖又刻苦读书的天才典范。不过，中国古人也有“小时了了，大未必佳”之说，还有王安石的名篇《伤仲永》，记载了北宋神童方仲永自幼诗才惊人，出口成章，其父不加培养，却带着他到处炫才邀赏，使他错过最好的学习时间，最后天赋尽失，泯然众人。现代心理学有个观点：人在出生以后，其精力、能量、智力都是一定的，如果在童年时使用过多，就缺乏后劲，会流于平庸；如果孩子有天赋而不加培养则更不行了，这正是所谓“玉不琢，不成器”。社会上有天赋的孩子并不少，但是得到培养而成才的并不多。例如我们认识一个孩子，自幼就表现出很高的音乐天赋，没有学过口琴、吉他却演奏得很好，小小的年龄钢琴就考到了六级，唱歌也极具音韵，但是他那没出息的父亲对他却丝毫未加培养，他的母亲省吃俭用地替他买了一架钢琴，后来却被他父亲偷偷卖掉了。现在，这个孩子已年近40岁，结婚成家，育有一子一女，为维持这个家庭终日奔波，什么音乐天赋都没有了。不过，他那幼子看来音乐天赋很好，一如幼时的他，他决心好好培养儿子，使下一代完成他的未竟之愿。

现代我国社会对于天才儿童也很重视，当年与恢复高考几乎同时进行的是对“少年班”的选拔。这些“神童热”现象，映射出一个国家对人才的需要和重视。近年，“神童热”化作“状元热”，各地的高考状元、单科状元不仅是父母的骄子，也是社会热捧的对象。

不久以前，为了尽早给孩子选对“跑道”，一项名为“天赋基因检测”的项目也开始火了，“一口唾液就能测出孩子的天赋和潜能”，不少家长“宁可信其有”，花费几万、十几万就为测出自家孩子的“禀赋”，找出“天才”“神童”的基因。从这一系列情况来看，以幼儿抓什么就判定他将来会怎么样，这种做法固然可笑，但“天赋基因检测”也要商讨，只是从相关方面察知孩子的天赋也有一定的道理。不过，对这些天赋高的孩子来说，正确培养他们更为重要，但他们毕竟还是孩子，还是有一般孩子的需求——自由、开放、活泼、轻松，如果对他们期望过高、要求过严，社会过于特殊对待，媒体过于宣传，反而会使这些孩子压力过大，自视过高，束缚其个性，在情和志的养成中发生扭曲现象。参加过“少年班”的很多孩子都受益于“少年班”的正确教育，但是也有曾被视为“神童”的孩子说：“我是时代需要的产物，如果青春可以重来，我决不会再选择读少年班。”好莱坞的著名童星德鲁·巴里摩尔10岁时就沾染上酒精、毒品，成了一个瘾君子。后来她在回忆录中说：“我只是一个七岁的女孩，却被期待有29岁的成熟姿态。”一棵好的幼苗，如果“揠苗助长”或“乱施肥料”，其结果往往是害了他，凡是催熟的动物肉都缺味儿，这也是“天道”。

英国推出了一个非常火爆的电视节目《天才儿童》。这是一档真人秀节目，通过智力竞赛选出“最聪明的孩子”，参加节目的都是智商高、情商高、成绩高的“三高儿童”。《天才儿童》自开播以来就伴随着争议。这些非常聪明的孩子在节目中拼写长单词，做复杂的心算，回答最模糊的问题，他们表现出的能力让人惊讶，可是有些学者却怀疑这些孩子是否真能理解他们拼写的长单词，他们认为这种竞赛只是对智力的衡量，或者只是对花大量时间背词典的结果检测。“我无法接受，孩子们牺牲聚会、娱乐、足球赛、舞蹈课和悠闲的周日，只是为了给我们提供娱乐。”英国《卫报》指出，这类节目损害了孩子的创造力和思考力。“这些孩子在接受表演训练”，教育媒体中心专家柏林娜把这类节目比喻为剥削儿童的马戏团。还有个比利时神童劳伦特·西蒙斯，八岁时进入荷兰埃因霍温大学就读，入学几个月就学完了全部课程，有可能成为世界上最年轻的大学毕业生，打破吉尼斯世界纪录，但校方认为他还要通过几项考试，要在次年中期毕业，这就不能破纪录了。他的父母气坏了，为了使儿子成名，甚至载入史册，便叫儿子退学，去另一个大学读博士学位，争取打破最年轻的博士毕业生的世界纪录，这种功利主义的做法令人担忧。

在这方面也有些相反的例子，在美国有个华裔神童叫陶哲轩，其表现十分突出，智商230，被誉为世上“最聪明的人”。有些专家认为他在12岁时即可读完大学，可是他的父母不愿意让孩子压力太大，在征得孩子的同意后，硬是使他到了14岁才进大学。和那些紧赶慢赶的神童相比，陶哲轩走得不算快，但是他以后走得更高更远：他证明了数学史上好几个难解的难题；2006年，刚过31岁生日的他拿到了被誉为“数学诺贝尔奖”的“菲尔兹奖”；之后，他当选为许多国家的院士。陶爸在接受采访时说：“我们家有一个原则，学习的目的是快乐，而不是去赢得什么……如果我的孩子生在一个‘虎妈’的家庭里，想想他可能经受的一切，就让我汗毛直竖。”这都说明，神童的失败不是诅咒，父母的虚荣和功利主义才是诅咒。

上海华东师大附中高一年级学生谈方琳，才 15 岁，竟解决了一些毫无头绪、困扰了世界多年的数学难题，震惊国内外。她曾两次受有关方面特邀参加了有几十位诺贝尔奖得主和许多世界顶尖级科学家出席的“世界顶尖级科学家论坛”。她的父亲是教授，对她学校的功课从来不逼，不开小灶，不补课，只是让她像一般孩子一样学习，一样玩耍，不追星，不造星，拒绝采访，只是让她活得有兴趣，活得开心，从而把她潜在的好奇心、创造力和大智慧充分地开发了出来。有一次，她的考试成绩不理想，她很伤心，放学回家后只是在家门口徘徊。父亲知道了，什么也没说，只是

▲ 谈方琳的数学才华

带她打球，陪她下棋，等她情绪平息了，再鼓励她。天才儿童少，这样的父亲更少。傅雷在生了傅聪之后，为他做了一个教子的“四重奏”：“一重奏”是捕捉孩子的闪光点，看他的兴趣何在；“二重奏”是发现了他的钢琴天赋；“三重奏”是请名师精心教育；“四重奏”是培养他的健全人格——这“四重奏”完成了一曲令人赞叹的华美乐章，使傅聪卒成大器。

可是，许多情况却不是这样。中国的《看天下》杂志曾登载过一篇《少年成名后的高光与至暗时刻》的文章，列举了中国和外国的许多童星例子，说因他们过早成名，在众人的追捧下，其自我期待和对社会、人生的认识都产生了扭曲现象，在时代变迁、社会压力、世态炎凉、人性冷暖的情况下产生许多心理阴影，甚至精神崩溃，从高光落于至暗，从而造成人生的悲剧。人有禀赋很重要，但还要培养得好，这种培养不仅仅是培养其才能，更重要的是培养他们的世界观、人生观和价值观，正确地使用他们的才能，如果使用不当，使其走上邪路，则比没有任何能量还要糟糕，在这方面也不乏其例。例如，被称为“天才少年”的石平，是北大的高材生，1988 年公费赴日读书，2007 年竟入了日籍，改名石平太郎，不仅如此，他还诋毁祖国。不久以前，美国出过一个被称为“硅谷天才”的青年莱万多夫斯基，他少年得志，在科技上获得了很大的成就，在商业上获利几亿美元，但是后来他因窃取商业机密被谷歌所控，以致身败名裂。这类人“始于才华，陷于利益，败于‘聪明’”。

现代心理学研究发现，有不少天资好的青少年都患有一种“空心病”。所谓“空心病”，就是由于缺乏支撑生命的意义感和存在感的价值观而形成的心理障碍。不久前有个调查，在北京大学这样一个学习尖子汇聚的高等学府，在一年级新生中有 30.4% 的人厌恶学习或者认为学习没有意义，有 40.4% 的人认为人生没有意义，自己现在只是在按照他人的逻辑活，其中最极端的就是放弃自己生命的例子。这些学生过去都是“乖孩子”“好学生”，和周围的人关系也不坏，但是他们内心孤独，忧郁不快，情绪低落，缺少兴趣，内心总感觉空荡荡的，不过从表面上不容易看得出来。在那次调查中，有的学生说：“我感觉自己在一个四分五裂的小岛上，不知道自己在干什么，要得到什么样的东西，时常感到恐惧，我19年来从来没有为自己活过，也从来没有活过。”有个高考状元在自杀未遂时说：“我不认为学习好就满足了，我不知道自己为什么要活，我总对自己不满足，怎么做都不够，这样的人生似乎总没有头儿。”还有一个学生说：“我的世界是一个充满迷雾的草坪，草坪上有口井，但是不知道它在哪里，只是走着走着就掉进去了，在漆黑的井里我摔断了腿，我拼命地喊，但是没有办法，我感到完全没有自我，我好彷徨、悲伤。”

美国学者艾玛·塞帕拉到斯坦福大学任教的第一年，就惊讶地发现，这所集中了美国乃至全世界精英学生的名校有着极高的自杀率。她为此总结出6条最常见的“成功谬论”：（1）你要比别人做更多事；（2）你要忍受压力和苦难；（3）你要不惜一切代价地坚持工作；（4）你要专注于特定的领域，成为专家；（5）你要严格要求自己，将长处发挥到极致；（6）你要专注于自己，把个人利益放在首位。这些理论都在鼓励年轻人为了长期成功而牺牲短期幸福，不断地对其施加压力、散播焦虑，实际上却让他们与未来的成功越来越远。

有些天才少年自杀或出家，除了生活压力过大这个重要原因外，还可能是因为大脑过于敏感，看到社会的负面因素过多，而又得不到正确的观念指导所致。这也正如叔本华所说：“一个人的智力愈高，认识愈明确，就愈痛苦，具有天才的人则最痛苦。”

艾玛·塞帕拉认为，高效率地工作不是要透支自己，而是要学会聪明地工作。她总结了几条简单的方法：（1）活在当下；（2）学会放松，减轻压力；（3）保持平静，管理精力；（4）学会“闲散”，激发创造力；（5）善待自己，反思学习；（6）同情他人并相互支持。

但丁说过："道德常能弥补智慧的缺陷，但是智慧永远弥补不了道德的缺陷。"马斯洛说过，人有五大基本需求，最高的需求是人的价值需求。一个青年，即使他再有天赋，如果没有树立正确的人生观和价值观，那么他的发展过程很可能是这样：争取进大学，争取进重点、名牌大学，争取进北大、清华，进了北大、清华后争取在全球考第一，考了第一以后却跳楼自杀或是出国为其他国家服务了。据统计，北大、清华的毕业生出国深造后有 80% 都留在了国外。美国有不少高科技项目的主力都是这些人，因此，特朗普政府曾封杀中国 15 所名牌大学，唯独不封杀北大、清华。

我国有个天才儿童谢晓亮，生于 1962 年，18 岁时去北大学习，毕业后赴美深造，获得了许多惊人的学术成就，20 年间获得了数不清的国际大奖，被哈佛大学认定为第一个华人终身教授，他只是说："我没有给中国人丢脸。"当新冠肺炎疫情蔓延时，他放弃了在美国的一切优厚待遇，毅然回国，他说："我是中国人，我要回去为祖国做贡献。"由此可见，人的才能要和好的人品、正确的人生观相结合，才真正有价值。鲁迅说过："在要求天才的产生之前应该先要求可以使天才成长的民众……譬如想有乔木，想看好花，一定要有好土，没有土，便没有花木了，所以土实在比花木更重要。"许多事实都证明了这一真理。

对于一些天才人物，除了要培养好他们以外，还要使用好他们，对他们的使用要对路。我国有个女运动员，多次获奥运冠军，红极一时。退役后出国学习深造，归国后国家对她委以重任，可是她做得实在太令人失望了，使国家损失了 20 亿元，世人对此多有诟病。其实，这个结果除了她本身应负的责任外，还在于有关方面对她的使用没有对路。美国有个小提琴演奏天才约翰·贝尔，2007 年 1 月的一个清晨，他穿了旧衣服，用围巾捂住了半个脸，使人不容易认出他，来到华盛顿麦德龙东站附近演奏名曲，脚前放了帽子施乞。这时人来人往，在一个小时中约有一千多人路过，但是少有人驻足而听，有个孩子仔细听，却被妈妈拉走了。在这一个小时内，他的帽子里只有路人投下的32美元。可是两天前，他就是用这把价值3500万美元的小提琴在大剧场演奏同样的名曲，多次获得满堂彩，甚至买一张入场券都要100美元。可见，才华施展的时间、环境不同，后果完全不同。这正像有人所说的："如果把一个天才人物放错了地方，他就是一堆垃圾。"

另外，人不可能在任何领域都是天才，甚至还有这样的情况：一个天才人物在某个领域才能卓越、远超众人，但是在有些方面却是一个远低于常人的傻瓜。例如陈景润沉湎于哥特巴赫猜想之中，走路时撞上一棵大树，他竟对树说："你撞我干嘛？"富兰克林致力于科学研究，常把自己关在一间房内，一关就是几天。他养了一只大猫、一只小猫，为了便利于猫的出入，他竟在门的下方挖了一个大洞和一个小洞，其实谁都知道只要挖一个大洞就行了。试想，如果叫陈景润去做画家，叫富兰克林去经商，会有什么后果呢？亚里士多德说过："没有一个伟大的天才不是带有几分疯癫的。"叔本华则说："一个天才诗人能够深刻而彻底地认识人，但他对于那些（具体的）人却认识不够，他是容易受骗的，在狡猾的人们手里，他常是被人捉弄的工具。"

有些孩子"小时了了，大未必佳"，可是有些孩子"小时不佳，大却了了"。例如发表过《进化论》的达尔文在《达尔文自传》中透露：在他幼时，长辈、老师都认为他资质平庸，与聪明沾不上边，他当年决定放弃行医时父亲还责备他不走正道。罗丹报考艺术学院，三次都未考取，众人都认为他前途"无亮"，父亲曾抱怨自己生了个"白痴儿子"，叔父说他"孺子不可教也"。丘吉尔在小学六年级时曾经留级，一生挫折很多，不被人看好，可是62岁时他竟当上了首相。由此可见，人的发展主要还是在于后天的努力，每个人都有许多潜力，就看怎样挖掘与发挥，幼时的表现并不一定能决定一生。

对许多人来说，聪明和智慧是不同的两个概念，聪明多为天赋，是一种生存能力，而智慧则是后天养成的，是生存的一种境界。聪明人十中有一，智慧者可能百中无一。才能和教养也是两个不相同的概念，有些人可能是聪明人，但绝不是智者，甚至很愚蠢。有些孩子看起来很聪明，也自以为很聪明，但是却没有真智慧；而像苏格拉底那样，他说按照智慧的要求，自己是无知的，他这才是大智慧。“聪明人”可能只知道自己能做什么，而智者却知道自己不能做什么；“聪明人”能见事物之表、事物之近，而智者能见事物之里、事物之远；“聪明人”首先为自己，而智者首先为他人；“聪明人”不吃眼前亏，但可能吃大亏，智者能吃眼前亏，但最终不吃亏——可见，人不能只有天赋，还要培养，要将其上升到一个高的境界，培养好了还要看怎样发挥、怎样使用。“天赋”是天生的，培养、使用却均系人为，天命要和人为相结合，“命”要和“运”相结合，人方能成为真正对国家有用之才。

三　读书有大益

最近我们国家的教育路线在发生大变化。教育部召开了一个新闻发布会，正式宣布从 2019 年秋季新学期开始，全国中小学生的语文、历史、道德和法治这四科都使用统一部编版教材，今后的所有科目都是对语文水平的持续考查，高考不仅要考作文，还要考查阅读能力。统编的语文教材先学识字再学拼音。小学阶段的教材共编排了 129 篇古诗文，约占总篇目数的 30%。初中有古诗文 132 篇。此外，小学的统编语文教材中还增加了很多成语、典故、名言警句等，以帮助学生打好传统文化的底子。统编语文教材的总编温儒敏说：“现在语文教学的问题就是读书太少”“某种意义上，统编语文教材‘主治’不读书和少读书。”

这种做法是个大进步，但实际上也是对老传统的恢复。1936年5月，竺可桢任浙江大学校长，他在主持第一次校务会议时就提出要设立中国文学系、史地系和一年级不分系等议案。几十年之后，苏步青担任复旦大学校长，他说："如果允许复旦大学单独招生，我的意见是第一堂先考语文，考后就判卷子，不合格的，以下的功课就不考了，语文都不行，别的是学不通的。"

近二三十年来，不少大学生的总体文化水平似乎远不如半个世纪以前的大学生，他们写的字比过去高年级的小学生都差，有的大学生连尧、舜、禹都不知道，对古文更是门外汉，知识面窄，写作水平差，他们最害怕的就是作文。造成这种现象的主要原因是社会风气过于功利主义，对孩子的英语、电脑、数理化等应用学科抓得很紧，对于一些基础教育则不重视，对人格教育更不重视。读书只是为了能保证高考过关，而高考也并不特别注重考查学生的语文水平。

不久前报纸上刊登了北京大学中文系教授陈平原在该校中文系2012届毕业典礼上的一段讲话，他说："今人喜欢说'专业对口'，往往误将'上大学'理解为'找职业'；很多中国大学也就顺水推舟，将自己降低为'职业培训学校'。在我们看来，当下中国，不少热门院系的课程设计过于实用化；很多技术活，上岗前培训三个月足矣，不值得为其耗费四年时光。相反，像中文系的学生，研习语言、文学、古文献，对学生的智商、情感及想象力大有裨益。走出校门，不一定马上派上用场，但学了不会白学，终归会有用的。中文系出身的人，常被贬为'万金油'——从政、经商、文学、艺术，似乎无所不能；如果能做出惊天动地的大成绩，又似乎与专业训练无关。可这没什么好嘲笑的，中文系的基本训练，本来就是为你的一生打底子，促成你日后的天马行空、逸兴遄飞。有人问我，中文系的毕业生有何特长？我说：聪明、博雅、视野开阔、能读书、有修养、善表达，这还不够吗？当然念博士，走专家之路，那是另一回事。"这番话讲得太中肯了。

重视语文，首先要重视阅读，因为阅读能使人的知识面宽广，使知识基础牢固，能使人富于联想，举一反三，思维清晰，掌握重点，善于分析、归纳和总结，而这种能力是学任何学科、干任何工作都需要的。语文是一切学科的基础，而阅读是打好这个基础的主要方法，就像盖房子，如果基础不牢固，房子就不可能盖得高。读书是基本功，如果不读书就等于放弃了所有的学科。2006 年诺贝尔化学奖得主罗杰·科恩伯就是从一名文科生修炼成了化学家，他说："有了文学背景和对语言的热爱，我可以更好地解释在化学方面所做的科学成就。"

古代的大思想家、大学问家无不强调读书的重要性，认为"唯书有色，艳于西子；唯文有华，秀于百卉"。曾国藩就说："吾不愿代代得富贵，但愿代代有秀才，秀才者，读书之种子也。""人之气质，由于天生，本难改变，唯读书则可变化气质。"又说："凡读书，不必苦求强记，只需从容涵泳，今日看几篇，明日看几篇，久久自然有益。"南宋大诗人尤袤说："饥读之以当肉，寒读之以当裘，孤寂而读之以当友，幽忧而读之以当金石琴瑟也。"古人还普遍认为："一日不读书，心生尘土；二日不读书，语言乏味；三日不读书，面目可憎。"在中国古代，头悬梁、锥刺股、匡衡"凿壁偷光"、车胤"囊萤照读"的典故广为流传。读书虽然无法延长生命的长度，却能拓展灵魂的宽度，能使人在狭小的生活圈子里感受到天地广阔，在平凡的工作中感受到生命的意义，在困难的时候感受到无限希望，在贫穷的时候感觉到自己是个知识富翁。读书多的人和其他人相比，做同样的工作却会有不一样的心境，出自同样的家庭却会有不一样的气质，在同样的时代却会有不一样的素养，对同样的机会却会比别人更容易抓住。这也真是"读书好处心先觉，立雪深时道已传"的真谛。

人有不同的气质，而气质不是天生的，在一个人的气质之中，蕴含着他读过的书、爱过的人、走过的路。读过许多书，也许一时用不上，也许不一定都能牢牢地记住，但许多道理、许多熏陶却早已融进自己的骨血，只要出现一个触发点，潜伏于心的巨大能量就会喷涌而出。再美的花也会谢，再靓丽的容颜也会老，只有读过的书、获取的知识积淀在人体内，终会变成永恒的财富。

人们通过读书会增长许多知识，但是读书之益远不止此。读书会改造思想，健全心灵，在读书的过程中，会形成一种思维的训练和多角度看问题的方式，最终能想出更好的方法去解决问题，还会省悟人生，健全心灵，自尊、自立、自放、自律、自安，使自己始终幸福快乐。

对此，杨绛先生讲过很多道理，都十分中肯。她说："普通人想改变命运，往往只有一个方法：读书。""因为读书，会使人一辈子活过别人三辈子的质量和厚度。""人生有一些曼妙的风景，有一些未曾到达的地方，有一些波澜的未知，只有书本才能给你答案。"说得多好！人活着，如果不读书，就会不明白许多事理，错失许多机会，永远停留在很低的境界，也教育不好子女，甚至会受到生命的惩罚。

▲ 刘达临在部队闲暇时抓紧时间读书（1954 年 9 月，长春）

读书的目的大致有四种：一是为了消遣，调节生活；二是为了求解，解决工作或生活中的某个具体问题；三是求知，为工作发展打下一个智慧的基础；四是审美，满足生命中纯粹的、精神的、情感的需要，这是灵魂的升华，真正的书在人的心里。

读书无论出自何种目的，都是生命能量的增加和文化财富的积累。就好像往银行存钱，这个月存一点，下个月再存一点，并不显眼，也不吃力，可是日久天长，这笔款项（还有红利）就很巨大，当生活发生大变化的时候，它就能起大作用了。

这次在统编语文教材中大大增加了古诗文的数量，意义很大。语文统编教材的执行主编陈先云说：古诗文和名言名句是我国优秀传统文化的重要组成部分。通过朗读、背诵，学生就能自然而然地培养起对文学美的感知，进而提升阅读、审美能力。当然，小孩读古诗，不可能懂得很深，起初也许是囫囵吞枣，似懂非懂；到了七八岁以后，逐渐明白它的意思了；大约到了成年，开始能欣赏它的抒情和意境了；到了老年重温，则会常涌诗情，甚至和古诗之心融为一体了。人对传统文化的领会往往是有个过程的，这个过程甚至横贯一生。

世界上最爱读书的民族是犹太民族。据统计，在以色列每个犹太人平均每年要读 64 本书，是世界上唯一没有文盲的民族。犹太人的人口只占世界总数的 0.3%，但是自诺贝尔奖设立以来，犹太人得化学奖的占该奖总数的 20%，得物理奖的占该奖总数的 25%，得生理与医学奖的占该奖总数的 27%，得经济奖的占该奖总数的 41%，得文学奖的占该奖总数的 12%，得普利策新闻奖的占该奖总数的三分之一，此外，得奥斯卡奖的还占该奖总数的三分之一以上，这不能不说和读书有很大关系。他们每年还有一个“静寂节”，在这一天全民族都会静下来，不娱乐、不外出，只是读书、思考。

除了犹太人外，还有一些民族也很爱读书。据统计，每个俄罗斯人每年平均读书 55 本，日本人是 40 本，韩国人是 7 本，而每个中国人每年平均读书只有 0.17 本。图书馆的多少是一个国家文化发展的一个重要标志，匈牙利平均每400人就有一个图书馆，他们的人口只有中国的百分之一，却得过14次诺贝尔奖，而中国平均每45.9万人才有一个图书馆。阿根廷著名作家博尔赫斯说过："我没有去过天堂，可是我想天堂应该像图书馆一样。"由此可见他对图书馆的热爱。

可以说，世界上每个真正的学者都热爱读书，"人生处万类，知识最为贵"。读书能使人知识广博，这是人一生发展的基础，但是也应该指出，如果不盖房子，基础再牢固也是无用的，因此，要把知识—学术—智慧连接起来，形成一条链。知识是基础，学术是专业、特长，智慧就是扩展、衍生和应变的能力，这是人生发展的三个阶梯。不过，无论怎么发展，没有知识这个基础是绝对不行的。读书不能看一遍就算了，要把它的精华之处记下来，反复看，每看一遍就会有一些新的体会，即所谓"授书不在徒多，但贵精熟"。

读书还要和思考连在一起，"学而不思则罔，思而不学则殆"。清代大学者袁枚就强调读书要有光芒，光芒有等差，"上烛霄汉，与星月争辉；次者数丈，次者数尺，以渐而差"。这光之等差其实是思之等差。如果建立了思想体系，那可是"上烛霄汉，与星月同辉"；即使成不了思想家，而努力当一位思想者，只要读有所思，则肯定会有光芒放射出来。

许多人都体会到，读书时常有联想，这也是一种发散思维。书是别人写的，这个学问是人家的，但是读了人家的东西，一面读一面和自己的知识有联想，由此及彼，举一反三，触类旁通，脑中跳出了新的见解，这就是自己的了。有人读书时喜欢在书上勾勾写写，第一遍粗读，把对自己有用的内容和字句标出来，第二遍细读这些标明之处，如有心得就及时记下来，有时间就再次细读，对好书则反复细读。读书的同时要动笔，如做"随记"或"眉批"，这很重要，如果不及时记下来，有些联想会溜掉，如果心得较多，较为系统，写一个心得笔记就更好了。过去我们都有剪报或把书中有用之处编个目录的习惯，现在使用电脑就更方便了。

西方学者把人类文化的发展分为三个阶段：一是本体论阶段，二是认识论阶段，这都是认识世界和认识自身的阶段；三是语义论转向阶段，即把人类的思想用文字符号表现、固定、发展、交流和传承下来的阶段。文字符号是思想的承载体，是思想的运行脉络，是一切文化的生存维护体系，它来源于思想，又对人类思想起着反作用。古埃及的象形文字，古巴比伦的楔形文字，古代中国的甲骨文和八卦等等，莫不是如此。汉文字是从古流传至今从未间断的文字，其含义之广阔深邃世界无可比，中国人应该通过阅读好好体会，决不能只重外语、电脑、拼音，而把老祖宗的传统文化丢了。

对于汉文字的理解，东汉的许慎出过一本《说文解字》，后代还有新的发展，使它的含义与时俱进。例如《易经》上将用“正”这个字分解为三个字，可以概括人生的一切：首先是“上”，人要上进；“上”字加一笔是“止”，人的行为要适当，要有所止，要适度，要有为而有不为；“止”字再加一笔就是“正”，不管怎么做都要走正道。又如“武”字，是由“止”“戈”二字合成的，“戈”为兵器，用以打仗、杀人，“武”则是勇猛打斗之意，但是人最大的勇敢是不打不杀，不战而屈人之兵，可见这个字的含义有多么深刻。再如“安”字，上部的“宀”表示家，下面是女，说明家里有个女人就安定了。再如“合”字，上部的三角形表示男根，即阳，下部的“口”表示女阴，“合”就是阴阳交合。又如“仓”的繁体字是“侖”，从篆体来看，上部是三角形，表示男根，下部则是栏杆，栏杆有阻挡之意，表示男根（性）要守规矩，不能乱来。

▶ 大篆的“仑”（侖）字

许多汉字还论述了“天道”。以“天”字来说，这个字就表现出人和大自然的相互关系，一个“人”加一横就是“大”，说明人是万物之大，人要奋斗，要做大事；可是“大”字上还有一横，把“大”盖住了，就是“天”，即人再大也超越不过天。

由此可见，文字是文化中一个十分重要的内容，里面有很深的道理，现代人不重视传统文化的传承，把许多道理都弄丢了。有些人不懂得文字的道理，甚至乱用。现在常常见到电视字幕、网络甚至书刊上出现错别字或使用不当的情况，例如“这位贪官”如何，“位”有尊敬之意，能用于坏人吗？“请你到我府上一叙”，能把自己的家称为“府上”吗？“我的夫人”如何如何，而“夫人”是对他人之妻的尊称。“他吃了俩个枣”，“俩”的含义就是“两个人”，这么用显然错了。“三里路”如果改用繁体字，把“里”改为“裏”，就又错了。还有不少人，包括有些编辑、作家连“的”“地”“得”几个字都用不准，例如把“他迅速地奔跑”写成“他迅速的奔跑”，把“他高兴得跳了起来”写成“他高兴的跳了起来”。——这些错误内容居然还能公开发表，真是令人大跌眼镜。

现在社会上对用字不讲究，对用词也不讲究。有些流行词，虽然不能说错，但是不准确。例如现在把谈恋爱都叫“谈朋友”，“这是我的女朋友”，实际上是说她是我的恋爱对象或是情人。恋爱对象或情人和朋友是不能混淆的，朋友可能有多个，而情人只能有一个；和情人可以亲热、恩爱，和朋友就不行。曾在社会上长期流行的把配偶统称“爱人”也不严谨，它把“wife”和“lover”混淆了。人们讳言性交，往往用“同房”“上床”“做爱”等词来替代，这些都不严谨。科学著作、马列著作的译本都不用这些含糊不清的名词；鲁迅也说过，在他的著作中绝不讳言“性交”二字。还有，现在报刊上常用“性侵”这个词，用这个词似乎分不清轻重，性骚扰、猥亵、强奸都是“性侵”，性骚扰还有语言上和行为上的轻重不同，像强奸则是大罪，而有的“性侵”则仅是道德上的问题，例如语言调戏等。如果笼统地说“性侵”，就不知道它是什么性质了。有人认为，有关性的词太敏感，要把它“磨钝”，这一“磨”，就把本来很准确的意义弄模糊了。不过，对有些不严谨的文字也可能因“约定俗成”，只好任其发展了。

▶《咬文嚼字》杂志

以上所述可能有些咬文嚼字，但是语文文字密切关系到传统文化的传播，实在马虎不得。1995 年郝铭鉴在上海创办《咬文嚼字》杂志，这是中国出版界第一份纠正社会语言运用的刊物，以专门“咬”文字差错而闻名，很有意义，被称为“语林啄木鸟”。中国的语言文字应该是最美、最准确、最有意境的，人们都说要继承传统文化，传统文化多通过古书、古文、诗词歌赋流传今日，如果语文水平不好，还怎么传承传统文化呢？中国的语言文字有时候还能触及灵魂。过去，有人提出过要用拼音字母来替代汉文字，如果这么做，就把传统文化全毁了。拼音文字就是个拼音，有些“平、常、去、入”也难以分辨；汉文字却有六个组成方式，即象形、指事、形声、会意、假备、转注，是为“六书”，如果把它们变成拼音，这些内涵就都没有了。中国古代的诗词，其韵味、美丽、深邃、巧妙是世界所没有的，如果改成拼音，就会全成嚼蜡，例如“儒家重敬，道家重静，释家重净”，如果把“敬”“静”“净”改成 Jing，那么这句话就变得莫名其妙了。中国过去有一些奇文，如《季姬击鸡记》《施氏食狮史》《于瑜欲鱼》《熙戏犀》等，100 多字的全文都是一个音，这种奇妙之文为世界仅有。还有对联文字，如果一改拼音就全完了。因此，汉字绝不可为拼音文字所替代，以汉字为主、辅之以拼音文字则是可以的。

汉文字还影响到其他文化，例如，中国的书法是一门世界公认的艺术。世界上还有什么文字能成为艺术呢？中国有王羲之的《兰亭集序》、颜真卿的《祭侄文稿》、苏轼的《寒食帖》，它们都是世界瑰宝。有人说，不同民族的文字特点也能从某种程度上反映出民族文化的特点，例如古汉文十分简洁，有时一个字也有很深很细的含义，这反映出中国人思维的细致、深邃和蕴藉。

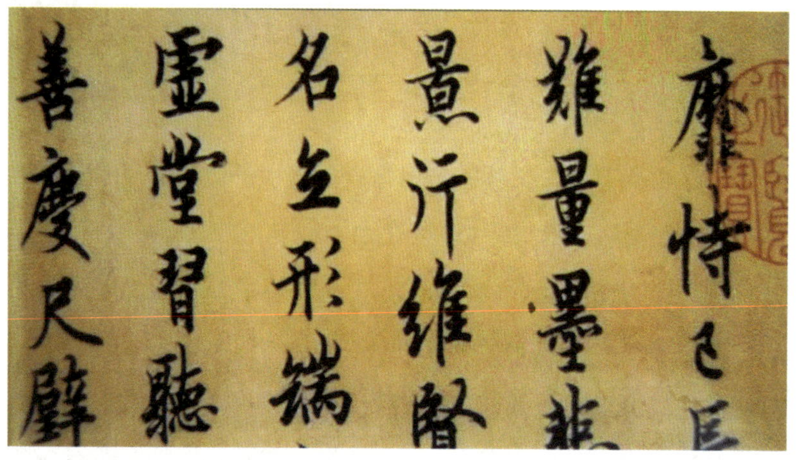

▲ 王羲之《兰亭集序》书法（局部）

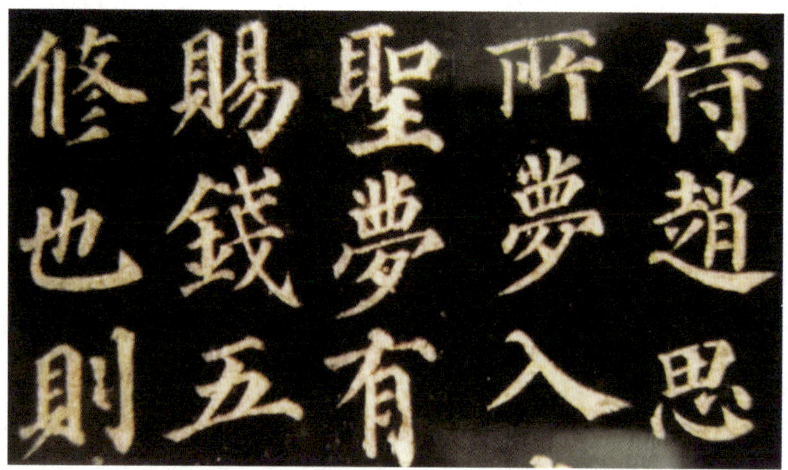

▲ 颜真卿：《祭侄文稿》书法（局部）

中国的文字不仅文化意义巨大，而且严格、准确。中文很细致、很具体，例如伯父、叔父、姑父、姨父、舅父是各不相同的亲属，可是英文统称为 Uncle；堂兄妹、表兄妹、姨兄妹的关系也不尽相同，可是英文统称为 Cousin。中文字短，英文字长，一本书用中文印可能是三百页，如果用英文印，至少要四五百页。联合国文件普遍使用的六种文字中，同样一个文件，中文的最薄，这反映出中文表达的效率。英文读起来也费劲，例如中文“政府”是两个音节，英文 Government 就变成了四个音节；中文“民主”是两个音节，英文 Democracy 也变成了四个音节。

文字对国家、民族有大作用。中国是唯一能认出其祖先文字的民族。秦始皇战胜六国，书同文，车同轨，继而统一计量单位，对统一中华起了很大的作用。现在反而是有些“书不同文”了，什么简体字、繁体字、拼音文字、白话文、文言文，年轻人搞不清楚，两岸三地和华裔外籍也弄不大清楚，“同种”而有些不“同文”，这可能也是个问题。中国人的扫盲时代早就过去了，现在要提倡字写得好一些，字如其人，像莫言就很提倡“做人，一定要把字写好”。

新文化运动时期，有些学者提倡要废除汉字，使“中国文字拉丁化”，连鲁迅这样的大文豪也有过“汉字不灭，中国必败”的过激之词。当时反对此论的代表人物是赵元任，他写了两文章，全文诸字同音，他说：“如果汉字全变成拼音文字，这两篇文章谁能懂？”南怀瑾则说过，如果不懂得中国的哲学、文字和诗词，就根本不可能了解中国的文化。

现代有许多人用看网络文字来代替读书，这的确和过去有很大的不同。在当前这个网络时代，信息量实在太大了，在网络上、手机上的内容多而庞杂，哪一方面的都有，真令人眼花缭乱、目不暇接。如果什么都看，多少天也看不完，问题就在于：你看得过来吗？看了有什么用吗？能记得住吗？网络能代替读书吗？读一本书，会有一个整体思维，读网络上那些信息就是把许多信息“碎片化”了，而且其中良莠混杂，要读也必须有选择地读。

现在流行电子书，于是知识可以分为不同的类型，既有文体传统和线性逻辑的书写知识，也有以网络化非线性图像形态生成的知识，不可否认的是，网络催生出一类新人，他们有自己独特的创造性、知识生产能力和特定的图像处理能力。不过，在网上阅读虽然便捷，但是似乎远不如一卷在手那么实在，纸质图书是一件实实在在的东西，可以勾勾画画，可以永久保存，给人的印象更深刻，视觉形象更牢固。现代教育研究中还有一种叫“波动速读”的训练，这种研究集中对右脑功能的开发，用“量子波动”读书，达到照相记忆的功能，这种阅读根本就不需要用眼睛看，只需要用脑电波感知书中散发的量子波就可在 5 分钟之内读完一本 10 万字的书，并且能复述出书中 80% 的内容。不过，这种“拷贝”式的高速读书能否使人产生兴趣、思考、体会、联想甚至悠闲、享受，读书时能否产生灵感，是备受怀疑的。如果慢慢地读书，细细地品味，一面读一面涌现出一些新的思想，涌现出一些美的感情，这是一种享受，而“波动速读”则剥夺了这种享受。譬如一壶好茶，如果一饮而尽，又有什么意思呢？譬如旅游，对“甲天下”的风景一掠而过，又有什么意思呢？

读书之益主要来自精读、细读、反复读。刘伯温是明代一位开国功臣，他以神机妙算闻名于世，是中国历史上能预测未来的奇人之一。有一次他见到一个女子在河边洗衣，所洗衣服有百余件之多，他问这个女子：“洗这么多衣服，你累吗？”女子说：“不累，我很开心。”刘伯温奇怪地问：“为什么呢？”女子说：“我把洗这么多的衣服看成是一种学习和锻炼，我一面洗一面摸索洗衣服的窍门，洗到第 100 件的时候，我就摸到窍门，感到比初洗时快得多了。”这件事给刘伯温很大的启发，一是人们做同一件事，动机不同，看问题的角度不同，态度就会不同。例如同样是洗这么多衣服，有人就会叫苦叫累，而这个女子却把它看成是一种学习和锻炼，因此很快乐。二是对一件事要多做多练，才能有所体会，有所长进，找到窍门。洗衣服是如此，做学问又何尝不是如此？学习不是负担，而是快乐，对经典之作要读百遍以上，才能得其精髓。因此，他改名为“刘百温”，被封爵以后，才改为“刘伯温”。

当然，“天道酬勤”，书反复读、技术多练才有良效，这是一般的规律，人称之为“一万小时定律”。但是，这个定律也受到了现代科学的挑战。现代科学认为，读书、学技要取得良好效果，不仅要“勤”，还要“巧”，方法要对，思考要对路，甚至还受遗传与性格等因素的影响，这些都对，但是不可否认，“勤”还是属于第一位的。

古今中外，多读书确是人生之要、人生之义、人生之道，人要通过读书完善自我，洁净灵魂，这是天道。读书是一辈子的事，“少而好学，如日出之阳；壮而好学，如日中之光；老而好学，如秉烛之明”，这些话都值得人们深入体会。

四　性教育亟待改进

1988 年 8 月，国家教委和国家计生委联合发文，把性教育列为全国中学生的必修课，这是社会的一大进步。长期以来，人们都耻于谈性，现在人们把性看成是一件自然、正常的事情，并且要引导青少年正视它，健康地对待它。后来，由于儿童与青少年的更加早熟，性病、艾滋病的蔓延，网络上性信息的鱼龙混杂，21 世纪初又把性教育扩大到高年级的小学生，并称之为“生命教育”。可是，30 多年来，人们多认为性教育进行得并不理想，需要改进的问题很多。主要表现在：

（一）阻力不绝。传统文化认为“性即淫”，“中媾之事，不可言也，言之羞也”。在推广性教育初期，有的中学校长竟说：“怎么，学校还要讲性？我当一天校长，这性教育就不要想进这个门！”学校教育也是需要家庭配合的，但有不少家长认为："孩子本来不懂什么性不性的，一讲，反而会学坏了！"学生放学回家，父母问孩子："你今天上了什么课？"学生说："上了性教育课，老师讲了男人和女人的生殖器官。"父母惊讶地说："怎么讲这些乱七八糟的？别听他的！"经过了这么多年，这些保守思想减少了许多，但是还有残存，在一些人的心目中，讲性总还是很边缘化的事，似乎总不太"靠谱"，总不太是"正道"。

（二）学校普遍不重视。现代的教育路线越来越趋向于功利主义。衡量一个中学办得好不好，主要看升学率，即有多少学生考取了高校；衡量一个班级的教学成绩好不好，主要看学生的考试分数高不高。于是，和考试成绩有关的功课如英语、数理化等就被视为"硬学科"，抓得很紧；和考试无关的功课如性教育以及美术、体育等则被放在次要地位。在有些中学，性教育课还由体育教师或美术教师兼任，这怎么能教得好呢？

（三）社会上不良信息太多。当前中国的青少年受西方文化的影响很大，越来越强调自我，追求个人自由和性自由，但是他们不懂人生要有底线。在网络社会，含有正能量和负能量的大量信息相互混杂，青少年往往分辨不清，其性观念也受到不良影响。老师在课堂上讲了10遍的道理，可能被青少年在网络上、手机上看到的内容一下子就推翻了。现代社会也越来越崇尚权力和金钱，贪官们几乎没有不和腐化相联系的，"官二代"和"富二代"对青少年的影响也很大，他们认为权可以换性，钱也可以换性，权和钱没有换不来的东西，这也使一些青少年的性价值观产生很大变化。

（四）存在性观念的误导。社会观念、社会风气的变化也影响到了一些教育者——教师以至于性学家，教育者有时对被教育者实施了错误的引导。例如有个颇有名气的性学家在给大学生上性教育课时说："青年人应该有自主意识，不要去听人说这个不能做，那个不应做。"于是台下响起一片热烈的掌声。这种观点是有偏差的，难道青少年在性问题上就可以恣意而为，想怎么做就怎么做，不考虑任何劝告，不接受任何教育了吗？

2008 年 5 月，山东圣翰财贸学院继浙江大学之后举办了一个以“当代大学生守贞无价”为题的守贞课，讲课结束时一个性学家从旁听席上站起来说，性教育主要是进行“安全教育”，如果用“纯洁教育”来取代“安全教育”，注定是要失败的。他这一“踢馆”，就把许多人弄糊涂了。

其实，性教育应该包括知识教育和情商教育两个方面，也就是智育与德育，两方面的教育应该相互配合，缺一不可。但是对人来说，情商方面的教育尤为重要，因为知识是易于灌输、易于接受的，而情商则需要长期熏陶与培养。而且，性是人生的一件大事，关系到人的终身幸福，有些人在性问题上痛苦不幸，悔恨终身，甚至毁了一辈子，最主要的还是在情商方面出了问题。前述的那场守贞课之争，所谓“安全教育”实质上是避孕等知识问题，所谓“纯洁教育”实质上是情商和人品问题。如果性教育只讲知识而不讲情商，反会变成“教唆”。而且凡事都有两个方面，教育也应该全面，且凡事都有度，过犹不及。例如讲自由当然不错，可是自由也有底线；追求快乐当然应该，可是快乐也要讲责任；应该了解性知识、性技巧，可是更要了解应在什么样的人生观、价值观的统帅下去使用它。如果性教育不全面，反而会引起社会的不满，近年来社会上出现了一些“反色情大妈”和少数性学工作者的尖锐冲突，盖生于此。

关于性的情商教育也必须和人生观、价值观的教育相结合。在当前经济社会中盛行的“金钱第一”观念对青少年的性爱观影响甚大，据有关方面对一所名牌大学三年级女生的调查，有三分之一的女生认为白毛女应该嫁给黄世仁，做“黄太太”，因为黄世仁“有房有钱有田有车”；还有的女生认为“宁可坐在宝马车中哭，不能坐在自行车上笑”，可见性教育的情商教育之重要。

性教育是人的一项终生教育，从儿童到老人都不可少。有些人搞不明白：儿童既没有性需求，也没有性兴趣，和孩子谈什么性？其实，儿童还是有不少性问题的，例如：儿童会发现男孩和女孩的下身不一样，儿童会问父母“我是从哪里来的”，儿童可能下意识地玩弄自己的生殖器，儿童有时可能会奇怪于父母怎么会那么恩爱，儿童有时还可能受到性侵犯，等等。对此，我们都要及时地加以教育、引导。儿童的大脑是一张白纸，印上去的痕迹可能一生都难以改变，如果父母对儿童以上这些问题教育失当，就可能使孩子感受到不良的性心理刺激，到了青春期就会开始发作，甚至贻害终生。

对儿童的性教育不是系统的说教，而往往是随机的，但必须真实科学、简单明了，重在引导和熏陶。有些性问题，例如性交，如果孩子不问，就不必主动去讲；如果问了，就不要回避，而要科学简单明了地讲清楚。举个例子，如果孩子问“我是从哪里来的”，就可以说：“爸爸身上有一颗种子，妈妈身上也有一颗种子，两颗种子结合到了一起，在妈妈的肚里逐渐长大以后生出来，那就是你。”如果讲得太复杂，什么“精子”“卵子”“子宫”等等，孩子可能听不懂，如果骗孩子说“你是从垃圾箱里拣来的”等等，那就更不对了。如果孩子还在一步步问，那就再一步步讲，不要一下子讲得太多，而且要使孩子永远相信爸爸妈妈没骗他。

孩子有时会下意识地玩弄自己的生殖器，父母往往会叱骂他：“怎么弄这个地方？脏死了，下流，再弄就要挨揍！”如果是这样，孩子就会对性产生一种神秘感，还可能产生一种逆反心理，越是不让玩弄他们就越想玩弄。看到孩子在做这种事时，父母应该不露声色地用其他方法将孩子的兴趣和注意力引开。对男孩和女孩在一起玩也不要大惊小怪。同时，也要随机地告诉孩子，身体有几个“重要部位”是不能随便让外人看和摸的。

父母过性生活应以避开孩子为宜，不过，如果偶尔被孩子看到，孩子产生“爸爸为什么压在妈妈身上”等疑问，也不要尴尬，可以大大方方地告诉孩子，“爸爸爱妈妈，这是一种恩爱的动作”；如果尴尬而支吾，就会使孩子产生性神秘感，这就很不好。西方有些性学家认为，适度地让孩子看到爸爸和妈妈相互间的关爱，从小就培养他们一种美好的感情期待，也是一种性教育。

▲ 瓷塑：少年恋（现存于人类生命文化博物馆）

▲ 刘达临、胡宏霞著儿童性教育画册（2000 年，珠海出版社）

可见，对儿童的性教育包括使他们认识到性是人生中一件自然、正常的事情，不要使之神秘化；认识到爱是一种美好的感情；要懂得保护自己；在这方面不要养成不良习惯，等等，这些都是知识教育和情商教育结合所产生的教育内容。

▲ 刘达临于1988年8月开始创办《性教育》双月刊，这是中国首次出现的性学刊物

从青少年的青春期开始，性的情商教育和知识教育便发展到了一个新阶段，尤其是情商教育要大大加强了。对待性，应特别强调要有严肃、慎重的态度，要对他人负责，对自己负责；对女孩来说，要特别重视保护自己，一是不要意外受孕，二是对性侵要十分警惕，如果受到欺负要坚决斗争。国际将对此称为“No”的教育和“Me too”的教育。“No”（不）就是当他人对自己有不轨性行为时要说“No”，对自己由于一时冲动而可能行

为失当时对自己说“No”。“Me too”（我也是）就是目前社会上性骚扰、性侵犯的事甚多，受害者要联合起来和这些歹徒做斗争的运动。

目前，性骚扰现象在国内外都相当普遍。据统计，美国有 60% 的成年女性遭受过性骚扰。在我国，全国妇联曾调查了 15 所高校，发现有 50% 以上的女大学生遭受过性骚扰。但是，这一类罪行很难被揭发、被处理，一是因为受害者往往羞于启齿，二是难以得到确凿有效的证据，三是因为这些歹徒往往是长辈、教师或是当权者，单位和家族为了名声问题还会对施害者加以袒护，总想大事化小、小事化了。不过，这些施害者的歹行总不止一次，如果受害者们联合行动，情况就不一样了。2017 年有一位在美国工作的女博士罗茜茜在一个偶然的条件下获知一位在北京航空航天大学读博士生的女校友揭露了自己受到该校研究生院副院长陈小武教授的性骚扰，罗茜茜就想起 12 年前自己在该校读博士研究生时也有过同样遭遇，当时陈小武还企图对她“霸王硬上弓”。于是她在校友圈中进行了调查，发现有 5 人受到过陈小武的性骚扰，其中还有一人留有录音。过去她们都不敢声张，现在她们都说“Me too”，联名向校方反映情况，过了一个多月校方无回复，于是她们就在 2018 年元旦将此事公之于众，一时舆论哗然，迫使有关方面对此作了处理。[①] 此后在其他单位又发生了几起类似事件，从而引起了社会的密切注意，一些恶人也陆续受到了惩罚。

2018 年 11 月，有位女士前来找我们，说她早年受过性侵，在克服了巨大的心灵伤痛以后，立志为保护妇女贡献一生的力量。她举办与此有关的培训班、咨询站，在性方面教育与帮助受侵的女子，很有成效，起到了有关部门起不到的作用。她有困难，盼求我们帮助，我们当然尽力而为。全社会对此都应加以重视。

团结起来力量大。敢于斗争和善于斗争，既是情商教育，也是知识教育。社会在发展变化，人也在发展变化，性教育也在发展变化。

---

① 详见 2018 年 1 月 7 日《三联生活周刊》微信公众号。

迟到的『Me too』：北航事件打破『学术性骚扰』集体沉默

"Me too"

2017年10月13日，在美国家中的罗茜茜在校友群里看到了一则匿名的帖子。在一则"如何评价陈小武老师"的发问下，一位自称北航女学生的人描述了她向陈小武申请保研时的一幕——

陈小武坐在办公桌上，"色迷迷"地看着她，一步一步向她提出要求："你要是死心塌地的跟了我，这几年不谈男朋友，对我绝对忠诚，保证你以后要什么有什么"。陈小武是北京航空航天大学计算机学院博士生导师，研究生院副院长，一位"长江学者"。

看到这个帖子，罗茜茜一下子"懵了"，"这么多年过去了，终于有人敢站出来了"。这个女生的遭遇是罗茜茜12年前经历的翻版。

罗茜茜2000年起进入北航计算机学院学习，2004年获得直博机会，陈小武是她的副导师。但在那年年底，一天，陈小武以找人照顾花草为名将她带到他姐姐家，一进门就将门反锁了。在诉说了自己"性生活不和谐"后，陈小武意图对罗茜茜"霸王硬上弓"。罗茜茜哭着反抗，陈小武意图未遂。在随后几年的学习生活里，罗茜茜自述被陈小武"欺负得厉害"，她甚至患了抑郁症。

10月13日那天，在看到对陈小武的爆料帖子之前，她正巧看到了一则新闻：由美国女演员艾丽莎·米兰诺发起的"Me too"运动正愈演愈烈。"Me too"——"我也是"(受害者)，特指"性骚扰"受害者。当时，《纽约时报》刚刚发布了美国金牌制作人哈维·韦恩斯坦对多名女性性骚扰的调查报告。

曝光

罗茜茜的发帖被迅速转发，越来越多的疑似受害者随之浮现。罗茜茜把她们拉到一个名为"Hard Candy"的微信群里，共有五名受骚扰者，以字母ABCDE代称。在美国网络俚语中，Hard Candy指未成年少女，多指那些被黑暗处眼睛盯上的无辜少女。

在"Hard Candy"群里，受害者D讲述了她的遭遇，陈小武曾喊她"小蜜"、"女朋友"，并强迫每个学生和他喝交杯酒。被骚扰者B则保留了遭遇性骚扰时的12段录音证据，其中的内容包括"咱俩谈个恋爱呗"、"我们俩先同居一段时间试试看"等。受害者交流后还发现，陈小武多次向不同的女生提起"开房""宾馆"等字眼。

在收集了证据后，罗茜茜联系北航纪委进行实名举报。但历时月余，罗茜茜仍然没有得到北航的调查结果。

2018年1月1日，罗茜茜用专门注册的新浪微博账号实名曝光了自己在读博期间遭遇了副导师陈小武性骚扰的经历。罗茜茜称，"希望陈小武这个案例，能为此类性骚扰案件开一个先例，从此法律法规上不会以无先例来开脱"。

"学术性骚扰"为何频发

1月1日晚，北京航空航天大学在官方微博回应称，对罗茜茜的举报反映已立即展开调查，并已暂停陈小武的工作。但因为持日拉锯，一些受害者已因遭受各方压力而退缩。

律师万淼焱表示，我国对性骚扰还没有一个统一的定义。"性骚扰"本应该通过立法，至少是行政法规确定下来，但我国目前还没有性骚扰防治法的立法计划。

全国妇联一项针对15所高校大学生的调查发现，经历过不同形式性骚扰的女大学生达57%。但据有媒体做的统计，从2014年到2017年，被公开曝光的"学术性骚扰"共发生了13起，三分之一最终没有被追问。

南京师范大学教育科学学院高等教育研究所讲师姚荣担心，若陈小武的行为被坐实，其所能产生的推动最终仍会像此前的其他事件一样，最终只是由教育部再设置一些教师道德的"红线"，"中国对教师的管理，法律介入程度较小，而多以道德规范要求"。

（摘自1月7日微信号"三联生活周刊"作者 陈少远）2018

▲ 媒体报道"北航"性骚扰事件

第七部分

CHAPTER SEVEN

爱情和婚姻的艺术

一　走出爱情的迷宫

爱情、婚姻和性是生命文化中一个极其重要的内容，人的生命是由性而来，人类又要靠性来延续，婚姻组成家庭这个社会的细胞，它是对性的约束，又是对社会伦理的规范，同时，男女之爱又是婚姻、家庭的基础。人的一生都离不开爱，爱也可能关系到人一生的幸福，可是，男女之爱是内容复杂、变化多端甚至神秘莫测的，它往往给人以进入天堂般的快乐，有时却又带给人坠入地狱般的痛苦，它又仿佛是个迷宫，人走进去了有时

▲《情爱论》中文版

竟走不出来。中国人过去很少谈爱，20 世纪 80 年代初三联书店出版过一本保加利亚作家瓦西列夫的《情爱论》，这本书甫一出版就引起人们的注意，影响也很深远。

30 多年过去了，这个时期中国的社会变化实在太大了，改革开放后，人们的许多观念也发生了大变化。过去，爱情这种美妙的情感因其自然、朦胧、难以捉摸而被世人所歌颂与追寻，可是现在人们对它的感觉发生了改变甚至被颠覆了，它似乎变成了可以标签、物化、现实甚至功利的事物。这是一个各种情感博主当道的时代，不少社会科学方面的书难免显得过时。不过,《情爱论》虽然不可能写到当前的许多社会变化，但其中一些基本观点还是正确的，应该坚持。事情的变化规律往往是这样的：从一个点出发，螺旋形上升，转了一圈，似乎又回到了原来的那些个点上，不过这个点却是更高层次的了，人们性爱观念的发展变化也是这样。

人们应该承认，社会还是在发展进步的，在许多方面开放了、自由了，青年人的独立自主意识加强了，性禁锢、性封闭的状况基本上被打破了，这都很好。但是就性爱问题而言，并不是什么变化都是正常和合理的，例如以自我为中心是不对的；谈恋爱变成“玩”恋爱，是不好的；“性开放”“性自由”过了头，没有底线，就不好；“闪恋”“闪婚”不好；把爱情、婚姻和性这三者分割开来不好；太理想主义和太现实主义都不妥当；尤其是功利主义最不好，把美好的爱情和金钱拉扯在一起，就会使人有一种鲜花被污、佛头着粪的感觉。

在当前的信息社会，网恋开始流行，有人说，网恋是“无聊”的产物，它的发展逻辑大都是这样的：因为无聊，所以就在网上东搭西搭，搭上一个人，感兴趣了，于是就约见面，见面就拥抱了，拥抱后就“拥有”了，可是后来发现，所拥有的只是一场梦，甚至是一个罪恶。网上的信息虚虚实实、真真假假，如果把宝贵的爱情立基于此，爱情就会变成一团泥巴。

▲ 网恋

至于什么样的爱情才是好的，很难一概而论，现在的社会很多元化，爱情观也是多元的。爱情的产生也总是出自人的某些需要，例如生理的需要、情感的需要、发展的需要以及追求毕生幸福的需要等等，只要这些需要是正当的，那么这种爱情就是正确的。

古今中外对爱情的讨论实在太多了，在古希腊罗马时代的思想界对此就有一场载入史册的哲学辩论，七位知名人物在一起一边饮酒一边谈对爱情的看法，柏拉图就是其中一位。这个讨论真是，精彩纷呈，甚至彼此矛盾，按柏拉图的说法，每个人都有一定的道理，谁也不会被逻辑论据完全驳倒。

关于什么是爱情，《情爱论》中有两段说得很好：一段是“人的爱情不仅是一种本能、性的欲望和两个人交往中纯生理的享受，它按照和谐的规律把自然的冲动和意识的金线、把机体的生理规律和精神准则交织在一起”。还有一段是“爱情，这不单是延续种属的本能，不单是性欲，而且是融合了各种成分的一个体系，是男女之间社会交往的一种形式，是完整的生物、心理、美感和道德体验。只有人才具有复杂而完备的爱的感情”。一般说来，爱情就是以性的生理需求为基础，和一个异性相互了解后，发现彼此志同道合，从而以共同发展为目的，产生一种合为一体、终生相伴的持久的感情。

▲ 浮雕：爱（现存于人类生命文化博物馆）

爱情对象的选择是从熟悉的众多异性中对某一个人的具体偏爱，是对这个人的价值理想化。没有一个人会同时深深地、忘我地、热烈地爱两个或三个人，否则那必然会导致心理动荡，使人面临困难的抉择，分散感情的洪流。爱情首先要求人们将注意力集中在一个对象上，以保证感受的和谐完整。由意识调节的人对爱情对象的选择绝不同于动物本能的性选择，它不仅追求生物性方面的并存，还要求两个人在心理、审美、道德和人生目标等方面的和谐一致。因此，恋爱双方都认为对方是没有人能代替的唯一的对象。

不过，在现代生活中有时也有一个人同时喜欢上几个异性的情况，因为这几个异性各有特色，但这只会是好感，而不是爱，只是从好感发展到爱的一种过渡，最后，他总是只能选择爱一个人。按卢梭的看法，爱情总是“比较的结果”。在历史上凡是感人肺腑的两性之爱，如梁山伯与祝英台、罗密欧与朱丽叶都是一对一，如果一对二、一对三，脚踩几条船，那就不是爱，而是“渣”了。不过，“三角恋爱”在日常生活中是经常发生的，这种矛盾也往往是一个戏剧故事的主题，歌德在《少年维特的烦恼》中描写了这种痛苦的处境，在这种处境中，多余的那一个想推开这杯苦酒而又难于斩断情丝。维特认识到自己无望的处境，迈开了无法避免的一步：“我们三人中总归有一个应该走开，那就让我走开吧！”可见，三角恋爱是不可能长期存在的。

相互了解、志同道合则更为重要了，真正的爱情必须以“志同道合”为基础。如果志不同道不合，男女双方成为两股道上跑的车，又怎么爱得起来呢？因此，男女之爱应该是在朋友的基础上发展起来的，相爱的人一定要以做朋友为基础，如果不先做朋友，怎么能了解彼此是否志同道合，怎么能较多地了解对方的人品呢？“一见钟情”实际上只能是“首因效应”好，吸引力强，而“闪恋”则缺乏相互了解的基础，实在靠不住，而这都不是健全的、真正的爱。杨绛这样谈过她和钱钟书的关系：“我们既是朋友，又是夫妻，更是情人”，说得真好。他们一定是先做朋友，再做夫妻，更是一辈子做情人的。当然做朋友也不一定就会相恋，朋友可以无限多，而恋人只能有一个。男女双方可能有共同的价值方向，彼此吻合的价值观，共同的生活理想，相同的个人打算和志向，这是牢固的同志情谊及深厚的、忘我的友谊的重要基础，这就是“合”，在这个基础上再完成一辈子的“合”。如果在生理和气质方面缺少必要的相互补充，如果双方之间没有吸引力、共同的理想和共同的追求目标，就不可能“合”。真正的爱不可能“修正”大自然。

“爱情激素”退潮后不能及时分泌出足够的“婚姻激素”

一见钟情式闪婚也容易闪离

《2010–2011年中国男女婚恋观调查报告粉皮书》近日发布。《调查》中发现了“拜金女”、“嫁碗族”等生活改善型婚恋现象。

心理学指出，生物择偶，在进化中形成的天性，是看好“能力”，如，看好雄性的强壮等。“拜金女”是将这天性异化了。不久前，一位富二代豪赌输掉了1.5亿的全部家产，妻子立即与他离婚。此个案，当是对拜金者的警示。

让人热恋的是“爱情激素”；当大脑分泌出足够多的“婚姻激素”时，便水到渠成地想走进婚姻殿堂了。未婚的朋友，请从生物学的角度来了解一下爱的本质，提高一下接受和表达爱的能力！

采访专家：南京市心理危机干预中心主任张纯

恋爱的生物学基础——爱情激素点燃爱情

个案1：一个画展上，他被一位女孩的美丽倩影所吸引，主动上前，向她介绍这幅画，并递出名片，女孩微笑着和他交换了名片。

晚上[illegible]打电话给她，问是否可以出来坐坐，她欣然前往，两人从画谈到音乐，相谈甚欢。之后的几天，两人频频约会。一晚，两人相约玄武湖畔，他看到倒映湖中的硕大圆月，一下跳起，摘段柳枝，弯成戒指，对女孩说：“嫁给我吧！”女孩激动地投入他的怀抱。从画展相识，到登记结婚，只有14天！

个案2：电视剧《你是我兄弟》中，马学军十三岁时，第一次看到刚搬进胡同里的花蕾蕾，就爱上了她。

马学军中学没毕业就开始创业，他相信凭自己的奋斗，一定会让她爱上他。他发誓，一定要挣大钱，将她的部长爷爷住过的6号小院给买下来，送给她……

[illegible]你心跳，只有你自己知道。”

个案3：她和他是大学同学，彼此暗恋，但都怕被拒绝而不敢直白。毕业了，他留信，直诉爱意。她看到后奔向机场，他们拥抱了，但就在那一刻，她感到两人的感情走到尽头了。

点评：爱情是如何产生的？从生物学的角度讲，是这个特定的人的外表、声音、气味、行为等，刺激人的大脑，分泌了“爱情激素”，让人产生了浪漫、幸福、快乐、轻松的感觉，形成了早期强烈的冲动，即爱情。

人在排卵期，对异性最敏感。个案1中的她，当时正处排卵期，心里躁动，去看画展，此时他的浑厚的男中音和体味立刻打动了她。

个案3中的她，为何在相拥的那一刻想掉头走人？原因是，他们的气味不相投，即他的体味令她反感。

爱情激素让人产生上瘾的感觉，[illegible]的是“苯基乙胺（PEA）”。科学家发现，无论是一见钟情，还是日久生情，只要头脑中产生了足够的PEA，那么爱情也就产生了。俗话说的那种来电的感觉，就是PEA的杰作。

为何有人难以被爱情打动，有人，如马学军在13岁时就开始热恋？原因是“PEA的分泌，因基因而异”。

为何个案1中的主人公每晚都要谈到深夜，第二天却仍能精力旺盛地上班？为何马学军中学没毕业就渴望创业？原因是PEA是一种神经兴奋剂，它能让人产生极度兴奋的感觉，使人更加有精力、信心和勇气。

恋爱中的人喜欢海誓山盟，这实在不能算是一种有意的欺骗，因为在承诺的时候，一个深陷情网的人会真的相信自己有这样的能力。自信心的空前膨胀，也是爱情激素的杰作。

为什么马学军失恋后死的心的[illegible]

资料图片

恋爱的结果产生亲情——亲情催生婚姻激素

个案1：前面个案中讲到的主人公在画展上一见钟情闪婚后，前两天是幸福的，每天早上她都是在他的拥吻中醒来。第三天，开始有矛盾了，因为她向他提出了管理家庭事务的要求，向他索取工资卡和奖金卡。他一开始愕然，随之有些生气：“有病吧你？都归你？”说完拎着包想外出上班，她拉住他，不许他走，他生气地反身一搡，将她摔在床上，扬长而去。

她愕然：他怎么是这样的人？而[illegible]

儿子和自己也会有人照应。

他妻子哪里能接受这样的安排？她的哥哥在国外，她决定带女儿移民。而丈夫最终选择了妻子，给儿子一笔钱后，随妻女一起出了国。

点评：个案1中的主人公一见钟情，为何闪婚后又要闪离？

原因是，爱情激素PEA不可能永远处在较高的水平上，人体的自我调节能力，总归要将其调整回正常状态。一旦爱情热度消失，人就会从迷醉状[illegible]

▲ 轻率的“闪婚”也容易“闪离”

男女双方能不能有真正的“合”，必须相互了解、相互理解，“爱就是理解的别名”。理解，说白了就是懂，要懂得对方的一切。懂是世界上最温情的语言，懂是爱的基础、爱的纽带、爱的灵魂，因此有人说“心比长相好，懂比爱重要”。徐志摩在追求陆小曼时说：“我懂你，像懂自己一样深刻。”这位风流才子说的是不是真心话，我们不得而知，但是道理却是对的。

古人把心爱的女人称为“解语花”，现代的男女相爱，除了要有一种亲和力，即合得来以外，确实还要有一种吸引力，就是对方有一个或几个优点让自己特别喜欢，这也可说是优势条件。它可分为个人的或社会的两个方面，个人的条件如相貌、气质、年龄等，这是外在的；还有学问、才能、人品等，这是内在的；还有属于社会性质的条件如职业、经济、家庭环境、社会地位、社会舆论评价等。一个人不可能在这些方面十全十美，但是只要重点突出，其他不要太差就行，如果一个人对对方要求太高，太理想主义，肯定会失望。在每个人的心目中，以上这些条件的分量是有轻有重的，孰轻孰重人们的看法各不相同，这就取决于各人不同的价值观了。一般说来，个人条件应该重于社会条件，而个人的内在条件又应该重于外在条件。

▲ 阴阳合一，鎏金明牛（现存于人类生命文化博物馆）

有人说，一对男女相爱了，这是一种缘分，缘分就是一种必然性，其实，必然总是通过偶然表现出来的。一个男人会遇到这个女人，这当然是偶然的，但是两人能否相爱，则完全取决于双方的人生观与价值观，这又是必然的。在择偶、相爱的问题上，也体现了命运和人为的相互关系，一般说来，男女只可能在自己的生活与工作范围中相识，例如一个农村青年很难遇上城市女子并与之交往，环境条件往往是无可选择的，这就是命；但是如果双方遇上了，看得上还是看不上，合得来还是合不来，选对了还是选错了，均系人为，是命运和人为之合、客观条件和主观行为之合，这也是“天道”。

个人在这方面的价值观也会随时代的不同、社会舆论的变化而变化，例如在新中国成立初期，许多女青年都喜欢老干部，倾慕共产党员，后来解放军又很吃香，改革开放以后知识分子很受欢迎，到了近20年，有钱的男人和漂亮的女人最有吸引力，有钱的男人抓女人一抓一大把，漂亮的女人身后的男人总是一大堆。不过，现在这种社会发展趋势并不好，它是世风低俗、道德滑坡的一种表现。在现代，男人追求的主要是漂亮的女人，女人选择的主要是有钱的男人，而且认为这是理想的伴侣，其实这样的感情只是受到了性欲和金钱的主宰。结果，双方的约会不再是相互了解、相互融合的过程，而是变成一种极其拙劣的商品包装、自我推销或商品交换。爱情变成了利益的互惠和互换，条件的平衡和均衡，人只有物质利益和私欲而没有了灵魂。

可以说，这种“爱”，是人性在金钱社会中的异化。有人曾把那种单纯为钱而委身的行为比喻为卖淫，把卖淫分为三种：第一种就是街头接客，一次性的，这可称之为“零售”。第二种就是和一个男人毫无感情，只是因为想分得他的财产而享乐，就嫁给了他，天天上床，这可称之为“批发”，这种钱色交换只不过是披上了一层合法婚姻的外衣而已。第三种则是履行所谓潜规则，譬如一个女演员半夜去敲导演的门，说：“导演，我爱你啊！”这表面上不是直接为钱，而是为追逐名利铺平道路，这可称之为“投资”。古人说：“愿天下有情人皆成眷属”，现在是“天下有钱人和有权人皆成眷属”。

当然，这些现象说怪也不怪，在商品经济社会什么都能换成钱，权力、地位能换成钱，道德、良心能换成钱，那么爱情和金钱挂上勾也是难免的了。这种情况当然很低俗，不过人们否定爱情和经济挂钩时，也不能绝对化。爱情是浪漫的，但是由爱情导致的婚姻却是很现实的，缔结婚姻、建立家庭、生儿育女总离不开钱，如果对此不做考虑，那么生活就会缺乏安全感。因此，相恋的男女之间感情和利益二元对立的尴尬往往是一个现实问题，也是一种文化现象。不过，对这二元对立问题考虑的角度也还是要做一些具体分析的。例如有个男人把一个企业办得很好，赚了不少钱，一个女人爱上了他，主要不是为钱，而是爱他有才气、有本事，这也没有什么不对；如果只要是有钱，阿猫阿狗都可以“爱”，当然就不对了。再如所谓“门当户对”“攀高枝”，如果单从追求有钱、有地位的角度来看，似乎太“功利”了，可是如果是从喜欢进入一个档次高的文化环境来看，这种追求也有合理之处。还有，如今这个社会，老夫少妻、老妻少夫的情况逐渐多了起来，这当然和金钱与社会地位有很大关系，一般说来，穷老头是找不到小姑娘的，穷老太也不会找到小伙子，只有像齐白石这样的大名人才能在57岁时还能娶到18岁女孩为妻，93岁时还能找到小姑娘当续弦；而82岁的杨振宁和28岁的翁帆结婚，主要是出于对科学研究的志同道合，这个“同”就把其他方面的“异”全盖住了。

有人说，人和人的关系实质上是交换，爱情是感情的交换，婚姻是价值的交换；友情经不起考验，但是经得起平淡，爱情经得起考验，但是经不起平淡——这话似乎有些道理。

对于金钱的问题要做具体分析，其实对男人爱美女也要做具体分析。人都是有审美观的，爱美是人的天性，从两性关系来说，美当然有很大的吸引力。不过，人有外部表现和内心世界两部分，外表的美当然能引发他人的好感，但是容颜易老，发现了异性内心之美并且爱上了这种美，才能有真正的爱，这种爱才能稳固而持久。发现这种内心的美，而且志同道合，是要有个了解过程的，现在有些青年人“闪恋”“闪婚”最后“闪离”，主要就是对爱抱持了一种轻率的态度，忽视了了解的这个过程，至于那种“网恋”，更缺乏这个过程了，了解外表也只是在网上看看照片，至于了解内心世界，也只是看看网上的几句话，一切都是那么表面化，不出问题才怪呢！

人要重视爱情，要慎重地对待爱情，爱情不是“过家家”，不是闹着玩，不能那么轻易、随便，有时爱情甚至会毁了自己的一生。张爱玲说：

“我以为爱情可以填满人生的遗憾，然而制造更多遗憾的却偏偏是爱情。”

在信息社会里，人际关系确实更复杂，爱情关系也被弄得更复杂了。再读瓦西列夫的《情爱论》，会感觉到书中所述的基本道理虽没有过时，但是对爱情和金钱、利益的二元对立写得显然不足，对网恋这种不见面就能谈恋爱的事他可能连想都没有想到，瓦西列夫不会再有补充此书的机会了。木心说：“从前的日子过得慢，车、马、邮件都慢，人的一生只够爱一个人。”如今信息交流太过便捷，以至人和人的关系都变得廉价了。

有人认为，过去汉字简化，有些字简化得不好，例如“爱”，原为“愛”，一简化成“爱”便无“心”了。又如“恋”，原为“戀”，上半部是“言”和“丝”，其意即男女要“谈恋爱”，要顾及生活，顾及“丝麻”，但这一简化，就不知所以了。现在时尚用这些简化字，就爱而无真心，“谈恋爱”变“玩恋爱”了。

人们对爱情谈得那么多，分析来分析去，可能太理性化，人做一件事，往往是感情和理性的结合，在爱情的问题上可能感情的成分还要多一些。爱情不能不考虑生活现实，但真正的爱情毕竟是一种不朽的美，是一首永恒的诗，是最触及灵魂的事情。杨绛说过，爱上一个人，无需太多理由，感情是无法骗人的，爱或不爱旁人无法下定论，唯有自己清楚。真正的爱情，经得起风雨，却经不起动摇；至于朋友，可以貌似热烈，但是经不起风雨。感情的世界里容不下半点三心二意，也没有左右摇摆的余地，多少人分分合合，耗尽了缘分，白白错过了彼此。有一个作家写爱：“炊烟起了，我在门口等你；夕阳下了，我在山边等你；叶子黄了，我在树下等你；月儿弯了，我在十五等你；我们老了，我在来世等你。”写得多美。人应该欣赏这种美，享受这种美。当然，理性还是更重要一些的，不过，现代不少人都把理性变成了功利主义，这就不对了。

总之，不论时代怎么变化，爱情取决于人的价值观，真正的爱取决于相互了解，幸福取决于人品，顺逆取决于“天道”，这些都是不会变的。

有时，爱情像一座迷宫，但是只要走对人生之路，终究会从迷宫中走出来。莫泊桑说过："爱情是一本书，它教我们学会做人。"那就好好地学吧！

二　男女双方"合为一体"

婚姻是人生的一件大事，过去中国人把它看成是一种"人伦"和社会之纲，似乎神圣不可侵犯，古代还有一种保佑夫妻的神，叫"和合二仙"，流传后世，"举案齐眉""张敞画眉""梁山伯和祝英台"等爱情故事都传为千古美谈。过去人们十分强调爱情、婚姻与性的统一；强调夫妻要有感情，更要相互负责；认为结婚、离婚都必须慎重；反对婚前性行为和婚外性行为。可是，现在的社会风气似乎变了，不少年轻人反其道而行之，有人认为这些变化都是受了西方文化的影响，西方人对婚姻、家庭比较随便，男女"上床"也比较随便，未婚男女即使"上床"了也并不等于就要结婚，可是实际上并不尽然。在西方国家，对民众而言，发生婚前性行为似乎不是什么大事，"出轨"所受的道德谴责也远比中国轻，可是在西方对高官的"绯闻"就限制得很严了，例如克林顿和女秘书莱温斯基发生了性关系，就差一点因此被弹劾下台。在中国，那些被揭发出来的贪官95%都和腐化有关系，和上百个女人发生性关系的也非个别。美国一位名叫凯勒的牧师和他的妻子合作出版了《婚姻的意义》一书，里面讲了许多传统的婚姻之道，此书出版后在美国大受欢迎。一个名叫卡森的美国教授说："这是多年来我所看到的最佳的婚姻图书。"许多人读了这本书以后，深感许多传统文化中的婚姻之道还是很有道理的，现代文化越来越倾向于"自由""开放"，但是人们最后还是要认可那些似乎是保守、过时了的道理，因为这是"天道"。在20世纪初期西方人对婚姻与性似乎还很保守，到了六七十年代来了个“性解放”的社会大变化，可是这股风气过了头，出现了许多严重的社会问题，于是后来又出现了“性回归”，这本书可能也是“性回归”的产物和延续吧。

▶ 木雕：执子之手，与子偕老（现存于人类生命文化博物馆）

婚姻这个问题的确很复杂。什么是婚姻，人为什么要结婚，《婚姻的意义》这本书上说，人们可以用很多话描述婚姻，但婚姻绝非“一见钟情，永不变心”，基督教认为，婚姻的目的是为人类社会创造一个基本框架，将男性和女性放在一种具有约束力的伴侣关系之中，从而塑造他们的品格，彼此奉献，彼此相爱，造福社会。但是现代的青年人可能认为这样的理解似乎太玄了，他们把婚姻重新定义为“追求满足情感和性欲，寻求自我实现”，其中的最大差别就在于是否以个人为中心。人的行为往往是从满足自己的生活需求出发的，结婚当然也是这样。人要结婚是因为自己有这方面的生理需求和心理需求，但是婚姻行为和其他行为不完全一样，因为男女两个人“合为一体”了，所以不是单单满足自己一个人的需求，也要满足对方的需求，首先要考虑满足对方的需求，不能搞自我中心论。这就是《婚姻的意义》一书中所说的："不论是丈夫还是妻子，都要为对方而活，不能只顾自己。"这本书上还说，有些人会问："如果我把对方的幸福摆在我自己的需要之前，对我有什么好处？"回答就是："真正的幸福，这就是你得到的好处，但这种幸福是通过服侍别人，而不是利用别人得来的。"这种幸福对你没坏处，这是来自"给别人快乐"的快乐，来自"付出昂贵的代价去爱别人"，可是今天的文化宣扬"以我为主的婚姻"，认为把对方的利益放在自己的利益之前，这是压抑人性的。对此，书上还说了一段十分尖锐的话：建立良好婚姻关系的最大障碍就是人类根深蒂固的自我中心。自我中心是很多婚姻中最具破坏力的因素，并且是巩固婚姻永远不变的大敌，它是婚姻当中的癌症，并且是致命的癌症。印度大诗人泰戈尔就说过："你若爱她，让你的爱像阳光一样包围她，并且给她自由。"弗洛姆在《爱的艺术》一书中说，有两种不同的爱，"我需要你，所以我爱你"，或者是"我爱你，所以我需要你"，前者是以自我为中心，只是自我需要，没有见到对方的真正存在，这种爱是难以长久的。

▲ 清代婚礼

▲ 日本现代婚礼（2010 年 5 月，于横滨）

的确，爱就是给予，爱就是奉献，这种态度准确地揭示了爱情的本质，它是人类心灵世界内在丰盈的流溢，也是灵魂的一大满足。好的爱能使双方心灵的能量获得最佳释放，这就是人生最高的幸福境界。爱一个人，总是想着对方，为着对方，总是遏抑不住地想为他做些什么，想使他快乐，而绝对不求回报，爱的快乐就存在于这奉献之中。凡事不是把自己放在第一位，而是把配偶放在第一位，这是为人的一种根本态度。首先要为他人着想，这也是个责任问题，感情要和责任相结合，对配偶要爱，更要有责任感，这样才能把配偶放在首位。夫妻之间的责任是由爱产生的，“我要永远爱你”，这就是一种盟约，责任就是履行这种盟约，责任也会反过来维持爱的长久。

当然，这种爱和责任并不是对任何人都能产生的，这里就有个择偶的问题了。许多未婚者都很理想主义，要找到一个完美的配偶——有情趣，有知识，有性吸引力，和自己有许多共同的兴趣爱好，而且最重要的是，支持自己的个人生活目标，支持自己现在的生活方式——但是，实际上这种人可能是不存在的。婚前双方“谈朋友”，最多只能对对方的外貌、家庭、职业、经济条件、大致人品、外露的习惯作风等有个初步的了解，但是绝不可能真正了解对方的全部人格和内心世界，对对方潜在的性格作风甚至会一无所觉。这其中有许多原因：一是婚前的激情使自己只见对方的优点而看不见其缺点，“情人眼里出西施”；二是在恋爱过程中对方也总是极力地表现自己的优点而隐藏自己的缺点；三是人的一些本质在一般情况下是表现不出来的，只有在关键时刻才能表现出来，例如不是到了生死关头怎么能知道一个人勇敢不勇敢，怕死不怕死呢？在这方面有这么两件事使人们感受很深：俄罗斯有一对新婚夫妻，他们乘着雪橇回家，路上遇到了狼群追赶，眼看逃不脱了，这个新郎竟把新娘推下雪橇，任狼噬咬，自己却逃脱了，这个新郎可能在一小时前还抱着她说“我永远爱你”吧！还有个相反的例子，就是 1912 年发生的那场震惊世界的泰坦尼克号邮轮海难，这艘巨轮触礁，即将沉入冰海，由于救生艇不够，船长规定只有妇女儿童才能上救生艇，男人只能在甲板上等死，一个女人已经上了救生艇，却又回到甲板上，回到丈夫身边，她说：“我要和你永远在一起。”这件事使人至为感动，在生死关头才能显示出爱情是多么伟大。

◀ 因爱而结合的婚姻，才有意义

当然，一般人可能遇不到这种事关生死的情况，但日常生活中的类似事例可不少。有的人在婚前似乎很慷慨，婚后却发现他很小气；婚前似乎很温柔，婚后却发现他很粗暴；有的人思想狭隘、性情固执，可是在婚前却完全发现不了。有个女子，新婚以后才发现丈夫有打呼噜的毛病，弄得她整夜都睡不好觉，对此她颇有怨言，说以前怎么不知道。其实这个问题只能在和丈夫一起睡觉时才能了解，婚前怎么能了解呢？因此，有人说男女双方不论婚前多么相互了解，婚后午夜醒来时还是会发现睡在同一个枕上的是一个陌生人。还有人说，男女恋爱就好像是一起参加一个化装晚会，到了结婚以后双方才会把面具脱下来——这些话都有些道理。

在《婚姻的意义》这本书里引用了侯活士的一句至理名言，说："我们从来不认识我们的配偶，我们只是自以为是的认识。即便我们当初找对了人，过不了多久，对方会变。因为婚姻这件人生大事意味着：我们一起进去，就不再是原来的那个人。婚姻最大的问题是……学习如何关爱自己所嫁（娶）的那个陌生人。"因此，人们永远不要把配偶看得完美无瑕，期望过高，认为其必须处处合乎己意，对自己的看法也是一样，否则一定会陷入失望与痛苦之中。夫妻应该在长期的共同生活中相互帮助、相互补充、相互磨合，从本来的不完美中走向越来越完美的关系中。有人曾把婚姻比作一个圆球，夫妻各是这圆球的一半，这两个半球的直径是不可能完全相同的，如果相差太大，就合不到一起，即使合到了一起，迟早也会分开；如果相差不大，既然合到了一起，就要在生活的滚动中逐渐把两个半球的直径磨成一致，两个半球越是相近，婚姻关系就越是牢固，这就是所谓的"半球理论"。

在这个问题上，不仅要了解配偶的"半径"，还要了解自己的"半径"，即自我觉察和有效沟通。要了解自己的身体，了解自己的价值观和倾向性，了解和明确说出自己的要和不要，这样才能逐渐地相互适应，使二人合为一体。在婚姻关系中有两种力量，一是真理的力量，夫妻要在原则问题上明辨是非，一起走正道；二是感情的力量，在家庭日常生活中不要处处争理，要有一种理解、迁就和包容，不要固执己见，要多说“行，听你的”。杨绛在《我们仨》里说过这样一件事：“我和钟书在出国的轮船上曾吵过一架，原因只为一个法文的读音。我说他的口音带乡音，他不服，说了许多伤感情的话。我也尽力伤他，然后我请同船一位懂英语的法国人公断，她说我对，他错。我虽然赢了，却觉得无趣，很不开心。”这件事说明夫妻相处时总会有分歧，如果一定要争个对错，只会赢得了结果却输了感情，自己也落了个不愉快。家事一般无对错，只有和不和。家是藏爱的地方，不是说理的地方，懂得退出家庭“战场”，不是逃兵，而是智者。

此外，夫妻之间要少批评指责，不能像一个长舌妇那样老是“叽叽歪歪”，而要对配偶多表扬、多鼓励，多说“你真行”。国外有这么一个真实的事情：有一对中年夫妻，妻子总是感到丈夫在生活上这不好那不好，埋怨、挑剔之话甚多，久之，夫妻关系也淡薄了。妻子也忧于夫妻关系淡薄，去咨询心理医生，医生了解情况后对她说：“我给你开一帖药：在此后的两个星期，你每天必须找出丈夫的一个优点加以表扬，一个月后再来找我。”妻子就照医生的吩咐去做了，第二天她就观察丈夫，感觉实在没有什么可以表扬的，直到晚上睡觉前，丈夫铺了铺被子，妻子只好以此表扬，说他做家务事主动。丈夫感到大为奇怪：自己每天都是这么做的，今天怎么破天荒地受到表扬了？第二天妻子仍要找丈夫的优点加以表扬，仍然很困难，不过她还是做了。在这两个星期中她每天都做，也逐渐感觉到丈夫的优点甚多，便疑惑自己过去怎么就视而不见。丈夫因为总是受到妻子表扬，心情也大为舒畅，和妻子的关系逐渐变得融洽，两人开始有说有笑了。两个星期后妻子再去找医生，医生说：“你们的问题已经解决了，你不用再找我了。”——这件事说明，人都有自尊心，总想做好人，他人越说他好，他就越想好，夫妻关系如此，其他人际关系也莫不如此。有人说，丈夫看妻子，是一本好书，“读你千遍，也不厌倦”；妻子看丈夫，是一座山，“山不在高，有仙则名”，真对。

在日常生活中，夫妻相处难免会有些小摩擦，对待这种小摩擦，切忌无限上纲，无限扩大。例如丈夫有一次没有及时地洗脏衣服，妻子就说：“你怎么老是这样？不讲卫生！”——“老是这样”这句话就在时间上扩大了范围。丈夫不服气地说：“我怎么老是这样？这两天忙，忘记洗了。”妻子就说：“哼，你这是作风问题！”——这又把事情的性质扩大了。丈夫说：“我作风不好，你当初怎么看上我的？”这么说更把事情闹大了。妻子说：“我当初看错啦，你竟然是这么一个人！”“看错啦？那就离婚吧！”“离就离，没有你，我还不活啦？”就这样，因为一点儿小事，一下子升了级，爆发成了“核战争”。

如果夫妻之间发生了一些小摩擦，除了不要无限上纲以外，还有一些底线：第一条底线是即使再生气、再激动，有些话绝不能说，如“离婚”，即使真要离婚也要想好了以后再冷静地谈；也不能有什么过分的行动，如摔东西，更不能动手打人。第二条底线是及时刹车，吵几句就不要再开口了，不能无休无止。第三条底线是，一方要能主动打破僵局，或是说一句平和的话，或是摸一下对方的头，拍一下对方的肩，首先亮出一面“和平”的旗帜，这不是软弱，更不是投降，这是一种自控力，是勇敢。总之，夫妻不可能一辈子不吵架，要做到的是虽然吵架了还能过一辈子。

有这么一件事：一对夫妻为了一件小事闹得不可开交，妻子提出要离婚，丈夫说：“好，离就离，离了什么都归你，房子、车子、孩子都归你，还有我，也归你，给你当保姆。”最后这句话使妻子的火气渐消，过了一会儿，她出去了。丈夫问：“你去哪里？”“去买你要吃的红烧肉。”丈夫说：“我陪你去。”这一来妻子的气全消了。她问：“你为什么一直让着我？”“丈夫说：我身高 1 米 7，你 1 米 6，我不是总要对你低头吗？”妻子笑了，于是也化干戈为“红烧肉”了。

不过，夫妻之间也可能发生一些大事，例如一方出轨，那就要看事情的性质和发展程度来处理了，要看是本质问题还是一时错误，对他是想拉还是推。对这种伤害婚姻的大事用“一哭二闹三上吊”的办法是不能解决问题的，也不是用“马上离婚”就能解决问题的。如果还是想维护这个家庭，最好是“御敌于国门之外”“不战而屈人之兵”。有个女子，她的丈夫是上海的一名大医生，学生很多，后来他的一个学生（一个女医生）做了“第三者”。妻子发现这件事以后，和丈夫不吵不闹，甚至请了这位“第三者”来家里做客。她不提什么出轨的事，而是和这个年轻人谈家常，看全家的照片，谈他们夫妻的幸福往事，同时谈自己对爱情和幸福婚姻的体会，处处流露出对这个年轻人的关心。这个女青年十分羞愧，临走时主动地说：“我错了，我今后再也不会给你们添麻烦了。”这个妻子还主动检查了自己在哪些方面使丈夫感到不满足，对丈夫说关心他不够，才使婚姻不稳定，这也使丈夫十分羞愧，对她说以后再也不做对不起她的事了。由此可见，这么做是很有水平的，这是技术，也是战术，更是艺术。

杨绛对婚姻、家庭还说过许多发人深省的话，她说：“我们终其一生，寻寻觅觅，无非是想与一个知悲欢知冷暖的人共同扛过生命中的困苦刁难。愿我们，都能遇见那个给你生活加糖的人，在一地鸡毛的琐碎中，能体味平实的幸福；在冷雨敲窗的黑夜中，感受温暖的慰藉。也愿我们成为那位甜的人，给身边的人带去愉快与欢乐。”她又说：“我一生最大的功劳，就是保住了钱钟书的淘气和那一团痴气，让钱钟书的天性没有受到压迫，没有受到损伤。”对有些现代青年来说，这番话似乎太理想主义了，但是，人没有一点理想是不行的，如果过于现实，陷于功利，那么灵魂深处还能有一丝美好吗？

国内外有些学者、专家认为，现有的国家制度、军队、法庭以及婚姻制度等在将来都会有变化，而将来一夫一妻制也会被情人制所替代，现在婚姻制度的松动已见端倪[①]。不过，即使如此，人们当前对待一夫一妻制还是要巩固和优化它，对未来的真正关心，是把一切献给现在。至于怎样巩固与优化，归根结底还是要强调“合”，男女结成婚姻之“大伦”，要将外在条件和内心美相结合、志同道合和性需求相结合、爱和责任相结合、自我实现和奉献对方相结合、一时欢愉和终生相伴相结合。做到这五个结合是不容易的，“愿天下有情人皆成眷属”，一起朝这五个方面努力。

三　大爱无私

如前所述，爱情是排他的，婚姻也是排他的，这都是常识，都是真理。但是，在这个世界上有没有不排他的爱情和婚姻呢？世上“因爱成婚”的事很多，而“因爱分手”的事有没有呢？

媒体刊登了这样一则新闻：我国著名的排球运动员汤淼因伤致瘫，已离不开轮椅。他的妻子周苏红也是一位著名的女排运动员，双方婚后感情至笃。汤淼受伤后经多方治疗，已被认定不可能再恢复了，于是汤淼说：“她还年轻，既然我已经不能照顾她了，就应该离开，让她找到更好的归宿。”在他的坚持下，周苏红离婚再嫁，和后夫还生了个孩子“小炮”。后来，汤淼认周苏红为姐姐，汤父也认她做女儿，她还经常带“小炮”到汤家来，而且对汤淼尽力照顾。每天下午是汤淼的上网时间，他和“姐姐”有了互动，点个赞，送一个“笑脸”。

汤淼和周苏红再也不是夫妻了，也不是情人关系，只能说他们之间是一种至为密切的朋友关系了。他们曾经因爱而婚，又因爱而分手，即使以

① 详见《刘达临谈性文明》，东方出版社 2017 年版，第 183—184 页。

后永远只能是朋友关系，可是爱情永存，这种爱不排他、不自私、不占有、不妒忌，是很感人的。

以前也发生过一件类似的事情，在某农村有个男子，身患重病，不能劳动，也不可能痊愈了。他劝妻子改嫁，妻子说："我改嫁以后，谁来照顾你呢？"于是决定"带夫改嫁"，就是说哪个男人愿意娶她，在双方保持正常夫妻关系的同时，后夫要同意她携带前夫照顾其终身，后来竟然还真有男子同意她的这个"征婚条件"。这件事也很感人。

历史上类似的事还有很多，例如在20世纪初期全球著名的好莱坞女星伊丽莎白·泰勒离过八次婚，当她和第四任丈夫分手而嫁给第五任丈夫时，第四任丈夫诚挚地对她的第五任丈夫说："泰勒是个好女人，遗憾的是我没有能使她满意，希望你将她照顾得比我好，使她更幸福。"这位男子没有把妻子的后任丈夫视为"情敌"，而是将其视为后续的"合作伙伴"，也真不错。还有，1930年美国的爱德华王子爱上了美国女子辛普森，因这桩婚姻不符合王室的传统规定，他竟然为了爱情放弃了王位。

1915年，孙中山与宋庆龄在日本相爱，想共度一生。孙中山认为需询问他的原配卢夫人是否同意离婚，于是，孙写信给卢，申明离婚的理由。卢夫人在信上写了一个"可"字，同意离婚。卢对人说，对孙先生"我确实帮不了手，我常识不够，更不识英文。我又缠脚，行走也不方便，我怎样可以帮先生呢？"这位卢夫人也很了不起，在婚姻大事上，先为对方考虑。

民国时期的大建筑家林徽因、梁思成夫妇向来坦诚相待。一次她十分苦恼地告诉丈夫，自己同时爱上了两个人，还有一个是金岳霖，她不知该如何取舍。梁思成闻言，内心颇不宁静，终夜苦思，第二天一早眼圈晕黑，决定把抉择权完全交给妻子。他对林徽因说："你是自由的，如果你挑选金岳霖，我将祝你们永远幸福。"林将此语说与金岳霖听，金岳霖选择了放弃："看来思成是真正爱你的，我不能去伤害一个真正爱你的人，我应该退出。”此后，金岳霖竟终身未婚。林徽因去世多年后，有一次金岳霖在北京饭店郑重举办了一个纪念宴会，朋友们问他纪念谁，他说“今天是林徽因的生日”。举座感叹、唏嘘。

瞿秋白和后来成为他妻子的杨之华相识并逐渐产生感情时，杨已是有夫之妇，不过和丈夫沈剑龙感情已完全破裂。瞿决定和沈做一次沟通，他对沈说：“你不爱她，就让我爱吧！”他们三人谈了好几次，沈很敬仰瞿的为人，也理解他的感情，双方一见如故，谈判的结果是三人在上海《民国日报》上刊登了三条启事：一是杨、沈离婚；二是杨、瞿结婚；三是瞿、沈结为好友。当瞿、杨举行婚礼时，沈还亲临祝贺，此事一时传为美谈。

▶ 瞿秋白和杨之华

这些人、这些事、这种感情都很高尚。之所以高尚，是因为他们对于爱情打破了以自我为中心的桎梏，不自私，首先为所爱的人着想，以对方的幸福为幸福。在生活中我们经常听到这么一句话，在情侣或是夫妻之间，一方对另一方说：“你是属于我的”，这句话听起来似乎很浪漫，实际上不科学。因为每个人都是一个独立的个体，即使合为一体了，也不是谁占有了谁，而只能相互尊重，甚至把对方放在第一位，如此才能真正地合为一体。当然，这不是说爱情可以不排他，实际上“排他”只是爱情形成与发展的一个规律，是一个必然的结果，而无需刻意追求。一个男人如果“爱”一个女人，就要把她牢牢地捆住，唯恐失去她，这也不是真爱，在这种情况下这个女人反而想“逃走”。只有尊重她、信任她，以她的幸福为自己最大的幸福，才能更牢固地与她合为一体。布莱克在他的《经验之歌》中说，有两种截然不同的恋爱方式，他说：“爱不讨自己的喜悦，也不顾自己的益处，乐见别人得到满足，虽在地上如在天堂。爱只讨自己的喜悦，全不顾别人的益处，乐见别人不得满足，虽有天堂也成地狱。”

刘达临在少年时期曾经迷上一部好莱坞的经典影片《卡萨布兰卡》（又名《北非谍影》）。影片的故事是：第二次世界大战时期瑞克在摩洛哥的首府卡萨布兰卡遇到了旧情人伊尔莎，伊尔莎和她现在的伴侣维克多都是反侵略战争的谍报工作者，在卡萨布兰卡遇到了极大的危险，希望瑞克帮助他们撤离。瑞克还是深爱着这个女人，妒忌、爱情的排他性使他在这件事上徘徊不前，最后，瑞克还是冒着极大的危险把他们俩送上了飞机——当时这部影片红极一时，影片的两个主要演员英格丽·褒曼和亨弗莱·鲍嘉是许多人崇拜的偶像，使刘深受感动的是影片中所展示的民族大义。刘到了 80 多岁时又偶然得到了这部影片的光碟，看了两遍，除了民族大义之外又感受到大爱无私的震撼——一生的经历使人对生命的认识加强了。

在这方面，我们也有切身体会。夫妻关系是人一生中至关重要的关系。胡宏霞本来是刘的前妻在医院里的同事，20 多年前，刘的前妻得了一种怪病，卧床不起有 16 年之久，胡来刘家看望她，帮助治疗，从而了解了刘的性文化事业，钦佩他的开创精神，倾其全力，倾其所有，决心做他的助手，和他合作建立史无前例的性文化博物馆。我们日久生情，但是刘比胡大 21 岁，又是有妇之夫，不能越礼。于是双方谈了一次，订了个“盟约”，双方目前只能是事业合作伙伴，胡如果遇到一个能使她幸福的男人，在任何情况下刘都将绝对尊重她的意愿和选择。

▶ 胡宏霞博士（2020 年）

胡已离婚，是单身，追求她的不乏其人，但她都婉拒了，其中有一位亿万富翁，各种条件都很好，正派，有教养，比她只大了几岁，和胡的感情也很真挚，她只要点个头就可以当亿万富婆了，何必守住一个比她大了21 岁的男人呢？刘想：她是高尚的，那我也要做一个高尚的人。真正的爱不是占有，而是奉献、牺牲，于是刘三次向胡提出这个问题，说："这个人很不错，对你真心，你跟了他也晚年有靠，不论你怎么打算，我都无条件同意。"

可是胡三次都没有同意，她说："我明白你的意思。不过做人不能见异思迁，不能这山看着那山高。过去，我跟了个大教授，现在，如果我又去跟一个亿万富翁，叫我何以为人啊？你我在一起近 20 年了，这是我一生的黄金岁月，是我永远不会忘记的，如果叫我背弃了这一段历史，我就是当上了英国女王也不会心安，不会幸福快乐的。"刘说："如果我以后不在了，没人陪伴你了呢？"她说："不要再这么说了，我早就想定了，凡事总有个缘分。你放心好了，我的个人生活能力很强，我可以进养老院，同学、姐妹、亲友都会照顾我的，何况，我还有个儿子。"

百余件性文化展品将在性爱博览会展出

性是人生中的一件大事，没有必要遮遮掩掩的。这么做是不利于健康，也对后代无益的事情。我希望能改变这样的社会风气，使人们更幸福、更健康。

——刘达临教授

黄佩玲◎报道

性不是低俗、黄色或猥亵的玩样儿；性是文化、具备内涵，并且是生活中的一个重要部分。

中华性文化博物馆创办人刘达临教授带来100多件性文化展品来到新加坡，准备在明天开幕的性爱博览会（Sexpo）上，向新加坡公众传达这样的信息。

刘达临教授与博物馆执行馆长胡宏霞博士也会在两天的博览会上主讲性

为，大多数公众对性文化展览是能接受的，只是在开始接触的时候，难免感到难为情。

"一些公众来到我们的博物馆，他们会隔着一个距离观看展品，好似不大好意思太靠近，不过在熟悉后，他们渐渐对展览感兴趣，慢慢地想了解更多。"

中华性文化博物馆坐落在苏州市同里镇，展出性文物1200多件。该馆曾在中国各地以及柏林、

▲ 刘临达与胡宏霞在新加坡举办性文化展时的当地报纸报道（2005 年 11 月）

于是，刘不再谈这件事了，他想遇到这么坚贞的女人，也是缘分吧！

有一次，胡在电脑上看电影，还抄下了一段话："女人一生，都需要爱和被爱，都要和人有一种不可分离的需要。因为遇到你，我才知道自己是谁，因为有你的感情，我才感到血肉丰满。因为你的存在，才让我相信，在这复杂多变的世界里有一样东西会永远留在我的心里，即使我会一个人孤单地走下去，它也会使我温暖、快乐。"

刘读了，深深地感到这也是自己心底的话，如果没有她，就没有自己的晚景，没有自己的博物馆事业，没有自己差可自慰的一生，这正是量子理论所说，两个振动频率相同的量子心灵掉在一个槽里，再也分不开了。刘把这张纸珍藏起来。

▲ 刘临达与胡宏霞向记者展示古老的中华文物（1999 年 9 月，荷兰鹿特丹）

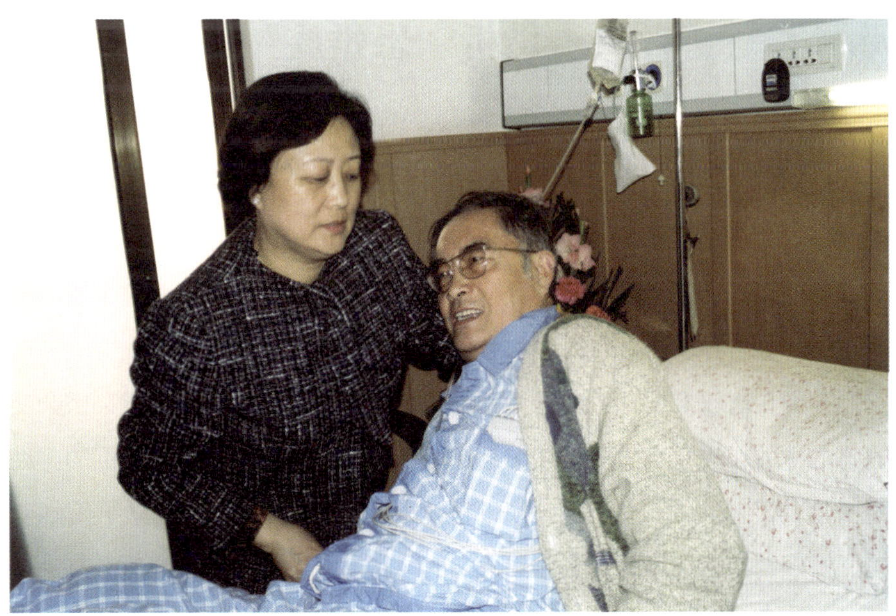

▲ 病中的照顾（2005 年 4 月，上海第六人民医院）

以上这些事情都可以说明：大爱无私，大爱也不需要“排他”，因为这种爱情关系无“他”可以沾边，无人可以动得了，即使在特殊情况下“因爱分手”，但是爱仍久存。爱情有时会有始无终，但是总要使它有始有终，能够画上一个句号，这个句号不一定是双方一定能结为佳偶，也不一定是白头到老，而是能使对方更加幸福。有人爱人为己，有人爱人如己，有人爱人舍己，只有能真正舍己的爱才是至爱。

清代著名诗人郑板桥写过一首题画诗《竹石》：“咬定青山不放松，立根原在破岩中。千磨万击还坚劲，任尔东西南北风！”这首诗不是描述爱情的，但是可以借用，真正的爱、无私的爱，“千磨万击还坚劲，任尔东西南北风”。生活中有许多真理，而真正的爱也是“天道”，按这些真理去做，人才能幸福，世界才能美好。

四　思析“恐婚族”

人们研究婚姻家庭，主要研究婚姻家庭的巩固和优化，但这些年来却出现了婚姻家庭的衰退和消亡的问题。巩固和优化一夫一妻制的婚姻制度，当然还是当务之重，但不可否认的是在当前社会里人们对这个制度却产生了一些离心现象。

人类在地球上生存了四五百万年，99% 以上的时间都是处于群婚杂交状态之中的，最原始的群婚杂交是像母兔和子兔那样可以任意交配的。经过长期的经验积累，原始人认识到群婚杂交的弊病，于是建立了婚姻制度，婚姻制度的实质就是对性交行为的限制。人类婚姻制度的建立有一个很长的过程，“男大当婚，女大当嫁”已成了一种规范，可是现代有些青年人却对它顾虑重重了。

这方面的主要表现之一就是在青年中产生了“恐婚族”，而且这个族群越来越大。现在社会上出现了一种新名词，就是“剩男”和“剩女”。据《2018 年民政事业发展统计公报》显示，2018 年全年我国依法办理结婚登记的有 1013.9 万对，比上年下降 4.6%，结婚率为 7.3‰，创下 2008 年以来的新低。从不同省份来看，经济越发达的地区结婚率越低，2018 年全国结婚率最低的上海只有 4.4‰，广东、北京等地的结婚率也偏低。按照民政部的统计，我国有超过 2 亿的单身成年人，其中包括 7700 万独居者。1990 年 30 岁至 35 岁的女子中，未婚人数只占 0.6%，到了 2018 年，未婚人数已占 7%。[①] 目前，北京、上海有 30% 的适龄女青年选择单身，北京目前有适龄未婚女子 80 万人，深圳目前则有 20 万 28 岁以上的未婚女子。

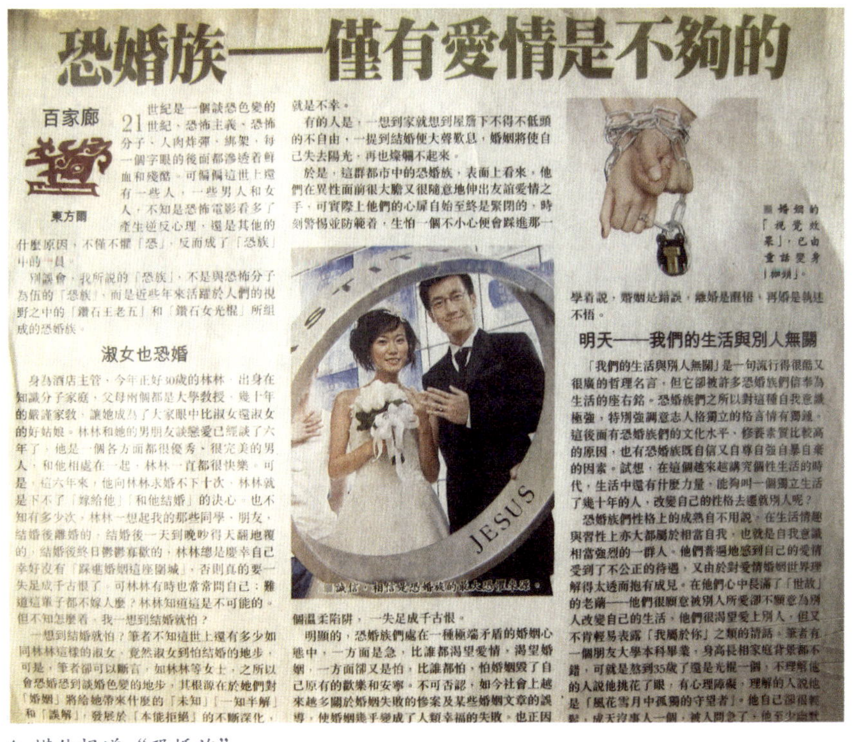

恐婚族——僅有愛情是不夠的

百家廊

東方爾

21 世紀是一個談恐色變的世紀，恐怖主義、恐怖分子、人肉炸彈、綁架，每一個字眼的後面都滲透着鮮血和殘酷。可偏偏這世上還有一些人，一些男人和女人，不知是恐怖電影看多了產生逆反心理，還是其他的什麼原因，不僅不懼「恐」，反而成了「恐族」中的一員。

別誤會，我所說的「恐族」，不是與恐怖分子為伍的「恐族」，而是近些年來活躍於人們的視野之中的「鑽石王老五」和「鑽石女光棍」所組成的恐婚族。

淑女也恐婚

身為酒店主管，今年正好30歲的林林，出身在知識分子家庭，父母兩個都是大學教授，幾十年的嚴謹家教，讓她成為了大家眼中比淑女還淑女的好姑娘。林林和她的男朋友談戀愛已經談了六年了，他是一個各方面都很優秀、很完美的男人，和他相處在一起，林林一直都很快樂。可是，這六年來，他向林林求婚不下十次，林林就是下不了「嫁給他」「和他結婚」的決心。也不知有多少次，林林一想起我的那些同學，朋友，結婚後離婚的，結婚後一天到晚吵得天翻地覆的，結婚後終日鬱鬱寡歡的，林林總是慶幸自己幸好沒有「踩進婚姻這座圍城」，否則真的要一失足成千古恨了。可林林有時也常常問自己：難道這輩子都不嫁人麼？林林知道這是不可能的。但不知怎麼着，我一想到結婚就怕？

一想到結婚就怕？筆者不知這世上還有多少如同林林這樣的淑女，竟然淑女到怕結婚的地步，可是，筆者卻可以斷言，如林林等女士，之所以會恐婚恐到談婚色變的地步，其根源在於她們對「婚姻」將給她帶來什麼的「未知」「一知半解」和「誤解」，發展於「本能拒絕」的不斷深化，……就是不幸。

有的人是，一想到家就想到屋簷下不得不低頭的不自由，一提到結婚便大聲歎息，婚姻將使自己失去陽光，再也燦爛不起來。

於是，這群都市中的恐婚族，表面上看來，他們在異性面前很大膽又很隨意地伸出友誼愛情之手，可實際上他們的心扉自始至終是緊閉的，時刻警惕並防範着，生怕一個不小心便會踩進那一個溫柔陷阱，一失足成千古恨。

■誠信，相信是恐婚族的最大恐懼來源。

明顯的，恐婚族們處在一種極端矛盾的婚姻心態中，一方面是急，比誰都渴望愛情，渴望婚姻，一方面卻又是怕，比誰都怕，怕婚姻毀了自己原有的歡樂和安寧。不可否認，如今社會上越來越多關於婚姻失敗的慘案及某些婚姻文章的誤導，使婚姻幾乎變成了人類幸福的失敗。也正因……

■婚姻的「視覺效果」，已由童話變身「枷鎖」。

……學着說，婚姻是錯誤，離婚是醒悟，再婚是執迷不悟。

明天——我們的生活與別人無關

「我們的生活與別人無關」是一句流行得很酷又很廣的哲理名言，但它卻被許多恐婚族們信奉為生活的座右銘。恐婚族們之所以對這種自我意識極強，特別強調意志人格獨立的格言情有獨鍾，這後面有恐婚族們的文化水平、修養素質比較高的原因，也有恐婚族既自信又自尊自強自暴自棄的因素。試想，在這個越來越講究個性生活的時代，生活中還有什麼力量，能夠叫一個獨立生活了幾十年的人，改變自己的性格去遷就別人呢？

恐婚族們性格上的成熟自不用說，在生活情趣與習性上亦大都屬於相當自我，也就是自我意識相當強烈的一群人。他們普遍地感到自己的愛情受到了不公正的待遇，又由於對愛情婚姻世界理解得太透而抱有成見。在他們心中長滿了「世故」的老繭——他們很願意被別人所愛卻不願意為別人改變自己的生活，他們很渴望愛上別人，但又不肯輕易表露「我屬於你」之類的情話。筆者有一個朋友大學本科畢業，身高長相家庭背景都不錯，可就是熬到35歲了還是光棍一個，不理解他的人說他挑花了眼，有心理障礙，理解的人說他是「風花雪月中孤獨的守望者」。他自己卻很輕鬆，成天沒事人一個，被人問急了，他至少幽默……

▲ 媒体报道“恐婚族”

① 据《每日经济新闻》2019 年 8 月 20 日报道。

中国明年独居成年人或超九千万

高配的单身生活需要另一半吗

据半月谈网9月9日报道,“今天周六不上班,小雨无风温度舒适，一人在家生活惬意。看看书和视频,吃吃零食,这样的生活还需要另一半吗?”这是28岁网友雅雅对自己单身生活的白描，也是国内不少独居年轻人的缩影。民政部数据显示,2018年我国单身成年人口高达2.4亿,超过7700万的成年人是独居状态,预计到2021年会上升到9200万人。

“我完全能自给自足,不用依靠别人,现在这样就很好,再养只猫或狗,完全是理想生活。”有网友表示,就算去相亲,也绝不会为了早点结婚而降低择偶标准。坚实的经济基础是乐单族不将就的物质后盾。而已婚人士不断释放婚姻、养娃焦虑,也让相当一部分年轻人不愿离开单身舒适区,害怕从“高配”的单身,跌入“低配”的婚姻里。

“我并不是不憧憬谈恋爱，只是不会为了结婚降低自己的要求。”谈及自己的婚恋观，乐单族娜娜表示自己其实是期待恋爱的，不将就不能和不结婚画等号。就像许多年轻人选择慢就业一样，也有一些人放慢步入婚姻殿堂的脚步,但并非止步不前。

与长辈们相比，年轻一代是自由的一代,也是孤独的一代。正因为孤独感在年轻人的生活中日益凸显,才会有更多人在学习与孤独共处的同时，对未来的婚姻生活报以更多情感期待。

▲《半月谈》2020年9月9日

结婚本来是人生的一件大事，为什么现在有些人反而恐婚了呢？有些青年忙于事业，他们是晚婚，不是恐婚。恐婚的一个最明显的原因是结婚的成本太高，高得使人害怕了。现代女子择偶，往往把对方的经济条件放在第一位，例如职业和经济收入，还要求结婚必须有房，“结婚没有房，等于耍流氓”，甚至还要有车，这就使男方对婚姻大有顾虑了。

恐婚还有一个主要原因是思想观念问题。现在的青年人婚姻自由了，可是这种自由往往建立在以自我为中心的基础之上。传统社会倾向于把婚姻当偶像，因为传统社会把家庭和部落偶像化，当代社会则倾向于独立，把个人选择和个人幸福偶像化。传统的结婚动机是社会责任、稳定生活和社会地位，当代人的结婚动机则是个人实现。这些动机当然都有合理之处，但是在婚姻之中考虑自己多了，而不愿意在双方相互融合中改变自己，事情就会复杂得多。有人曾经把结婚比喻成参军：人一参军就不能再独立地控制自己的事情，不能自己安排度假休息，不能决定什么时候吃饭，甚至不能决定吃什么。人如果要加入一个整体，要成为一个整体的一部分，就得放弃自己的独立地位。如果一个人决定了要和他人共同生活，就必须放弃单边决策的自由。这种舍弃自我权利的能力，这种和合别人的能力，这种重视群体利益胜过自己利益的能力，不是一种本能，它不是与生俱来的，而是婚姻的真正基础。这么说似乎有些压制人性，但这正是人际关系的精髓，有人甚至认为这是万事互相推动的诀窍。人们必须愿意放弃某些东西才能得到这个东西。个人成就在于持续无私地和合他人，这是生活的普遍原则。

男女结婚是“合二而一”，可以譬喻成两个半圆合成了一个圆，个人就不能恣意而为，而必须考虑对方，失去一些“自由”。例如不能想花钱就花钱，想看球就看球，想熬夜就熬夜，想旅行就旅行，必须协商一致；如果过去多交几个异性朋友是平常事，现在就会顾虑家里有一双眼睛在盯着；如果过去对家务事惯于“甩手”，现在就不行了。

▶ 男女结婚是“合二为一”，是两个半圆合成一个圆

结婚以后还有些习惯要改，例如不能晚睡晚起，不能乱丢脏物，衣衫不整马上会有人指出。双方观点也要力求一致，例如对一个常来的朋友，不要你说他老实，对方对他讨厌，在一些重大问题上，一方是“左派”，而另一方却是“右派”。男女结婚以后，还立即增加了许多亲戚关系和社会伦常关系，对女方来说，增加了公婆和男方的兄弟姐妹，而且双方过去各自的朋友也都加到了一起，无论是七大姑、八大姨，还是闺蜜、男友都要妥善对待，稍有不慎就会闹出矛盾来——这些都是结婚之大忌。现代不少青年将生活和结婚相比较，他们最需要的是美容瘦身、享受生活、扩大交际圈，最不喜欢的是做家务事、生孩子、带孩子。至于男子，会觉得“片叶不沾”的单身生活很不错，如果发了财，也可以不结婚，不在一棵树上吊死，因为有整片森林可供享用，那是钻石王老五的特权——结婚、离婚的代价实在太大了。

因此，现代有不少青年认为：笨男人加笨女人是结婚，笨男人加聪明女人是离婚，聪明男人加笨女人是婚外情，聪明男人加聪明女人则只是浪漫的爱情。还有人认为“单身好，单身好，想跟谁好跟谁好”。钱钟书说过：“婚姻是一座围城，婚外的人想进去，婚内的人想出来。”现在婚外的人也不想进去了。他们还认为，婚后的男女大都是“喜出看外”。

当然，有更多的男女到了婚龄以后，虽然不想结婚但还是想身边有个异性伴侣能够共同生活，于是不婚同居的现象出现了，而且日益增多。不婚同居不是婚前性行为，也不是未婚同居，婚前性行为是短期的、少量次的，以后可能结婚，未婚同居以后也可能结婚，而不婚同居就是男女双方一切都是按夫妻那样生活，不过就是打定主意不办结婚手续，因为他们觉得这样才自由。

这种状况，基本上来源于社会的变化。长期以来，在封建社会小农经济的条件下，人们是生活在由许多家庭组成的家族之中的，许多家族都有家谱，家族的权力极大。随后工商业发展了，人们四处谋生，家族逐渐

“散架”，但是由婚姻组成的家庭仍旧是组成社会的最基本单位，可是，现代社会却日益走向“个体崛起”，家庭关系日益松散，因此婚姻制度也处在日益松散的状态中了。婚姻制度本身就是一种法律控制，是对男女双方结为夫妻后的一种权益保护。如果男女双方无论是从感情、利益以至性关系上都不需要这种保护，更不愿意被限制自由，那么婚姻制度还有什么用呢？法国前首相奥朗德和第一任女伴罗亚尔相恋并同居30多年，还生了四个孩子，可是双方在法律上都还是单身——此事一时传为奇闻，可是随着社会观念的不断发展变化，也可能奇闻不奇了。

恐婚的原因很多，除了以上这些主要原因以外，可能还有信任危机的问题，婚姻要以爱情为基础，而爱是理解的别名，理解则要假以时日。可是现在许多年轻人对此比较随便，往往“一见钟情”，甚至“网恋”“闪婚”。过去人们称恋爱是“谈恋爱”，要通过沟通、交流，以达到相互了解的地步；现在青年男女的恋爱不是“谈”，而是“玩”，一起看电影、购物、旅游、逛公园等，恋爱对象只是个“玩伴”，双方的爱情基础是不牢的。底子薄，心就发虚，结婚以后会怎么样心中没底，总感到婚姻生活的安全度不够。

此外，还有个生育责任问题。和婚姻关系最大的是生孩子、养孩子。生孩子对社会影响很大，对个人影响也很大。古人讲“不孝有三，无后为大”，可是现在“传宗接代”“养儿防老”的观念已逐渐淡化，少生孩子甚至不生孩子的婚姻家庭越来越多了。我国社会学家费孝通在《生育制度》中说过，孩子是巩固婚姻家庭的一根纽带，丈夫是一个点，妻子也是一个点，孩子则是第三个点，三个点就能连成一个稳固的三角形。过去，“千不看，万不看，也要看在孩子分上”，孩子是巩固婚姻家庭的重要因素，而现在这个因素已经逐渐弱化。“结婚免不了要生孩子”，这使有些青年男女对结婚感到害怕，他们所重视的是发展事业，或是享受生活，而不是背上一个养育的“包袱”。特别是一些女青年，认为“一孕傻三年”，“生一子老十岁”，被孩子拖着就难以实现人生的价值了。

不过，在现代的社会生活中，有不少男女之“不婚”，不是由于“恐”，而是由于“误”。有些青年，特别是女青年，到了婚龄也想择偶，但是她们往往自视太高，对方要求既高又全，符合这些条件的人实在太少，而自己又不肯降格以求，于是蹉跎了岁月。她们对婚姻拖的时间越久，年龄就越大，对象就越难找，拖到30多岁就有些“泄气”了：“结婚”，算了吧，单身也没有什么不好。

对此，似乎可称之为“误婚族”。不论是“恐婚族”还是“误婚族”，其中一部分人会走向情人制的关系，“合则留，不合则散”，这样可以摆脱正式婚姻关系的束缚。不过，在以后一个很长的时期内，可能还是婚姻制和情人制并存的状况。有许多社会变化都是大势所趋，但“船到桥头自然直”，它是不以人的意志为转移的，一切有赖自然，有赖“天道”。无论如何，人们还是要珍视现在的每一天，巩固和优化一夫一妻制，为更美好、更文明的将来创造条件。

第八部分

CHAPTER EIGHT

乐老与乐死

一　老人要留三条路

人到老年，和子女的关系有时会变得相当复杂。如果和子女住在一起，是主人，但说了不算；是客人，但啥活都干；当厨师，尽吃剩饭；当保姆，毛钱不赚；去采购，自己掏钱；当志愿者，没人点赞。当然，不能因此就认为父母到了老年就不能和子女同住了，这只是为了说明，老年人在生活上要重视“留一手”，主要是要留三条路，第一条是经济，第二条是住房，第三条是精力和健康。

人到老年，第一是在经济上要留一条路，儿女可能在经济上需要帮助，但不要把一切老本都留给后代，不要做“脱底棺材”，“无限支出”。儿女有不如自己有，要舍得为自己花钱以享受生活，老来两手空空是最不幸的，可能被所有的人看不起，可能也会被子女看不起。

第二，最重要的是对“老窝”要留一条路，不能被人骗掉，非到万不得已时不能把房子卖掉，在“衣食住行”中住房是最关键的，是最重要的“老底”，一定要“安居”，而决不能轻易地放弃，如果弄掉就很可能永远弄不回来了。户口以及住房的使用权、所有权等也一定要牢牢把握，不要轻易地过户给别人，不要相信子女的家就是自己的家之类的话，实际上自己的家永远是子女的家，而自己在子女的家里最多是个来去匆匆的过客，也可能是个被人嫌弃的累赘。

第三，老人在精力与健康上也要留一条路。子女如果在生活上有困难，抚育第三代时有需要，老人如有余力，照顾一下是应该的，但是不必

▲ 老来伴

把所有的时间都花上去，尤其要明确抚养第三代并不是老人必须尽的义务，不要去做抚养了第二代再去抚养第三代的“老妈子”，一辈子为后代服务，要留一些时间给自己，做一些自己感兴趣的事，使自己的晚年生活更快乐。老人不仅要关心一家人的健康，更要关心自己的健康，在自己的健康问题上要多花些时间、金钱、脑筋和精力，因为健康关系到全家，关系到一切，关系到一生，如果失去了健康则一切为零。

人老了，以上这三条路留得好不好，关键在于心态好不好，思想方法是不是正确。有人分析这心态之“态”，“态”就是心要“大”上“一点”，想得开，看得远，行有度，因为物随心转，境由心造，烦恼皆由心造。有这么一个故事：有个老太太有两个女儿，大女儿是卖雨伞的，小女儿是卖晴天用的遮阳帽的。到了晴天，老太太就十分担心大女儿的雨伞卖不出去；到了雨天，又担心小女儿的遮阳帽卖不出去，于是总在担心，烦恼不断。有人对她说：“你为什么不这么想呢：到了晴天，小女儿的生意就好了；到了雨天，大女儿的生意又好了，不是这个好就是那个好，你不是永

▲ 照顾

远在快乐之中吗？”这个人的劝告很对，对于同样的事情，如果看待的思想方法不同，心态就完全两样。外国有位老太太，丈夫已过世，女儿健在，老太太却得了大病，她却毫不烦恼，她说：“我如果病不好，可以去天堂和丈夫见面；如果病好了，可以陪陪女儿。”这种心态多好。一个人不要患得患失，更不要替儿孙患得患失，儿孙自有儿孙福，儿孙自有儿孙路，老人大可不必越俎代庖，杞人忧天。进一步说，这还不仅是个心态或是思想方法的问题，从根本上说，是一个人生观、价值观、家庭观、教育观的问题。人活一辈子培养接班人固然重要，但是生活上最主要的不是把儿女的一切都包下来。对子女要有爱心，有挂念，但是不痴心，不执念。对后代，当然要花力气培养、关心和帮助，但是这些关心、帮助主要的不是留给他们房子或是给他们多少钱，替他们做多少事，而是使他们成为对社会有用的人，要让他们从小学会自立，学会自己的事自己负责，不要处处靠父母，不要到长大成人以后还要“啃老”，且认为这是理所当然的。“儿孙自有儿孙福，不为儿孙做马牛”，养儿是责任，宠儿是错误，包办代替则是害了孩子，永远把子女看成孩子，是父母最大的错误。孩子成家立业以后，也可能有经济上、生活上的困难，对此也应该帮助，但是“救急不急穷”，如果因为他没有作为而穷困，总有依赖心理，则不能总是帮助，要帮他能够“造血”，而不要为他长期“输血”。

老人如果对子女期望过高，就会失望。子女有他们的世界，有他们自己的需求，不要硬闯进他们的世界去。不要老是想着过去我抚育你花了多大力气，现在你应该如何回报等等，须知，父母对子女的抚育付出总是远高于子女以后的回报的，代代如此，全世界如此，不要把自己晚年的幸福都寄托在儿女身上。有人说，父母最大的愚蠢在于“不知所止”，真是太对了。在这方面，还有一种文化差异，中国人很重视家庭、重视责任，重视父母和子女的关系，西方则重视个人自由、个人利益而把家庭关系、家庭责任看得比较淡，“养儿防老”的观念和“孝”的观念十分淡薄，如果成年子女和老年父母分居两地，子女每年和父母通几个电话，过圣诞节时给父母寄一张圣诞卡就不错了，这种文化对中国人也会产生影响。

有一位哲学家说：“我很钦佩一种父母，在子女年幼时能给予强烈的亲密，当子女成人后又会体面地退出，照顾与分离都是父母必须完成的任务。”又说：“亲子关系不是一种永恒的占有，而是生命中一场深厚的缘分，我们既不能使孩子在童年时感到贫瘠，又不能让孩子在成年后觉得窒息。”这才是两代人真正的“合”。

中国的古人是十分重视家庭伦理关系的，十分提倡父慈子孝，不过也认为这不是无条件的，往往也是“用计算之心相待”，“人之为婴儿也，父母养之简，子长而怨，子盛壮成人，其供养薄，父母怒而诮之。子父至亲也，而或诮或怨，皆挟相为而不周于为己也”。现在，中国的家庭伦理关系是在发生变化的，而每个人的人生也在发生变化：父母对子女已不是“养之简”的问题，而是出现了“养子不当”的问题。儿童本来应该是轻松快乐地玩要的，现在却被加上了沉重的学习负担；青年应该是致力于学习的，现在却沉湎于网络游戏；中年人应该开始重视健康了，现在却是拼命地去赚钱；老年人应该是安然度日、颐养天年了，现在却在“无限支出”——人的一生好像都过反了。有过这么一个对百位老人的调查，在他们的日常开支中，日常花销占30.7%，贴补儿女占23.5%，用于自己休闲生活的只占3.3%。过去，人们常说“养儿防老”，现在有些人却要“防儿养老”，即防儿“啃老”了。

当然，在父母和子女的关系问题上，矛盾的主要方面还是在于子女。人要知道报恩，这是积德的主要内容，而孝是大的积德。父母给予子女以人生的起点，可是却无法伴子女到达终点，因此子女要早点学会自立，不要过多地依赖老人。父母要抚养子女，这是责任，子女也要赡养父母，这也是责任，所谓赡养，不是“啃老”，不能对父母“无限索取，逼迫父母无限支出”。父母和子女之间可能有代沟，父母也总会有不完美的地方，子女应该予以宽容。子女的成熟始于能理解与原谅父母的不完美，同时，还要时刻为父母着想，因为自己有一天也是要当父母的。

其实，“留一条路”的做法表现在工作、事业和生活的方方面面。例如中国人大都喜欢储蓄，这就是“留一手”以备不时之需，这是一种美德，不是像许多西方人那样，每个月都吃光用光，再翘首等着下个月发工资。如果办企业，搞投资，不要把资金全投光，要留些钱，以备资金链的一时断裂。再如打仗，一定要留预备队，以在关键时刻有兵力可以机动使用。总之，凡事都不能“无限支出”。在日常生活中，“留一手”往往也适用于对待他人上，即话不说尽，事不做绝，留有余地。中国古代有句俗语：“做事留一线，日后好相见”，这也是“留一手”。

有人说，圆满的人生不是达到十分，而是三七开。爱亲人七分，爱自己三分；说话别说绝，留三分余地；事业成功七分，三分是空白；幸福七分够了，三分是不足；吃饭七分即可，留三分胃口。弓不拉满，力不使尽，“事从容则有余味，人从容则有余年”，这样才能永远从容，永留发展余地。在处理人际关系上有个“刺猬”原则。刺猬和刺猬之间不能挨得太，不然自己身上的刺就会把对方刺痛。人和人也是这样，亲人、朋友关系再好，也要保留一定的空间和一个转身的距离，用距离、适度来节制和调剂爱，才是最恰当的爱和情谊。

有人说“留一手”也就是“会做人”。其实，“会做人”并不是什么

"滑头"、"乖巧"、处处"留心眼"、"讲技术"，更重要的是为对方着想，给对方也给自己留一定的空间和自由度，同时照顾别人感受，不把自己的意志强加于人，使别人有自我施展的广阔空间。这不仅是一种社交技巧，更重要的是一个做人的道理。一切都要出自内心，发乎自然，留有余地，不要满打满算，要求过高，行为过度。须知，月至圆则将缺，花至盛则将谢，果至熟则易烂，物至盛则渐衰，凡事总要稍留余地，才能持恒。《易经·蒙卦》指出："以事行，时中也。"说明做人真是一门学问，应该深刻体会。

二　养生重在精气神

人生在世，健康最重要，有人把人生比喻为一串数字，那就是1的后面带着许多0，什么事业、成就、名利都是0，0越多，说明这个数字越大，这个人成就越大，但是第一个数字1就是健康，如果没有这个1，后面的0再多还是0。这个比喻很中肯。人老了，更能感受到健康、养生的重要性。

人的一生都要重视养生、锻炼和保健，但是目的不同，方法也不同，这些受年龄的影响很大。一般说来，年轻人多练健美、练力气，到了中老年再发展到练精气神，其中有"外功"和"内功"之分。如果光是锻炼身体，所重在外，为"从外建功"，"远心之外功运动"只注重于形体和器官；而后者所重在内，为"人类筑基"，着重于精神与心性之修养，为"向心之内功运动"，两者的价值实在不可同日而语。人的健康一是呈物质状态的躯体和器官，二是在于心灵。心灵之气可以说是一种暗物质，对躯体的健康是影响极大的。不少人心情不好，郁闷，烦恼，想不通：我为什么不如他，他为什么对不起我，我为什么得不到提升，我怎么会倒霉，等等。这就是心患，这种心患开始时只是个念头，时间长了，就变成气郁了。气郁时间长了身体就开始有结，成了能摸到的有形物质，这可能发展成良性肿瘤，以后可能变成恶性肿瘤，而这个肿瘤主要来自内在的心患。

中国传统的养生法主要就是修炼人生命中的意气，提高这种看不见、摸不着却存在于生命最深处的东西。“意”通常就是指人们的精气神，是思想意识的活动，这是大脑功能形象化的表现。人的大脑一直在活动，经常得不到适当的休息，在烦心、策划、算计、难解时尤甚，道家养生的核心就是“以意领气”，即促使大脑安静，使它获得休息和调节。

中国古人的养生法有多种，无论哪一种方法都重生意练气。

中国古人对气的重大作用有很多论述。例如东汉时的王充说：“天地合气，万物自生。”北宋时的张载说：“太虚不能无气，气不能不聚而为万物。”还有所谓的“正气存内，邪不可干，邪之所凑，其气必虚”。古人认为，“气”是构成世界物质和精神的本原，气分阴阳，而阳气是生命的根本。按照气的分布与特点的不同，可分为元气、宗气、营气、卫气、中气五个方面，人的成长壮老，都以阳气为主，人的一生都是阳气由弱变强，由强而逐渐衰减枯竭的过程，即《黄帝内经》所说的“人到四十，阳气不足，损与日至”，因此要不断地添补。

▲ 木雕：守静（现存于人类生命文化博物馆）

道家提倡“太上养神，其次养形”，所谓养神，又叫修真术，即通过养神、养气来养形，其主旨不外乎老子所说的“少私寡欲”，庄子所说的“虚静恬淡”，主要包括内观、守静、存思、守一诸术。内观也称内照，“慧心内照，名曰内观”，也就是反身内视自身使心澄静无邪，这样就能生道长存。

宇宙是个大气场，就是在阳气和阴气以及二者的交合中形成太和。人的整个生命也是一个气场，即能量场，其中的气，有的是正能量，谓之正气，有的是负能量，谓之邪气，二者相互纠缠，相互斗争，决定了人是善良还是邪恶。人的气场构成来自遗传、教养、需求、环境熏陶、能量积累和群体影响，人的一生所成，决定于气场强弱，而气场强弱又决定于“厚德载物”与天时、地利、人和之“合”。

在人的一生中，气影响着生活的方方面面。例如看一个人，从外表上看，有神气、气概、气势、气宇、气质、气派、文气、俗气、帅气、老气、英气，等等。从人的行为、作风、态度上看，有争气、赌气、气节、才气、志气、勇气、大气、土气、爽气、喜气、怒气、和气、客气、豪气，等等。从健康上看，是生气勃勃还是死气沉沉。在传统医学中，“望、闻、问、切”的诊断方法，其中“望、闻”都是靠气来了解。“血气方刚”“气冲斗牛”“气势汹汹”“气阴两虚”“腹有诗书气自华”等，描述的无不是气。

人生活在自然环境中，而自然环境也是一个大气场。它有阳气，有阴气，人们“看天气”“换节气”，都是气；“气候”“气象”等都是气。古人很讲究“风水”，现代人信之过度当然就是“迷信”，但是事实证明风水确实影响人的生命，这就是通过气。

现代有个名词叫“接地气”，这是说，地是有气的，而且有人认为，土地一定是有生命的，它负责把稻子往上托，把麦子往上送，它在玉蜀黍田里释放出千条绿龙，它养得桃树非花不可，催得瓜果非熟不可——世界上怎么可能没有地气！

再看社会环境、社会风气。所谓“风气”，是一种广泛的气氛，是一种无形的社会力量，如正气和邪气等。苏轼所言“一点浩然气，千里快哉风”，朋友之间要“同声相应，同气相求”，正是指此。古代还很讲究“家风”，家庭的风气很熏染人、影响人。还有“气象万千”“气壮山河”“大气磅礴”“九州生气恃风雷”等描述，不一而足。在历史上，有朝代的兴衰，人们说这个朝代“气运方兴”或“气数已尽”，所谓“气运”“气数”也是一种一般人难以直接感受之气。

现代人凡事讲科学，但是生命的深奥处却有不少现象至今仍很神秘。例如，“和气致祥，乖气致戾”，为什么多做好事能有“瑞气”，多做坏事会有“戾气”呢？为什么有人“气运”总是那么好，有人却总是“晦气”呢？男女之间为什么会偶然邂逅，一见钟情，这确是有缘；而有些事却是擦肩而过，美事难成，功亏一篑，没有缘分或是“有缘无分”呢？这究竟是什么“气”不通呢？人活着当然有气，可是如果死了，什么粒子、什么气都留不下吗？每个人大脑神经元的多少都差不太多，为什么有人是天才，有超人的智能，能预见，有心灵感应，是不是他身上有什么“灵气”呢？

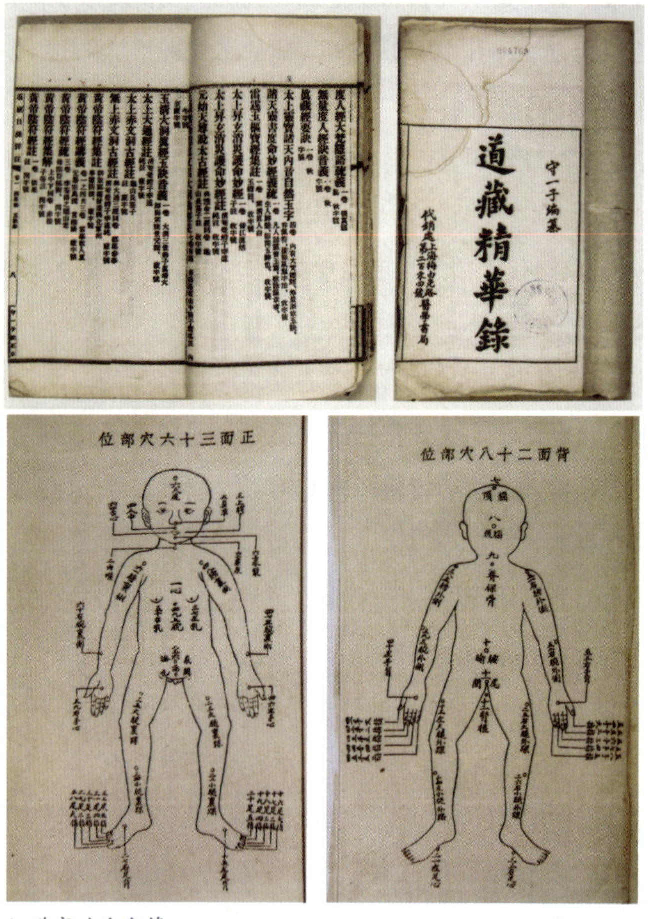

▲ 道家功法古籍

这些问题说明，精气神的问题不仅是生理学、医学的研究领域，而且和哲学、社会学以及神学都大有关系，也是中医和西医的一个重要区别。西医偏重于技术、方法、实证，用物理的、化学的方法来控制疾病，见效快，但偏重于人体的零部件，多分科，偏重于治标；中医重在养气、治气，它是“通才”，把人的健康和整个生命规律密切结合，其历史十分悠久，不仅《黄帝内经》，连《易经》《道德经》都是它的理论基础。它尊重大自然，重在治本，特别是不仅研究人的有形的躯体、器官，更研究人的心灵、精气神和经络等无形之物，它包含了科学、技术，又超越了科学、技术。

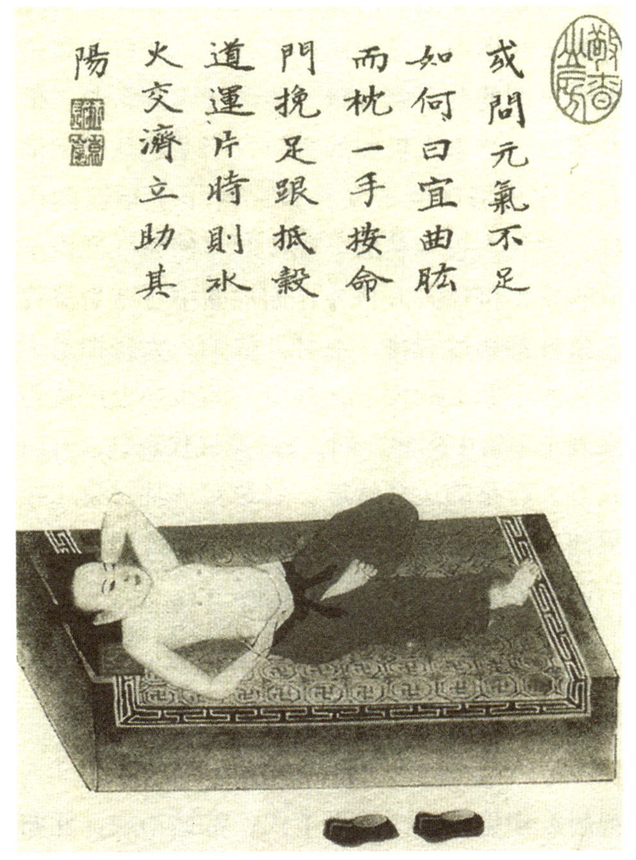

▲ 治元气不足

中国的传统医学是很有特点的，世界上有不少疾病，西医治不好，中医却能治好，但是往往缺乏科学实证。因此，现代有不少人不重视中医，认为它神秘，不如实证科学可靠，甚至歧视它、排挤它，说它是伪科学。在过去几十年中，社会在这方面的重视程度、研究力量、政策关怀和经费投入都很不够。目前全国西医师有157万人，中医师只有27万人；在综合医院中，中西医的比例为1 ∶ 9，甚至达到5 ∶ 95。在一些大医院中，大医、名医往往都是西医，中医仿佛处于一种辅助地位。2003年中国“非典”流行，用中医诊治，零死亡，零感染，零后遗症，却很少被宣传。许多中国人“身在福中不知福，手中有宝不识宝”，许多秘方、秘法都传不下去，忍着大师成新鬼，后望痛无继承人，于是连日本、韩国都自称中医是他们的传统文化了。

不久以前，有一位德国医学专家曼弗瑞德·波克特写过一篇相关文章，他是一个世界级的医学专家，热爱中国文化，从20世纪50年代起，他就将中西药结合起来研究，60年代还拜了中国台湾的一位老中医为师，访问过100多位中医学者，并藏有中医书籍8000多本。他说，德国是欧洲用植物药最多的国家，占欧洲中医药市场的70%，有58%的德国人服用中草药，85%的德国人相信中草药有特效，而且服之无副作用。他说，中医是一种内容最丰富、最有条理、最有效的一种医学科学。西医当然也有它的特点，但是从根本上来说，它只是一种典型的生物医学或是动物医学，它总是用小白鼠、兔子等动物做实验，然后推此及人，但是人类和动物有很大的不同；西医也解剖人的尸体做实验，但是人的精气神呢？因此，西医难以发展为真正的人类科学。在这次面对新冠肺炎疫情的过程中，中医药已颇见成效，但起初有些人还是不信，却以美国的一种尚不成熟的药为宝，后来这种情况得到了纠正。

推崇中医，并不是要贬低西医，两者各有所长，应该中西结合。屠呦呦团队发现并制造的青蒿素治疟特效药，救了几百万人的生命，这也是在中药的基础上中西结合的成果。

世界卫生组织（WHO）在21世纪初提出，人的生命健康“乃是一种在身体上、精神上的完满状态，以及良好的适应力，而不仅仅是没有疾病和衰弱的状态”。这就是人们所指的身心健康，也就是说，一个人在躯体健康、心理健康、社会适应和道德健康四方面都健全，才算得上是完全健康的人。

对一般人来说，年纪大了，退休了，工作负担卸除了，就应该舒心、静气、安神、和志，不以物喜，不以己忧，快快乐乐，安度晚年，并且修身养气，延年益寿。老年人最需要的是静气，可是对有些事业型的老人来说，除了静气以外，他们还会保持一股锐气，“老骥伏枥，志在千里”，甚至“老骥扬蹄，老当益壮”，“春蚕到死丝方尽，蜡炬成灰泪始干”。不少学者、科学家、企业家都是这样，他们虽然退休了，但绝不是“乖乖地”在家养老，还能为社会做不少事。人老了，尽可能不要去做“三等公民”（等吃、等睡、等死），而要重视精神养老，精神不老。当然，老人并不是还要干什么大事，“道法自然”，喜欢干什么就干什么，例如帮帮亲友，关心后代，看看书，悟及平生，还可涉足一些体育、娱乐和艺术领域，自得其乐，以维持甚至加强自己生命的气场。“我还行”“我还在进步”的心态定将成为益生长寿的一贴良药。

三　老得淡定，死得从容

人皆会死，人多怕死。人死了是上天堂还是下地狱，不知道；是不是真的有天堂和地狱，也不知道。人在青壮年时，对此想得不多；人老了，生命已进入倒计时，就往往对此萦念于怀了。

人多认为死是不祥、不吉之事，不过传统文化中并不回避谈论这个问题，许多人都认为死并没有什么可怕的，也不是什么坏事。庄子说：“生之

▶ 2017 年于北京出版，刘达临时年 85 岁

◀ 2018 年于柏林出版，刘达临时年 86 岁

▶ 胡宏霞博士著作之一（2013年凌风出版社，时年60岁）

◀ 胡宏霞博士受众誉的画艺（2020年，时年67岁）

来也不可却，其去不能止。”明代学者罗伦说：“生必有死，圣贤无异于众人，死而不忘，与天地并久，日月并明，其惟圣贤乎！”宋代的张载在《西铭》中的最后两句是：“存，吾顺世；没，吾宁也。”

中国的传统文化主要是儒、道、释三家，它们对死的看法同中有异，各有所重；他们一方面认为生生死死，人之自然，另一方面又强调要死而无憾。儒家的生死观是，道德超越，天人合一，苦在德业之未能进。道家的生死观是，顺其自然，与道同体，苦在自然之未能顺。佛家（释家）的生死观是，明心见性，见性成佛，苦在无明之未能消。佛家所谓的“无明”是指不觉悟。佛家认为人的一生应该悟其本心，本心就是人内在的生命本体，如果人能把握住自己的生命本体，就会超越生死的界限。

由此可见，古人并没有把死的问题看得很严重，有生必有死，这是一个自然规律。如果说，死有什么遗憾，有什么“苦”，只是“苦”于生前所追求的“德业”“得道”“明心”尚未完成。

可是，今人似乎还远没有这样的生死观，对此，有这么两个故事。

有一个人死了，他站在奈何桥上，回头久望人间，不肯离去。他是个好人，佛来接他，佛说：“我们走吧！”

他说：“怎么走得那么快，我还有许多事没有完成呢！”

佛说：“我对此很抱歉，不过你的时间到了。”

他说：“那么我能带走什么呢？”

佛说：“你什么都带不走，因为什么都不属于你。”

他说：“我有车有房有钱，这都是属于我的啊！”

佛说：“这都是身外之物，生不带来，死不带去。”

他说：“我可以把我的躯体带去。”

佛说：“那也带不去，无论是伟人还是凡人，死了以后躯体都是一抔黄土。”

他说：“我能带走记忆。”

佛说：“你的记忆属于时间，投胎以后前尘皆忘。”

他说：“我带走家人和朋友，我一个人走，好孤独。”

佛说："他们各有旅途，你们都是这个世界来去匆匆的过客。"

这个人泪流满面地说："难道就没有什么东西是属于我的了吗？"

佛说："只有在你活着的时候，每一个瞬间都是你的。"

实际上，有些人对人生是能看透的。南非的开国元勋罗德斯临终前说："我在非洲发现了这么多的天然财富：钻石、黄金、矿源、土地，现在什么也不能带走，我的心灵很空虚，我其实是一无所有。"亚历山大大帝临终前嘱咐宰相，他的尸体被放入灵柩时，要把他的手放在灵柩外面，问他为什么，他说："我想让人看到，我空手而来，空手而走，我整个一生都浪费掉了，让手伸出灵柩是让人们看到，甚至连亚历山大都是空手而走的。"

人都要老，有些人老了常想这想那，患得患失，但是如果想到故事里那位佛说的话，结论就应该是："何必呢？"人这一辈子无非是个过程，生不带来，死不带去，荣华花间露，富贵草上霜。人们老了之后常常回想一生，从春华到秋实，四季运行，各有风采。人们曾经如此渴望生命的波澜，最后发现人生最曼妙的风景却是内心的淡定与从容。人们曾经如此期望外界的认可，最后才知道自己还是自己的，与他人无关。

人老了，要想得开，对于人力不可挽回的事，例如人的健康肯定会不断退化，有些病也很难医治，就不必耿耿于怀，愀然于心了。丁文江是近代地质巨擘，有一次他感觉左脚大拇指发麻，傅斯年便陪同他去看医生。丁文江问医生："要紧不要紧？"医生说："大概不要紧。"他又问："能治不能治？"医生便说："不能治。"听到这话丁文江却说自己放心了，傅斯年不解。丁文江说："如果是能治，当然要想法子去治；既不能治，便从此不想它好了。"当一个人内心丰盈了，他便懂得人生参差多态，知晓万物皆宜顺其自然，这才会有人生的勇气。

人在中年，为工作忙累的时候，往往想休息，很向往闲暇，可是到了退休能"享清福"的时候，反而感到身体不好，一些慢性病也开始冒头。这些疾病的冒头，不完全是由于衰老，很大程度上是由于心情不悦，闲得无聊。生存意义的缺失，是几乎所有退休者的共同感觉。退休之后，他们觉得自己已经从社会的第一线退出，不再被社会和家人需要，正是这种不被需要的失落感和生存意义的缺失感让退休的人们失去精气神。

心情的好坏，会在很大程度上影响人们的身体健康，老人尤甚。实际上，所有的血管上都依附着神经，神经的状况直接会导致血管变粗或变细，进而影响血流的顺畅。如果人老是闷闷不乐，从脑部到内脏，全身各个部位的血流都会变得不畅通，从而导致血管末端出现阻塞，产生新的病变。

生活实践证明，经常保持开朗的心态、积极面对生活的人就很少得病，与此相反，如果总是郁郁寡欢，病魔就会常来光顾。所谓病由心生，就是此理。所以，老人保持健康，重在养心，“莫道桑榆晚，为霞尚满天”。从某种意义上说，黄昏是最美好的，好在——你有足够的时间回味人生；你有足够的光阴值得回味；你有足够的经历值得骄傲；你有足够的故事燃烧生命；你有足够的往事值得珍藏；你有足够的资格慰藉一生。年轻是美好的，这是时光赐予的财富；年老也是美好的，这是岁月积累的资本。两鬓如霜，这是沧桑；满脸皱纹，这是时间赠予的勋章。这正如康德所言：“年轻人好比百灵鸟，有他们的晨歌；老年人好比夜莺，有他们的夜曲。”也正如卢梭所说：“青年期是增长才智的时期，老年期是运用才智的时期。”美国有个名叫菲立丝·苏斯的舞蹈演员，1923 年出生，一生乐观，80 岁时还学钢琴、跳伞，95 岁时还跳绳、练瑜伽，活得宛如少女。可见，人是否衰老受自身心态的影响太大了。

现代人十分重视健康，老年人尤甚，认为如果没有健康，一切都等于零，这当然是对的。不过，身体健康不是目的，而只是手段，如果身体好好的，但是孤独，悔恨，想不开，度日如年，这么“赖活”着又有什么意思呢？健康不是为了单纯地有那么一口气，而是为了“乐生”。

美国哲学家塞缪尔·厄尔曼 70 多年前写过一篇 400 多字的短文《年轻》，轰动全国，传颂世界。他说：“年轻，意味着甘愿放弃温馨浪漫的爱情去闯荡生活，意味着超越羞涩、怯懦的胆识和气质”“而 60 岁的男人可能比 20 岁的小伙子更多地拥有这种胆识和气质”。“没有人仅仅因为时光的流逝而变得衰老，只是随着理想的毁灭，人类才出现了老人。”“所以，只要勇于有梦，敢于追梦，勤于圆梦，我们就永远年轻。”——美国的麦克阿瑟将军阅读此文多遍，太平洋战争期间他还复印了此文立于案边。日本松下公司的创办人松下幸之助说，多年来这是他的座右铭。在世界上，人到老年，锐气不减的大有人在。

至于死，人多畏死，希冀长寿，越是年老，对此想得越多。对于死亡，人很讳言，多言“谢世”“弃世”“仙逝”“去了”“走了”“挂了”，皇帝死了叫“驾崩”，诸侯死了叫“薨”，士大夫死了叫“不禄”，僧人死了叫“涅槃”“人灭”“圆寂”。死是一个永恒的哲学命题，古希腊伟大的唯物主义哲学家伊壁鸠鲁认为：“我们活着时，死亡尚未来临，死亡来临时，我们已经不存在了，因而死亡与生者和死者都没有干系。”他认为人生存的目的只是要寻求和享受最快乐的时光，而不是去追求活得很长，“赖活百年不如好活一天”。19 世纪丹麦著名哲学家克尔凯戈尔认为，人只有面临死亡，才能最深刻地体会到自我的存在。一个人只有体验到死亡的感觉，才能真正把自己与他人、社会、世界完全分离开来，才能面对自己，才懂得自己的存在以及存在的意义。只有对死亡的恐惧，才能使人醒悟，获得个性，成为自我。因此，为了体验到自我的存在，最好的办法就是果敢地、心甘情愿地去对待死亡，唯有死亡才是人的最高存在。

人生在世，有生有死，世间万物，有存有灭，这都是“天道”。可以把人生看作花期，花有开有谢，花期苦短，流水落花春去也，如此才更令人珍惜，于是林黛玉要咏“花谢花飞花满天，红消香断有谁怜”之句。如果有一种花长开不谢，当然也好，不过人们对它的珍惜程度就可能差一些了。人也是这样，人生苦短，因此更要不虚此生，如果人生而不死，能活上千上万年，且不说这个地球会不会人满为患，单从个人来说，能活千万年又有多大意思呢？而且，人生与花期有一点也很相像，花虽谢，却能留果，延续花种，人死了，也会留后代，留文化，还能一代比一代更为进步，这也是生和死的辩证法吧！

那么死亡究竟是什么呢？《辞海》上对死亡的解释是：机体生命活动和新陈代谢的终止。它说，人和高等动物的死亡可分为生理衰老而发生的生理死亡或自然死亡；因各种疾病造成的病理死亡；因机体受机械的、化学的或其他因素所造成的意外死亡。死亡的过程分为临床死亡和生物学死亡两个阶段。《辞海》是一本很严谨的工具书，它对“死亡”的解释并没有什么不对，不过它把人类的死亡和高等动物的死亡混谈，只讲到生理上的死亡，只讲人的物质生命而没有讲人的心灵世界，在这方面还有许多可探讨之处。《辞海》所述的三种死亡形式——自然死亡、疾病死亡和意外死亡都是物质意义上的，其实还应该增加一种在心灵驱使下的死亡，就是自觉自愿地让躯体消灭，这不是“意外”，而是“意内”，是自我驱使。生命诚然可贵，但是还有比生命更宝贵的东西，例如国家、民族、主义、信仰，为了后者可以毫不迟疑地牺牲前者，这就是“生命诚可贵，爱情价更高，若为自由故，二者皆可抛”，一切英雄烈士莫不是如此。因此，死亡的形式除了已述的三种外，似乎还可以加上一个“自觉死亡”。当然，这也包括自杀。不过，自杀也有多种原因，要加以分析。

人多怕死，或者说在一般情况下都不愿意死，可是有些人却“视死如归”，这就要看是什么人、什么目标、在什么情况下了。对于文天祥的“人生自古谁无死，留取丹心照汗青”，夏明翰的“砍头不要紧，只要主义真，杀了夏明翰，自有后来人”，我们能说他们“怕死”吗？还有陈毅的《梅岭三章》：

断头今日意如何？创业艰难百战多。
此去泉台招旧部，旌旗十万斩阎罗。

南国烽烟正十年，此头须向国门悬。
后死诸君多努力，捷报飞来当纸钱。

投身革命即为家，血雨腥风应有涯。
取义成仁今日事，人间遍种自由花。

1936 年 10 月，红军主力开始长征，陈毅率部留在江南打游击，在革命最困难的时候，他在梅岭被敌围困 20 多天不得脱，虑将“断头”，写此三诗留衣底。他说死算什么，即使到阴间变成了鬼，也要继续革命。这些诗反映出一种民族精神，人生难免一死，但“人有死如泰山，也有轻如鸿毛”，人要活得有意义，也要死得豪壮，“生当为人杰，死亦为鬼雄”。

不过，他们都是人杰，一般人还达不到他们的这种境界，总不想死，总提倡“好死不如赖活”。其实，“好死不如赖活”这句话应改为“赖活不如好死”，一个人如果生活质量不好，即使再长寿又有什么用，最后还不是死？威廉·华莱士说过：“每个人都会死，但不是每个人都真正地活过。”近来网传有个 146 岁的人感到活着实在没意思，绝食自杀了。有些人说自己如果活得太久，对社会完全没用了，又没了伴侣，空虚、孤单，活着也浪费粮食，给别人添麻烦，又何必呢？人的一生，要活得粲然，行得奋然，老得淡然，死得安然。

古今中外的大思想家都是以十分自然、洒脱的态度对待死亡的。道家提倡“生无恋，死无畏”。庄子丧妻，他还“鼓盆而歌”，人异而问他为什么，他说，她原本就没有生命，后来形体发展有了生命，如今变化又回到死亡，这就如同春夏秋冬四季循环一样自然，她已回到天地这个大居室，安睡在里面，难道不值得庆贺吗？庄子曾经关照弟子，在他死后，不必隆重安葬，他说，人的尸体“在上为乌鸢食，在下为蝼蚁食，夺彼如此，何其偏也！”《庄子·养生主》中也记载：秦失是老子的好友，老子死了，他前去吊唁，进门后长呼三声便转身出来了。老子的弟子不解地问：“难道你不是老师的朋友吗？”指他怎么不哀悼，似无情无礼。秦失说：“人死了，亲友一般都会情不自禁地诉说和哭泣，其实这都违背了自然本性，忘掉了自然的造化。你们的老师，来则应天时而来，去则顺自然而去，这样安于天理时势，顺从自然变化，悲哀和欢乐就不能进入心里。”中国古代有“红白喜事”之俗，把葬礼也纳入“喜事”之列，正是从庄子的观念而来。古希腊大思想家苏格拉底的学生柏拉图在《斐多篇》中记述：苏格拉底因为思想观点触犯了统治者的利益，被判处死刑，在临刑前的最后一天晚上，苏格拉底还和一些青年人安然地讨论“人死后还有没有生命”的问题，只是听取各种不同的观点，未作定论——这些大师对死的态度是多么使人敬佩。

▲ 苏格拉底

有的禅师根本不记自己的年岁，例如唐代的慧安禅师就是如此，而且还说出了一套不记年岁的道理。他说：“此身有生有死，如同沿着圆环在转动，圆环既没有起点，也没有终点，如此还要记年岁干什么？”他又说：“人的生死犹如水面上水泡的生灭，水的本体并没有生灭，有什么年月可记呢？”

面对死亡，绝大多数禅师都显得极豁达、极洒脱，毫不以此萦怀，言笑自若。有坐着去世，有站着去世，有倒立去世，有手摇铃铛自己走进棺材而去的；有在海水退潮时，坐在木盆中，吹着铁笛，唱着歌，当木盆翻倒在海上的一刹那将铁笛掷向空中而去，告别众人时还要说一通水葬的种种好处，全然没有一丝悲凉的气氛。这是因为他们明白了许多人生的真谛。

中国有句俗话，说一些坏人“不得好死”。人都要死，但要“好死”，那么什么叫“好死”呢？那就是一无痛苦，二无愧怍，三无牵挂，死得优雅，死得从容。有一次我们和本书策划者陈盾先生谈及人的生死问题，他十分提倡人要“乐生乐死”，活要活得开心，死不要死得痛苦。他反对“生老病死”这句话，他说，生、老、死都是“天道”，都是自然规律，但“病”不是，人可以不生病，少生病，因病死亡总是痛苦的，人应该是由于不可避免的衰老无疾而终，因此，“生老病死”这个生命规律应该改为“生老衰死”。——这是把老话赋予新意了。

▶ 陈盾先生

我国著名作家琼瑶在 79 岁时针对生命说了一段很富有诗意的话：“生时愿如火花，燃烧到最后一刻；死时愿为雪花，飘然落地，化为尘土。”她主张“老得要慢，病得要晚，死得要快”。她留下遗嘱，待她到了老病不堪之时，家人千万不要在“有救就要救”的思想指导下给她做这个疗、那个疗以延长生命痛苦，要让她安然离世。身后事也要一切从简，连追悼会也不要开，“死后哀荣”对死者一点意义也没有。

金庸也说过：“人的一生要大闹一场，悄然离去。”“大闹一场”是指要干一番事业，“悄然离去”是指不要把死看得太重了。稻盛和夫说：“人一生的意义，就在于当他去世时，灵魂比刚出生时更美好”。杨绛则说：“我爱大自然，其次就是艺术，我双手烤着生命之火取暖，火萎了，我也准备走了。”她对死的态度是那么安详，钱钟书去世时她已年近九旬，仍旧回到书桌，看书写字，整理钱的遗稿，写作出版《我们仨》，她称自己是“钱办主任”，是留下来“打扫战场”的。《求是》刊物有位副总编朱铁志得了晚期癌症，很痛苦，但他也不欲麻烦组织，麻烦家人，于是自缢。去世前他写了一篇《如果我死》的文章，其中说：“我即使做不到生如鲜花之绚烂，也要做到死如秋叶之静美。”他还说，他死后什么追悼会、墓地、墓碑都不要，“爱我的人早已把我留在心里，恨我的人希望我早点滚蛋，要那些东西能起什么作用呢？”人们对他的话十分赞赏。

陈毅的儿子陈小鲁于1970年目睹父亲结肠癌已恶化而救治无望时，医生还要百般抢救，使病人万般痛苦，深感人应该自然地、有尊严并少受痛苦地谢世，于是和罗瑞卿的女儿、曾任医生的罗点点合著了《我的死亡我做主》一书，并建立了北京市生前预嘱推广协会，力图使人们能得到一生幸福的最后时光。

人生的最高境界，就是哭着来，笑着去。人的生死观确实是应该豁达、从容的，人们都应该笑对人生，笑对归宿，优雅地谢世。

四　震惊世界的“濒死体验”

死亡科学主要研究“濒死体验”，即人类是怎样感觉自己死亡的，也就是“父母生我之前我是谁，死亡之后谁是我”，“人是怎么生，又是怎么死的”。

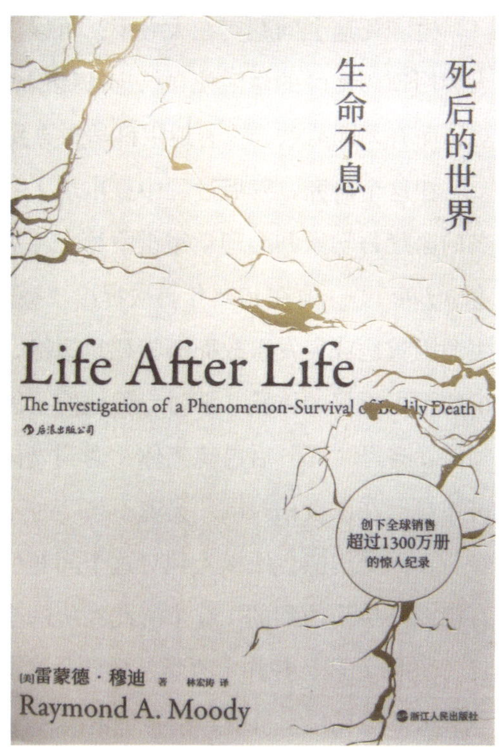

▶ 雷蒙德·穆迪:《死后的世界》(浙江人民出版社 2018 年版)

生和死这个问题实在太大了，可以说每个人都想过这个问题，只是有人会用琐碎忙碌的生活使自己忘却提问，有人投身宗教而获得心灵上的安慰，而有人则勇敢、执着地用科学来寻找答案。

在这个研究、发展过程中，出现了一本划时代的著作，它就是美国著名的医疗哲学家和心理学家雷蒙德·穆迪博士所写的《死后的世界》（*Life After Life*）①。他在1975年首次提出“濒死体验”的概念，这是指一个人的生命因重病或突发事故而濒临死亡边缘，历经九死一生又活过来以后所诉说的不可思议的体验。那时，穆迪博士因为偶然听到一个著名的精神科医师讲述自己“死”后灵魂离体、遇到光体、快速回顾人生的奇特经历，又讲述自己在讲授柏拉图“灵魂不朽”时不断听到有学生提及与上述类似的经历，深受震撼，便深入到对这个问题的研究中去了。他通过讲述和分析直接或间接采访到的150个有此经历的个案，总结出“濒死体验”特有的15个共同元素，并加入哲学、自然科学与心理学对这个问题的解释，最终写成这部极具科学价值与精神价值的《死后的世界》。

这本书一经出版，便在全球学术界和大众中引起轰动，因为它挑战了不承认死后生命的科学家们和许多不允许提及死后世界的传统宗教人士。很多人冷嘲热讽地说全书不过是穆迪的个人幻想，但是另一方面，也有很多抱着好奇与科学态度的人相继投入到“濒死体验”的研究中去。

几十年过去了，科学已经站到了穆迪博士这一边，不断有新的证据来证明“濒死体验”的真实性。越来越多的科学家、哲学家投入这个令人震撼的神秘领域，世界上很多高校都成立了“濒死体验”研究所，相关书籍、论文也如雨后春笋般涌出，无数人对死亡的看法都因之发生了天翻地覆的变化。而穆迪博士也从未停止其事业，不但出版相关书籍12本，在全球累计达到2000万册的销量，仅《死后的世界》一书就销售了1300万册，他还积极在高校、社团、电视等公共领域讲述自己的研究进展，让越

① 浙江人民出版社有译本，2018年7月第1版。

来越多的人因死后生命存在而克服对死亡的恐惧，并从失去亲人的悲痛中走出来。因为穆迪博士的这些贡献，他于 1988 年在丹麦获“世界人道主义奖”，还被《纽约时报》评为“濒死体验之父”。

穆迪总结出“濒死体验”的 15 个共同因素是：不可言状，听到有人宣告其死亡，平静的感觉，听到不寻常的杂音，看到黑暗隧道，有离体经验，与灵物相见，见到亮光，人的一生一闪而过，经验到所有知识存在的领域，经验到光之城市，经验到奇妙的灵感，经验到超自然的救赎，感受到边界或极限，后来重新回到身体之内。

这就是说，“濒死体验”的具体经过是：一个人的大限将至，身体痛苦到了极点，并听到医生宣告他的死亡。他开始听到很不舒服的声音，一种刺耳的铃声或嗡嗡声，同时觉得自己飞快地穿过一条很长的黑暗隧道，接着脱离自己的身体，但是仍处于身体四周的环境中，在远处看着自己的身体，仿佛自己是个观众。他从这个不寻常的、有利的角度看着医生试图救活他，心情一团混乱。不一会儿，他回过神来，开始习惯于他的怪诞处境，他注意到自己仍然有个“身体”，但是性质和力量都不同以往。接着，一些事情发生了：他遇到某些人来帮助他，隐约看到已故的亲戚和朋友的灵魂以及一种他前所未见的慈爱而温暖的灵体——一种光的存有者出现在他眼前。这个存有者问他一个问题，但不是凭借话语，而是要他评断自己的一生，并帮他重现一连串的影像来回顾他一生中的大事。他不知不觉地来到一个边境，那显然是代表着此生和来世之间的一条界线，然后，他突然觉得自己必须回到人间，觉得自己死期未到，但是他也心生抗拒，因为他对于死后的世界兴味盎然，不想就此回到人间。欢喜、爱和平安的感觉让他不能自已。但是无论他的态度如何，他还是和他的身体重新合而为一，活了过来。

后来他试着告诉别人这样的经验，却不知从何说起。首先，他找不到合适的人类语言去形容那些超自然的场景。其次，他发现别人也会嘲笑他，于是，他干脆绝口不提。然而，那些经验却对他的生活产生了重要影响，尤其是他对死亡以及死亡与生命之间关系的想法比起过去来有所改变。穆迪以上所说的并不是某个人的经验，而是一个“模型”，是由众多事件对照、综合所得的共同元素而组成的。有一部著名的好莱坞影片《人鬼情未了》，该剧的男主角萨姆死后的表现几乎与此一样，这部电影似乎多少还有些科学根据。

奇怪的是，古代思想家对此的有些论述和曾经与死神擦肩而过的现代人的亲身感受有着很紧密的相似和呼应，这一直是个显著而难以解释的事实。柏拉图是人类历史上最伟大的思想家之一，他留给人们 22 篇哲学对话录，或者说是以戏剧为形式的思想体系，大部分是以他的老师苏格拉底为主要的对话者，此外，他也留下若干书信。柏拉图坚信，要获得真理与智慧，就必须使用理性、逻辑和论证，但只能在某种程度上这么做。由于他也是个伟大的灵视者，所以认为只有在启蒙和洞见的神秘经验里，终极真理才会降临到人们身上。他相信除了可感的物质世界以外，实在界还有许多其他层次和维度，人们必须以这些更高的实在界层次为参考点，才能理解物质世界。

因此，他的主要兴趣也在于人类非身体的、意识的元素，也就是灵魂。他认为身体只是灵魂暂时性的载体，这也难怪他对肉体死亡后灵魂的命运有兴趣，并且在若干对话录里也旁涉该主题，例如《斐多篇》《高尔吉亚篇》和《国家篇》等。

在柏拉图的作品里，许多关于死亡的描绘和穆迪所言一模一样。例如柏拉图将死亡定义为：人的非肉体部分脱离物质的部分，也就是灵魂脱离身体，再者，人的非肉体部分比肉体部分所受的限制要少得多。柏拉图还特别指出，在可感的物质世界以外的那个领域，并没有时间的存在，那个领域是永恒的，用柏拉图令人动容的话来说，我们所谓的时间，只是“永恒之变动，不实的映象”。

▶ 柏拉图

然而，柏拉图也提醒人们，他所说的灵魂在死后进入的世界的种种细节，“最多只是个可能性而已”。尽管他相信肉体死后仍然有生命持存，但也说到，要在物质世界里解释死后世界，会面临两个困难：第一，人们的灵魂被囚禁在物质的身体里，因此由感官得到的经验也会有所局限，视觉、听觉、触觉、味觉和嗅觉都会以各自的方式欺骗人们。在远方的物体尽管很巨大，人们的眼睛却让它们看起来很小。人们有时候也会听错某个人说的话，这些都会导致人们对事物本质的错误认知和印象。因此，人们的灵魂必须摆脱感官的扭曲和差错，否则就看不到实在界本身。柏拉图说人类语言并不足以直接表现究竟的实在界，语言与其说是开显事物的内在本质，不如说是在遮蔽它们，因此，人类语言只能借着模拟、神话和其他间接的方式，去显示那些物质世界以外的事物的本性。

能量守恒定律是被现代科学所肯定的，能量不会凭空出现，也不会凭空消失。人是由躯体和心灵构成的，在躯体和心灵之间蓄积着诸多能量，人死了，一部分能量似乎消失了，但是实际上它以另一种方式重新出现在宇宙之中，至于以什么方式存在，尚待进一步研究。

这项研究把人文科学和医学结合起来，把传统文化和现代文化结合起来。穆迪说："12 年来，我走访世界各地，与人们分享我的生命经验。我知道只要是听过我说的'濒死体验'的人，就会和我一样被改变，而不需自己也经历重病或意外事故。这个改变是：充满了热情，尤其是对生命和服务他人。我们不再重视物质的享受，而是追求心灵的平静，如此一来欢喜无处不在。我们舍不得他人受苦，希望自己能多分担一些。我们的人生观、价值观明显趋于正向，奉'敬畏、谦卑、感恩'为处世哲学。"华盛顿大学著名濒死研究专家麦尔文·摩斯说："穆迪医生的《死后的世界》让我们体会到关于死亡的永恒智慧。我们不只是死去而已，死亡是个复杂得多的东西，如果我们有意识地死去，就会对我们的生命了解更多，对于这个世界的认知也会愈加开阔。穆迪医生的《死后的世界》让我们想起沉睡在我们心里的灵性。他的书给了我们许多灵性工具，让我们去理解自己的生命。"

全世界有许多科学家都提出过人要正确地认识死亡的问题。德国著名的存在主义哲学家海德格尔在《生存论》中就提出了"向死而生"的观点。他认为人一开始就面临死亡，人是向死而存在的，人们只有在理解什么是死时，才能抛开外界的一切，领悟生命的真谛，从而进入到"本质的状态"，即返璞归真。同时可以提前做好死亡的准备，真正珍惜生命的美好，而不是临终才后悔年轻时还有太多的事情没有做。"向死而生"不是对稍纵即逝的生命的悲观诠释，反而是对有限生命的积极解读。孔子说过"不知生，焉知死"，荀子却说"不知死，焉知生"。当然人活着首先要思索怎么活，然而了解了死以后，向死而生才能不怕死，不怕死才能拥有思想上的高度自由，拥有了思想自由就拥有了无限选择。人生就是一盘无法重来的游戏，要过就过得尽兴些，去过一种自己不想选择的生活就是对生命的极大浪费。正如罗曼·罗兰所说："世上只有一种英勇主义，那就是在认清生活真相之后依然热爱生活。"

古今中外有不少濒临死亡而有所感的例子。大文学家海明威曾在第一次世界大战中因爆炸而受了重伤，死而又活，多年后，他把自己当时的体会——灵魂离开了身体，飘到半空中又返回身体，改编进他的著名小说《乞力马扎罗山上的雪》中。1791 年美国海军上将朗西斯·蒲福爵士（“蒲福氏风级”正是以他的名字命名的）曾经差一点被淹死，他从死亡的边缘回来后也描述了类似的濒临死亡的体验。1900 年，那位发现了葡萄球菌的著名的苏格兰外科医生亚历山大·斯通因为伤寒症而濒临死亡，后来他也谈了类似的感觉——这种例子还可以举出许多。

在 2017 年的一项研究中，美国弗吉尼亚大学的两名研究人员提出了一个问题，即是否可以将在濒死体验期间，认知功能增强与大脑功能受损同时发生的矛盾现象，解释为想象力的飞跃。研究人员对 122 位经历过濒死体验的人做了问卷调查，要求他们比较记忆中的濒死体验与大约同一时间发生的真实事件和想象事件。结果表明，与真实或想象的情况相比，濒死体验的记忆更加生动且细节更丰富。简而言之，在他们的记忆中，濒死体验“比现实更真实”。

在中国，也有类似的科学研究。1976 年 7 月 28 日，河北省唐山市发生了 7.8 级的大地震，65 万间房屋被毁，24 万人死亡，16 万人重伤，有些人受了重伤后得到及时救治又从死亡的边缘上活了过来。1987 年天津安定医院的院长冯志颖及其同事刘建勋教授对这些死而复生的人做了 100 例濒死体验的调查研究，调查数据合格的样本有 81 例，这 81 人的濒死体验虽然并不完全相同，但和穆迪博士所发现的那 150 人的感受大致相仿，即：自己的意识已离开躯体，似乎飘荡在空中，可以看到自己的躯体和躯体周围的状况，可是正像《人鬼情未了》中的萨姆那样，已无法通过语言或行动和他人沟通；在刹那之间，自己的一生如同电影一闪而过，也可看到已故亲友；然后飘向一个略显光亮的隧道，内心充满了安定感和幸福感，接着不知怎么地又一下子回到了人间……

冯志颖和刘建勋把这个研究写成论文发表在 1992 年的《中华精神神

经杂志》上，这篇论文证明了人的濒死体验并没有种族、年龄、宗教信仰的差别，但是这也不能破除不少人对此有“怪力乱神”的怀疑与责难。尽管现代的量子力学已经提出了人的灵魂是存在于大脑神经元之中的量子信息过程的科学理论，但是这么新的科学发现和这么大的观念改变是不可能一下子就被社会接受的，尽管它有大量的个案分析，但是毕竟还没有科学实证，对此目前也很难有科学实证。因此，研究这个问题要有很大的决心和勇气。穆迪在 20 世纪 70 年代中期刚提出他的观点时，曾经受到社会的诸多批评，这些批评主要来自三个阵营，一是神职人员义愤填膺，因为他们认为有人竟敢探究宗数的禁忌领域；二是一些非宗教人士，他们认为这个问题只是宗教信仰问题；三是一些科学家和医生，他们认为这个问题没有实证，不科学，甚至只是幻想。

实际上，这个问题是人类社会革新与守旧之间矛盾冲突的表现之一。我们的时代风气不喜欢讨论是否可能有死后生命的问题。我们生活在科学和科技趾高气扬、思想观念“道貌岸然”地认为了解并且能够征服自然的年代，许多人觉得有关死后生命的想法应该留在“迷信”的过去，而不是“科学昌明”的现在，讨论这个话题显得有些想入非非，甚至可笑。这正如爱因斯坦所说：“伟大的精神总是会遭到平庸头脑的暴力对抗。”

不过，许多人即使不相信，也总该知道科学有所发展，当前有此一说便值得研究，那 150 个得出相同体验的个案很难说是“联合行骗”吧！学者总是要不断地追求真理，旧思想总要不断地被新思想所修正甚至所颠覆。生和死都是“天道”，而我们应该承认，现代人对“天道”的认识还差得太远。科学能创造新事物，而从古至今活生生的事实也需要科学来作出新的论证，哪怕科学一时对它们还论证不清楚，但是将来一定会论证清楚。死亡是每个人都会面临的大事，对这方面的研究和发展实在应该加以重视。

后 记

生命总是矛盾求“中”

我们研究生命文化，将传统文化和现代文化、个人经历和理论思考相结合地探索一些生命的规律和前进的方向，发现其内容非常复杂，相互矛盾之处甚多。对有些道理，应该这样讲，可是与之相反的观点也是存在的，也有一定的道理，不能简单地否定，而要“两面讲”，求其“中”，求其合，否则就会有失偏颇，使一种倾向掩盖另一种倾向。

这样的例子太多了，例如：

人应顺天道而行，却又“我命由我不由天”；

天道是规律，有必然性，可是世间亦多偶然和特例；

人要有信仰，但是不要迷信；

有许多事有一定的道理，但是不能提倡；

科学似乎是万能的，可是又有许多局限性和危险；

风水可靠又不可靠；

“利者，义之和也”，可是“义者，利之和也”似乎也对；

人要见机行事，可是“见风使舵”“识时务者为俊杰”多有贬义；

“人同此心，心同此理”，可是“人心不同，各如其面”；

“不以成败论英雄”，可是“胜者为王，败者为寇”；

“宰相肚里能撑船”，可是“有仇不报非君子”；

“兔子不吃窝边草”，可是“近水楼台先得月”；

“落水凤凰不如鸡”，可是“瘦死的骆驼比马大”；

“有缘千里来相会”，可是“不是冤家不聚头”；

“买卖不成仁义在”，可是“亲兄弟明算账”；

要“礼让为先”，又要“当仁不让”；

“衣食足则知礼仪”，但又说“饱暖思淫欲”；

“相逢一笑泯恩仇”，但是“忘记过去，就意味着背叛”；

君子不与小人为伍，但又说“与魔鬼也可结为同盟”；

天才人物是一束光，放在哪里哪里亮，可是又说“天才如果放错了地方，就是一堆垃圾”；

人的一生，都是赤条条来，赤条条走，可是“人这辈子不能白过”；

死了人，办丧事，为大凶，可是有人又将此列入红白喜事；

“不知生，焉知死”，可是“不知死，焉知生”；

……

在这些方面，还可以举出很多例子，这些矛盾是生命文化领域甚至是整个学术领域一些不可避免的现象。

因为事物总有其两面性：一阴一阳，一矛一盾，一正一负，有祸有福，有同有异，有分有合，这也就是天道。世界和人生永远不是“清一色”的，永远有这一面和那一面，这两方面的存在都各有其“理”，天道求“合”，就是要把这矛盾的双方调和与结合，但是旧的矛盾解决了，新的矛盾又会产生，正反两方面永远存在，求“合”的步伐永远不会停止。

宇宙有冷有暖，才会有雨；有冬有夏，才有岁月；有天有地，才有永恒；一切生物有生有死，才有生命。人当然也是这样，就看那个“人”字，也是由一撇一捺相反的两笔构成。《易经》中有64卦，其中的63卦都是正反两面，有得有失，有益有害，只有谦卦，有益无害。凡事讲两面，才真实。对此，国学大师曾仕强举了“世界大同”的例子，他说，“世界大同”是人类发展的一个必然趋势，但是为什么不说“世界同一”呢？

因为“同一”“归一”是不可能的，两片完全一样的树叶也是没有的，同异总是并存，有“大同”必有“小异”，只有“同”为大，“异”为小，把二者调和起来，这个“地球村”才能建立得不错。

人对事物的认识，尤其是对生命文化中许多问题的认识，还受到思维方式的许多影响。西方文化崇尚二元论，非是即非，非此岸即彼岸，非天堂即地狱，非天使即魔鬼，而中国文化提倡“居其中”，兼顾两端，两边都有道理，这就是中庸之道。因此，在这矛盾对立的二者之间还有个“中”。人的思想和行为都有优缺，事情的性质都有利弊，要看到这两个方面，取其中，取其主，这样思维就完整了，对许多生命现象的认识也就全面了。“中”是个平衡点，《易经》的精髓是“易”，就是变化，生命中许多问题的变化往往就是这个平衡点的变化，通过变化使矛盾对立的双方更好地结合起来。

对同一事物正反两方面的认识共存，并加以结合，当然不是是非不分、和稀泥，对此总要有所侧重，至于如何侧重，不同层次的人看法是不相同的，在不同的情况下认知也是不相同的，从不同的角度看也是不相同的，而且有些正确的行为如果做过了头，“过犹不及”，就转正为负了。有时，真是“公说公有理，婆说婆有理”，当然这个“理”也有思维高度的不同。

由此可见，人的生命本来是简单的，但又是复杂的，就看人在不同的情况下怎么对待了。世界万物、芸芸众生，都无十全十美，人生百年也都有顺有逆，有是有非，不可避免，于是人们就应该端正认识，知其规律，在正反两个方面的矛盾对立统一中找出一个合适的平衡点，走一条顺乎天道而又符合各自不同情况的人生之路。

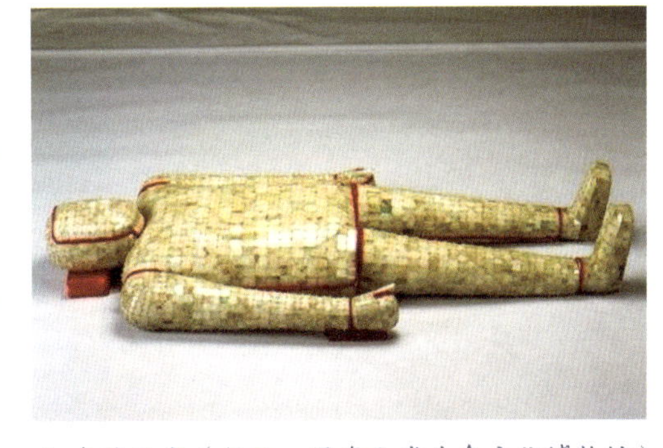

▲ 金缕玉衣（仿品，现存人类生命文化博物馆）

最后还要特别说明的是，本书的编写与出版工作得到了许多专家朋友的关心、参与和支持，他们是：中国康复医学会会长、少将方国恩先生，上海中医药大学党委书记曹锡康先生、校长徐建光先生，中国中医药研究促进会执行会长高武先生，杭州市中医院（丁桥院区）党委书记林胜友先生，全军健康管理中心副军级主任医师、教授张荣健先生，上海中山医院副院长、教授仓静女士，乐百年健康管理有限公司副总经理吴妍女士，乐百年集团整合医学专家邵钧先生，乐百年健康管理有限公司藏医药专家多杰冷知先生，著名传统医学专家胡文源先生，上海健康医学院校长黄钢先生，上海市慢性病研究中心主任郭琪先生，杭州师范大学健康与护理研究院院长许虹女士，著名女诗人、作家潇潇女士。我们衷心地感谢他们，而且深刻地体会到，欲求美事之成，需“合”多方之力，这也是本书所阐述的天道吧！

刘达临

于 2020 年 9 月 16 日